ハヤカワ文庫JA

〈JA1550〉

急行霧島
それぞれの昭和

山本巧次

早川書房

8944

目次

熊本 20:19発
大牟田 21:14発
久留米 21:49発
鳥栖 22:04発
博多 22:44発
折尾 23:29発
小倉 23:51発
門司 0:03発
下関 0:17発
小郡 1:26発
徳山 2:19発
大阪 10:22発
京都 11:04発
名古屋 13:12発
豊橋 14:05発
浜松 14:38発
静岡 15:41発
富士 16:09発
熱海 16:46発
小田原 17:07発
横浜 17:55発
東京 18:20着

上り急行霧島　停車駅（昭和36年10月改正）

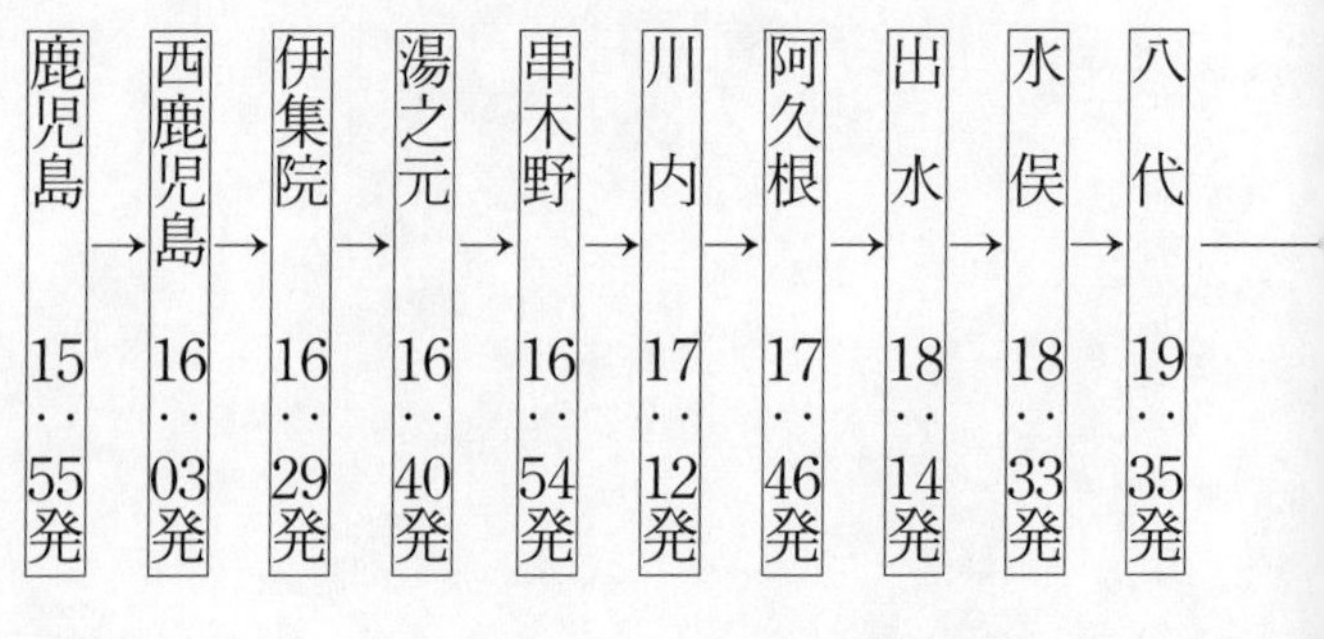

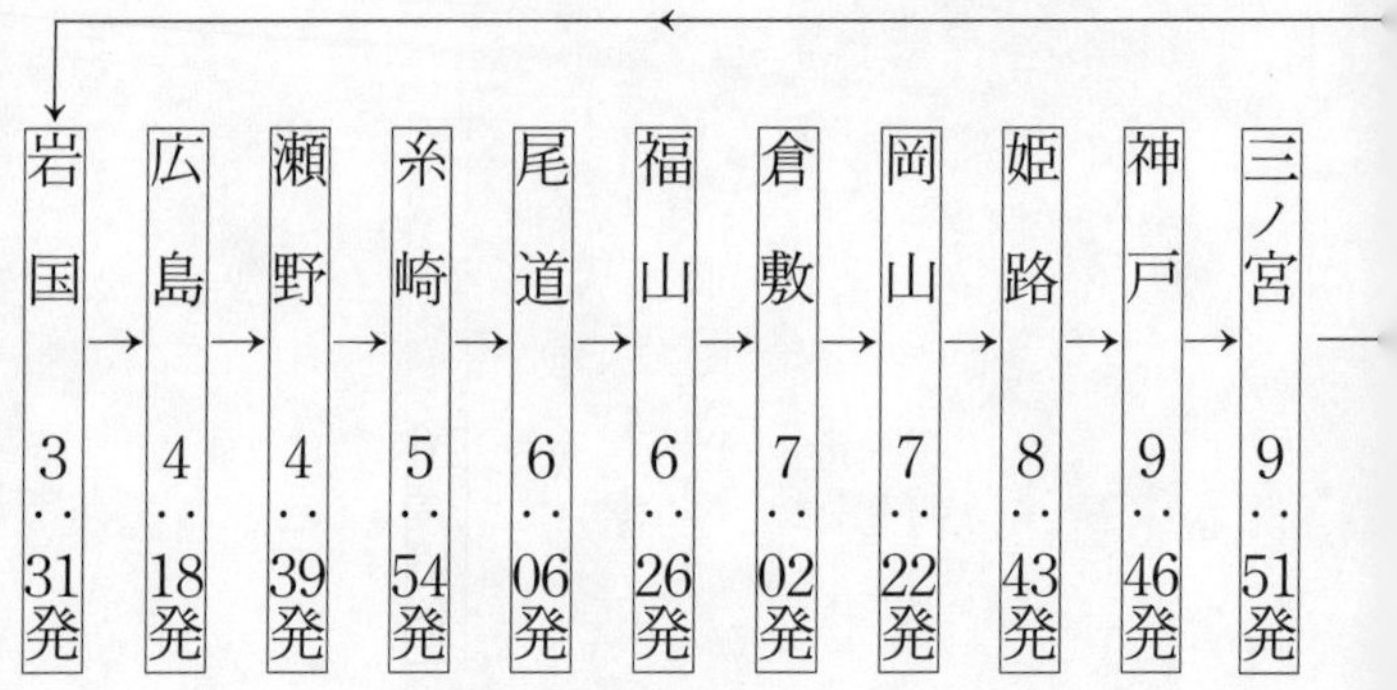

上り急行霧島　停車駅（昭和36年10月改正）

駅	時刻
鹿児島	15:55発
西鹿児島	16:03発
伊集院	16:29発
湯之元	16:40発
串木野	16:54発
川内	17:12発
阿久根	17:46発
出水	18:14発
水俣	18:33発
八代	19:35発

駅	時刻
岩国	3:31発
広島	4:18発
瀬野	4:39発
糸崎	5:54発
尾道	6:06発
福山	6:26発
倉敷	7:02発
岡山	7:22発
姫路	8:43発
神戸	9:46発
三ノ宮	9:51発

急行霧島

それぞれの昭和

第一章　鹿児島から川内

良く晴れた十一月の青い空に、筆で撫でたような薄い噴煙がたなびいている。煙の根元には桜島が、いつもと変わらぬ堂々たる山容を見せていた。

(今日も桜島は元気じゃっど)

駅前終点で市電を降りた上妻美里は、海側に顔を向けてちょっと微笑んだ。幼い頃からずっと住んできた鹿児島の町で、いつも見慣れた火の山の姿。それが今日は、少しだけ違って見える気がする。何だかいつもより大きいような。

美里は、ふっと小さく笑って、手にしたボストンバッグの持ち手を握りしめた。中に大事にしまった手紙のことを考える。自分宛てに送られてきた手紙。美里の人生を変えることになるのか、まだわからない手紙。今日の桜島は、一大決心して旅に出る自分の背を押してくれているのか、それとも心配で見守ってくれているのか。

いやいや、と美里は首を振る。もう二十歳が近いのに、何を子供みたいなことを。これからは全部、自分のことは自分で責任を持って、決めて行かねば。

美里はカーディガンのポケットを上から押さえる。そこに手紙に同封して送られてきた大事な切符が間違いなく収まっているのを確かめ、大きく頷くようにしてから駅へ向けて歩き出した。

少しくすんだコンクリート二階建ての駅舎は、船で桜島に渡るとき何度か目にしているが、汽車に乗るために使うのは今度が初めてだ。というのも、美里の家はこの鹿児島駅ではなく、一つ先の西鹿児島駅の方がずっと近いからだ。ついでに言えば、中心街の天文館や朝日通へはどちらの駅からも同じくらいの距離なのに、西鹿児島駅の周りの方が賑やかだった。

今日、初めて鹿児島駅を使うのは、ここから出る汽車に乗るのに、西鹿児島からだと座れないかもしれない、と知人に言われたからだ。駅に入ってみると、なるほど、まだだいぶ時間があるのに、改札口にはその汽車の改札を待つ人たちが早くも列を作っていた。

美里は落ち着く間もなく、そそくさと列に並んだ。見回すと、誰もが大きな鞄やトランクを持っている。着物姿で、柳行李(やなぎごうり)を持ったおばさんもいた。当たり前だが、何度か乗った伊集院や指宿に行く汽車とはお客の様子が違っている。

美里は、改札に掲げられた汽車の表示をじっと見つめた。「急行霧島　東京行」。バッグを持つ手に、また力が入る。長い長い旅の、始まりだ。

人波に揉まれてホームに出ると、幾つかに分かれて出来上がっていく列の位置をしっかり確かめ、その一つについた。ここで少し不安になる。美里が長距離の汽車に乗ったのは、修学旅行のときぐらいだ。急行などは初めてなのに、周りの人たちはみんな乗り慣れているような気がした。そっと前後に並んだ人の様子を窺う。いかにも長旅風の客に混じって、新聞と書類鞄を持った出張の会社員らしい姿が幾つか。落ち着かない様子のおばさんやお年寄りも多い。どうやら自分だけが素人ではないようだ、と美里は安堵した。数えると、自分の前にいるのは十五人ほど。これなら座れそうだ。

しばらくすると、アナウンスが響いた。

「二番線に東京行き急行霧島が入ります。ホームの白線よりお下がりください」

訛りのない機械的な声だ。並んでいる人たちが、床に置いていた荷物を一斉に持ち上げた。

汽笛がホーム一杯に響き、白い蒸気を噴き上げて真っ黒な機関車が現れた。車体に「C

６０２８」という番号が掲げられているのが、ちらりと目に入った。機関車が通り過ぎ、石炭と煙の臭いがホームを覆っていく。続けて、茶色い客車が一両、二両とゆっくり目の前を横切って行った。

美里は連なった客車を見て、へえ、と思った。色こそ同じだが、今までに乗ったことのある汽車とは違い、ごつごつしたところがない。窓も四隅が丸みを帯びて、ずいぶんスマートな感じだ。

（やっぱい東京行きの急行は違ごわー）

妙に感心するうち、ブレーキが軋む音がして、がちゃんがちゃんと音を立てながら汽車が止まった。間髪を入れずに列が動き出す。整然とした行進と、われ先にという混乱の中間くらいの勢いで、人々が次々に出入り口に吸い込まれる。美里も、後ろから押し倒されないよう気を付けながら急いだ。出入り口の脇に、7という数字が嵌め込んである。

有難いことに、出入り口から四番目の窓側に座れた。これから乗っている時間を考えると、座席にありつけるかどうかは天国と地獄だ。ボストンバッグを膝に載せ、やれやれと一息ついた途端に「ここ、いいかしら」と声がして、向かい側に誰かが腰を下ろした。さっとバッグから顔を上げる。

向かいに座ったのは、若い女性だった。見たところ、美里より三つ四つ上だろうか。相手が微笑みかけてくるので、美里は目を瞬(しばたた)き、小さくお辞儀をした。汽車でも市電でも、「ここ、いいかしら」なんて声をかけられたのは初めてだったので、つい探るように見てしまう。

その女性はブラウスにカーディガン、プリーツスカートという美里とよく似た服装だったが、明らかに質が違っていた。美里のブラウスは母のお下がりの仕立て直し、カーディガンは母が編んでくれたものだが、向かいの女性のそれは、全部デパートで揃えたように見えた。

女性の荷物は、ボストンバッグと籐製らしいバスケット。バッグは革製だし、バスケットは薄桃色で、やはり安物ではなさそうだ。女性はバッグを持って立ち、網棚を見上げた。すると、通路側に座った背広姿の中年の会社員風の男が立って、女性のバッグをさっと取ると網棚に上げた。女性は「済みません」とにっこり、礼を言った。会社員は、いやいや、と手を振り、美里が膝に置いたバッグに目を移して、手を差し出した。美里の荷物も棚に上げてくれるのだ。美里は慌ててバッグから貴重品の入った信玄袋を出して、バッグを会社員に委ねた。

会社員はバッグを上げると、どぎまぎしながら礼を述べる美里に軽く頷き、席に座り直して向かいに座った同僚らしい男と雑談を始めた。美里はおずおずと向かいの女性を上目遣いで見た。化粧も服装も持ち物も、垢抜けている。バッグを上げてもらった時の態度も、いかにも慣れた様子だった。いい家のお嬢さんといった感じだ。容貌も、十人並みと自覚している自分より数段上に思えた。美里は首を傾げる。急行列車とはいえ、どう見ても二等車ではなく一等車に乗るべき人に見えるのだが。

「どちらまで？」

向かいの女性が、微笑みながら尋ねてきた。自分の外見と比較してちょっと気圧（けお）されていた美里は、俯（うつむ）き加減で答えた。

「と……東京です」

「あら、そうなの！　私もよ」

女性の顔がぱっと弾け、嬉しそうな声になった。

「あなたもお一人？」

「ええ……はい」

「私も一人なの。良かった。東京まで長いから大変だと思ってたけど、お互い道連れができたわね」

「あ、はい、そうですね」

道連れ、か。考えてみれば、この汽車は熊本や博多、広島や大阪にも停まっていく。乗っている人たちの中で東京まで乗り通す人は、それほど多くないのかもしれない。その中で若い女性の一人旅同士がこうして一緒になるのは、何かの巡り合わせかも。

「前田(まえだ)靖子(やすこ)です。よろしく」

向かいの女性は名乗って、右手を差し出した。握手、ということか。ずいぶん気さくな人だ。

「上妻美里といいます。よろしくお願いします」

就職面接みたいに畏まって答えてから、美里が手を差し出すと、靖子がその手を軽く握った。それから顔を近付け、内緒話のように声を低めた。

「正直、怖そうなおじさんとか騒々しいおばさんに囲まれたら、どうしようかと思ってたとよ。運が良かったわ」

言われてさっと車内を見渡すと、既に車内は満席で、出入り口に立っている人もいた。その中で若い女性はと探せば、美里と靖子の他には、家族連れの中に一人いるだけだった。これは靖子の言う通り、若い女性の一人旅同士相席になれたのは、幸運と言えるだろう。

「お二人とも、それぞれ一人旅で東京ですか。それはなかなか大変ばい」

さっき荷物を上げてくれた会社員風の男が言った。今のひそひそ話が聞こえたか、と思って美里はびくっとする。が、表情は穏やかで、僕は「怖そうなおじさん」ではありませんよと目で語っているような気がした。

「僕らは博多までばってん、そっちは一昼夜を超える道中やからねえ。疲れっとじゃろうが、道連れがおるのはええことじゃ」

もう一人の会社員が言った。揶揄などではなく、気遣ってくれているようだ。美里と靖子は、ありがとうございますと頭を下げた。

そこで、発車ベルが鳴った。靖子が腕時計とホームの時計を見比べて、頷く。あの腕時計も舶来品じゃなかろうか、と美里は羨ましく思った。

ベルが鳴り終わり、一拍置いて笛の音が聞こえた。がたん、と大きく揺れて、汽車が動き出した。自分の安い腕時計を確かめる。午後三時五十五分。時刻表通り。何事もなければ、今からおよそ二十六時間半の後、雑誌の写真や店のテレビでしか見たことのない、東京の街に着く。

急行霧島は、ごとごとと車輪の音を響かせて幾つかのポイントを越えると、次第に加速した。次の西鹿児島までは、ほんの数分である。

三号車のデッキから流れ去る鹿児島駅構内の景色を見やりつつ、吉永公典（よしながきみのり）は当惑の溜息をついた。こういう予定ではなかったはずなのだが。

吉永は、傍らに立つ背丈のわりに肩幅の広い男に顔を向け、眉間に皺を寄せながら声をかけた。

「発車してしまいましたね」

「そうじゃな」

その男は、振り向きもせずにぼそっと言った。当たり前のことを口にしてどうする、という態度だ。吉永は、ますます当惑した。

「あのう佐伯さん、僕らは駅で張り込めと言われましたが、汽車に乗りこめちゅう指示は……」

「駅で見つからなかったのじゃって、しょうがねえじゃろ」

佐伯は吉永を遮り、当たり前のように言った。吉永は、やれやれと肩を落とした。交番勤務から精励し、憧れの刑事に、さらに県警捜査一課に引き上げられて一年。この佐伯忠雄部長刑事と組んで半年になる。佐伯は吉永より十も年上で、県警でもそこそこ名を知られていた。腕利きのベテランと組む、ということで、最初は吉永も張り切ったのだが、佐伯と付き合うのがなかなか骨なのは、一週間もしないうちにわかった。

吉永は社交的で、どちらかというと生真面目だ。規則も指示も、大概はきちんと守る。だが佐伯は見た目も強面で口数も多くはなく、一睨みでチンピラを黙らせるが、犯人を捕らえるのに必要と思えば、指示を無視して勝手に動き、規則も顧みないようなところがあった。さすがに法を蔑ろにすることはないものの、上司にとって使いやすい部下ではない。吉永は、対照的な人となりの自分が組まされたのは、佐伯のブレーキ役としてではないか、と考えている。だが実際には、ほとんど佐伯に引き摺られているだけといった始末であった。

ついさっきまで吉永と佐伯は、傷害事件を起こして姿をくらました瀬戸口という男が、今日鹿児島から東京へ行く気だ、との情報を摑んだ本部の指示で、駅で張り込んでいた。東京へ行く列車は西鹿児島を十一時半に出る特急はやぶさと、同じく西鹿児島を十五時三十五分に出る急行桜島、鹿児島を十五時五十五分に出るこの急行霧島の三本である。全車両指定席で高嶺の花の特急を使うとは考え難かったので、情報が確かなら桜島か霧島のどちらかに乗るだろう。そこで桜島の出る西鹿児島駅と霧島の出る鹿児島駅に、捜査員を張り付けたのだ。

だが張り込みの途中で本部に電話を入れると、瀬戸口は西鹿児島で桜島に乗らなかったらしい。となれば、霧島に乗るはずだ。吉永は意気込んで、鹿児島駅の柱の陰から改札を見張った。ところが、発車間際まで目を光らせても、それらしい人物は通らない。情報が間違っていたのか、と落胆していると、反対側の柱の陰にいた佐伯が急に動き出し、警察手帳を示して閉まりかけた改札口を通った。吉永は慌てて飛び出し、佐伯の後を追った。

吉永と佐伯は、次の列車を待つ客のふりをしてホームを歩き、停車中の霧島の窓に犯人らしい顔がないか、見て歩いた。幸い見送り客が多いため、二人の姿はそれほど目立たない。

最後尾の荷物車のところまで歩いたが、やはり目当ての男は見つからなかった。空振りだったと報告するしかないな、と諦めた吉永は、改札口へ引き返そうとした。が、何故か佐伯はホームに立ったまま動かず、じっと客車を睨みつけている。知らない人が見たら、佐伯こそ列車で犯罪を企む悪漢に見えるだろうな、と吉永は苦笑した。

そこで発車ベルが鳴った。佐伯は発車を見送るつもりか、やはり動かない。駆け込み乗車する者がいないか、念のため注意しているのだろう。吉永も倣い、ホーム前方に目を凝らした。

ベルが鳴り止むと、笛が吹かれて汽笛が鳴り響き、列車が動き出した。駆け込む客はいなかった。吉永は踵（きびす）を返そうとした。ところが、やにわに佐伯が足を踏み出し、客車の出入口の手すりを摑んだ。あっと思った時、佐伯は半開きのドアを押し開けてデッキに入った。考える間もなく吉永も手すりを摑み、ステップに足をかけた。そこは最後尾の荷物車のすぐ前の三号車、二等寝台車だ。デッキとの仕切りのドアの窓から覗くと、乗客はまばらだった。二等座席車と違って寝台は全部指定だから席取り合戦とは無縁で、途中の各駅から悠々と乗ってくるのだろう。

それにしても、と吉永は佐伯の顔を窺う。鹿児島駅で瀬戸口を見つけられなかったので、衝動的に飛び乗ったのだろうか。

「佐伯さんは、やっぱり瀬戸口がこん列車に乗ったち考えですか」

聞いてみたが、佐伯は答えない。じっと仕切りのドアを睨み据えている。

「西駅から乗るち、思われっとですか」

だとすれば、西鹿児島駅に配されている同僚刑事が見つけるだろう。応援しろという指示もないのに、列車にまで乗りこむ必要があるのか。

やはり佐伯は何も言わない。もうひと言聞こうと思った時、列車は城山のトンネルに入った。轟々たる響きがデッキを包み、吉永は言葉を呑み込んだ。

霧島は速度を落とし、幾つものポイントを渡って、西鹿児島駅の構内へと進入した。

「西」とついているので、知らない人は鹿児島駅より小さいのかと思うが、実はこちらの方がずっと大きな駅だ。機関車や客車のねぐらも、この駅の隣にある。

美里は、線路際の家並みを眺めて、ふっと小さな笑みを浮かべた。自分の育った町だ。

さっき乗車した鹿児島駅にはあまり馴染みがないが、この西駅界隈は隅々まで知っていた。

(母ちゃんが元気だったら)

美里は膝の信玄袋を握りしめた。それは、母に作ってもらったものだった。中学に入って、母からそれを渡されたとき、古臭いと顔を顰めた。デパートで買ってとはさすがに言えなかったが、もう少し洋風のデザインにできないのかと思ったのだ。母は笑って、格好はともかく使い勝手はいいんだと言い、美里の手に押し付けた。仕方なく使ったが、確かに小物を持ち歩くには便利で、口紐を結んで手首に巻きつけておけば、ハンドバッグなどよりひったくりに遭う危険が少なそうだった。

そして今、少しばかり擦れた跡の付いたその信玄袋を、貴重品入れとして膝に載せている。こうしていれば、置き引きやスリにやられる心配はあるまい。だが、この袋を作ってくれた母は、もういない。

ホームに入る前、向かいに座る靖子の様子が変わったのに気付いた。唇を結んで押し黙り、何故か緊張したように肩に力が入っている。どうしたんだろう、と美里は訝しんだ。何か気になるのかと問うのも不躾なので、美里は敢えて目を逸らした。窓の外にホームが現れ、列を作って並んでいる人々の顔が見えた。

乗客が乗り終わったところで、吉永は寝台車の出入口からホームに出た。停車時間は三分だが、もうその半分以上が過ぎている。急いで改札口の方向に目を走らせた。やはりいた。この駅で張り込んでいた同僚刑事の若松と目が合う。若松が気付き、こちらに駆けてきた。

「何だ、ないごて乗っちょんじゃ。鹿児島駅にいたんじゃねのか」

若松が眉をひそめる。そう聞かれるのは当然なので、吉永は目で車内を示した。

「佐伯さんが、な」

ああ、と若松は納得したように頷いた。佐伯さんなら予定外の行動をすることはあるわな、というわけだ。

「で、瀬戸口は見つからんかったか」

若松の様子から、そうだろうとは思ったが、一応確認する。若松は「ダメだ」と首を振った。

「桜島にも霧島にも乗らんちゅうこっは、ガセネタだったんじゃろ。念のため、この後の博多行き準急と、夜の門司行きの鈍行と名古屋行きの急行さつまも張ってみるそうだ。お前さんたち、戻って報告したらさつまの張り込みに回されるんじゃねか」

かもな、と返事して吉永は車内を振り返る。佐伯はまだデッキに立ったままだ。

「聞きましたか。降りましょう、佐伯さん」

言った途端、発車ベルが鳴り出した。吉永は手振りで急かす。佐伯は、車内を睨んだまま動かない。

「佐伯さん！」

苛立って、ベルにかき消されないよう大声で怒鳴った。それで佐伯も動くかと思ったが、返ってきたのは意外な言葉だった。

「乗って行く」

「えっ」

聞き違いかと思った。だが佐伯は、出入り口ではなく隣の車両へのドアを開けて踏み出した。

「何じゃおい、どげんした」

佐伯の様子を見た若松が、やはりベルの音に逆らって大声で吉永に聞いた。

「いやその……佐伯さん、乗ってくって」

「何じゃそりゃあ」

若松が目を剝いた。吉永はどうしようかと思ったが、やはり佐伯を独りで好きにさせるのはまずいだろう。ベルが鳴り止み、笛が聞こえた。仕方ない。済まんがよろしくと手刀を切って、吉永はもう一度客車のステップに足をかけた。

霧島が、動き出した。吉永は若松に情けない顔を向けた。ホームには、呆れ返った顔の若松が一人、残された。


霧島がホームを外れるとき、美里は窓外に目を凝らした。数秒後、見慣れた建物の裏が見えた。美里は頬を緩めた。美里の住まい。駅から線路に沿って南に伸びる、平和通り商店街からちょっと引っ込んだところに建つ。二階に六畳が二間。一階は小さな居酒屋。カウンターの他はテーブルが一つ。十人入ればぎゅう詰めだった。

母はその店を独りで切り盛りしていた。もとは鹿屋（かのや）の生まれだが、家の事情で終戦直後に両親と幼い美里と共に鹿児島に出てきたのだ。店は鹿屋で食堂をやっていた父、つまり美里の祖父の伝手（つて）でどうにか借りられたもので、その狭い建物に、一家四人が身を寄せ合って住んだ。

父親は、生まれた時からいなかった。小さい頃は、戦争のため一緒になれなかった、ということだけ聞かされていた。写真一枚、残っていなかったので、美里は勝手に想像を膨らませた。戦争で南方へ行き、そのままその地に残って王様になった、とか、宝物を持ち帰ってお金持ちになり、いつか美里たちを迎えに来てくれる、とか。母は笑うだけで、何も正そうとはしなかった。たまに空を見ながら、穏やかで優しい人だった、と口にした。

もう少し詳しい話が聞けたのは、中学に入ってからだった。

戦後十年も経たないうち、祖父母は相次いで亡くなった。それからは、母と美里の二人だけの暮らしになった。お世辞にも裕福とは言えなかったが、母の料理の腕はなかなかのものだったので、店はまずまず流行っていて、食べるのに難儀することはなかった。

仕入れも仕込みも接客もこなしながら美里を育てるのは、もの凄く大変だったろう、と今では思う。六つか七つの頃、父母と揃ってお出かけする友達が羨ましくて、何度も駄々をこねた。祖父母に叱られたが、母は怒りもせず「ごめんね」とだけ言って、ふかしたサツマイモをお菓子のように丸く整えて食べさせてくれた。美里の機嫌は、大概それで直った。あの頃は面倒な子供だったよね、と美里は苦笑する。

中学を出た美里は、昼は本屋で働き、夜は母を手伝うようになった。母は高校進学を勧めたが、家計を考えればかなり厳しい。母一人にこれ以上苦労をかけたくはなかった。その時も、母は「ごめんね」と詫びた。父親がいないことを、自分の責任だと感じていたのだ。とんでもない、と美里は思った。母こそ、どれだけのことを辛抱してきたんだろう。

あかぎれの目立つ手を見て、胸が詰まった。

母と結婚したい、と言ってきた人もいた。美里が中学に入る少し前だ。美里の目から見ても、悪い人でないように思えた。だが、母は断った。相手が気に入らなかった、というわけでもなさそうだったのに。新しい暮らしに入る踏ん切りがつかなかったのか、多感な年頃を迎える美里を慮ったのか、父への思いがまだ強かったのか、今となってはわからない。母は美里と二人で暮らしていくことを選んだ。だがもし結婚を選んでいたら、母はこんなに早く逝くことはなかったかもしれない。

（楽させてあげたかったけど、結局、間に合わんかった）

本屋の初月給でハンドクリームを買ってプレゼントした時の母の嬉しそうな顔が、目に浮かんだ。自分にできた孝行は、その程度だった。美里は、こみ上げてくるものを抑えた。

家はたちまち流れ去り、黒々とした機関車が何台も煙を上げている機関区が現れた。駅や機関区に近かったせいか、母の店の客には国鉄の職員が多かった。機関区の人たちからは石炭の香りがして、誰もがそれを誇りにしているようなのが面白かった。

たまに、東京から急行列車に乗ってきた人も来ることがあった。そんな人たちからは、まだ見ぬ大都会の香りがするように思えた。

その大都会に、自分は向かっている。美里は一瞬、昂揚した。だが、昂揚はすぐに萎んだ。母が逝き、居酒屋は閉めるしかなくなった。でなければ、今こうしてこの急行列車に乗ることはなかったのだ。母が亡くなって三週間。生まれてずっと傍にいた母がいない、という実感は、ようやく湧いてきつつある。美里はまた、母の作った膝の信玄袋をぎゅっと握った。

西鹿児島からも少なからず乗り込んだので、席にありつけない人は通路に新聞紙を敷き始めた。床に座っていこうというわけで、長距離の混んだ列車では当たり前の光景なのだろうが、あまり遠出したことのない美里には物珍しかった。夜行列車で床に座って眠る、というのは楽ではなさそうだ。座席に座れたのが幸運と、改めて思う。しかもこの急行の座席は、背もたれが真っ直ぐな木の一枚板とは違い、二段になって少し角度の付いたクッションだ。窓側にもひじ掛けがあるし、壁も木製ではなく、明るい色に塗られた金属板か何かだ。さすがは急行、と言うべきか、今までに乗ったことのある汽車の記憶とは、だいぶ異なっていた。

「やっぱり、だいぶ混んできたわね」

靖子から声をかけられ、はっと目を戻す。

「そうですね。この先、もっと混むんでしょうか」

「水俣、八代、熊本。しばらくは乗ってくる一方よ。急行に乗るのは、遠くへ行く人ばっかりだし」

答えた靖子の顔からは、西鹿児島駅に着いた時の緊張が消えていた。あれは何だったんだろう、と美里は奇妙に思った。西駅に停車している間、靖子は頭を背もたれに押し付け、窓から顔を背けていた。ホームから自分の顔が見えないようにしていたみたいだ。何のためにそんなことをしたのか、美里にはわからなかった。誰か会いたくない人が来ているかもしれない、と気にしていたのか。だとしたら、それはどういう人なんだろう。

機関区を過ぎ、指宿の方へ行く線路が分かれると、汽車は次第に速度を上げていった。家並みはすぐに途切れ、車窓は木々に覆われた。

「鹿児島の町って、狭いわね。西駅を出ると、すぐ森や山になっちゃう」

景色を見ながら、靖子がそんなことを言った。はてな、それが当たり前ではないのか。

「あのう、他所ん町は、違うとですか」

ええ、と靖子が頷く。

「東京とか大阪だとね、一時間近く走っても町が続いてるのよ」

はあ、そんなに町が続くのか。言われても、美里には感覚がわからない。本当かな。何だか田舎者と馬鹿にされた気がして、美里は睨むように靖子を見た。だが靖子が浮かべている笑みには、嫌味など微塵も感じられなかった。

（よくわからない人だなあ）

格好はいかにもお嬢様風だし、都会の事情にも詳しそうだ。なのにたった一人で東京へ？　しかも一等車でも寝台車でもなく、二等の座席車に乗っている。そして西駅でのあの振舞い。どうも何かありそうだが、屈託のない表情から推し量れることは、育ちの良さ以外一つもなかった。

ちらりと脇を窺う。通路側の二人の会社員は、一人が新聞、一人が雑誌を読んでいて、女性二人の会話に割り込もうとはしない。それはそれで結構。

「東京へは、何しに行かれっとですか」

思い切って、靖子に聞いてみた。一瞬、靖子が固まる。が、すぐにまた笑うと、口に指を当てた。

「それはねぇ、ナ・イ・ショ」

何なのそれ。美里の呆れ顔を見てか、靖子が付け加えた。

「東京に着くまでに、当ててみて」

「はあ？」

当ててみて、ですって？　美里は啞然とし、それから吹き出した。本当におかしな人だ。だが俄然、靖子に対する興味が湧いてきた。ようし、受けて立ってやろうじゃねの。美里は靖子に負けない笑みを返した。

「……本日も国鉄をご利用いただきまして、ありがとうございます。この列車は急行霧島号、東京行きです……」

天井のスピーカーから、案内放送が流れだした。列車の編成に続いて、主な停車駅と到着時刻が告げられる。

「次は伊集院、十六時二十八分の到着です。伊集院を出ますと、湯之元、串木野、川内の順に停まってまいります。川内到着は十七時十一分です……」

東京までの停車駅は幾つあったか。長い案内が、頭の上を流れて行く。

さあ、いよいよだ。大阪中央鉄道公安室の公安職員、貝塚恵介は、鹿児島の家並みが後ろに流れ去るのを見て、ぐっと肩に力を入れた。明朝、大阪に着くまでの間に首尾よく成果をあげられるか。それによって、使える奴だと職場の仲間に認めてもらえるか。自分にとっての勝負どき、そう思ったのである。

「おい、力が入り過ぎとるで」

隣に座るベテラン公安職員の辻義郎が、小声で言った。

「自然に力抜いとかんと、すぐ気付かれる。気ぃ付けや」

諭すように言うのには理由がある。彼らが乗っているのは、名の知られたスリ、通称「千恵蔵（ちえぞう）」がこの霧島で仕事をするに違いない、との読みがあるからだ。列車内専門のスリは「箱師」と呼ばれるが、年季の入った箱師なら、公安職員、彼らの隠語で「アンコ」の主だった者の顔は知っている。辻も知られているから、互いに相手の隙をつく、という駆け引きが行われたりもする。一方、まだ公安職員として二年目の貝塚は、そこまで顔を知られてはいない。その利を活かすには、いかにも公安という武張った態度で構えることは避けねばならない。

　貝塚は、「すんません」と詫びて力を抜き、背もたれに体を預けた。二人が乗るのは五号車、自由席の一等座席車だ。まだ新しい自在腰掛（リクライニングシート）はフカフカで、あまり気を緩めると眠気に襲われそうになる。

「かと言うて、私服警乗の身や。遊山と勘違いしてもあかんで」

　辻が見透かしたように、冗談めかして言った。スリなど窃盗犯に目を光らせるための列車への警乗は、普通私服で行われる。今も貝塚はネクタイなしの背広上下、辻は格子柄のシャツにツイードの上着を着ていた。

「奴はちゃんと見えとるな」

　辻が聞いてくる。しっかり目を開いているか、という確認だ。

「ええ、間違いなく」

貝塚が答えた。二人が追う「千恵蔵」は、前方の反対側の席に座っている。はっきり見えるのは胡麻塩の頭だけだが、さっきさりげなく見たところでは背広ネクタイの紳士然とした格好で、悠然と座席に身を沈めていた。動き出すような気配はないが、まだ西鹿児島を出たばかりだ。仕事をするには早過ぎる。

「目を離すと、格好を変えてきよるからな。騙されんようにな」

だから手強いんだと辻は言う。無論、貝塚も承知していた。相手は変装が得意で、服と動き方を変えることでまったく違う印象になる。時には付け髭や鬘まで使い、警戒中の公安職員の前をすり抜けたことも、二度や三度ではない。何しろ、年恰好と体型はわかっているが、本当の素顔は漠然としているという有様なのだ。

もし今の顔が素顔なら、と思い、貝塚は決して見過ごさぬよう頭に刻みつけた。しっかり見張ってはいるが、手洗いに行ったときに違う扮装に変えてくる可能性もあるので、気を緩めることはできない。「千恵蔵」という最近の通り名も、去年大当たりした映画「七つの顔の男だぜ」で、片岡千恵蔵が変装の得意な探偵を演じたことから来ているのだ。

貝塚も辻も、千恵蔵がこの霧島で仕事をするのは間違いない、と踏んでいた。千恵蔵は主に大阪近郊と山陽本線の特急・急行を仕事場にしており、時に九州まで足を延ばす。急行列車で狙うのは、財布の分厚い一等車や寝台車の乗客だ。そういう箱師は怪しまれないよう、自分も上流紳士のような服装物腰であることが多く、千恵蔵も同様だった。

一昨日、千恵蔵らしき男が大阪駅を十八時十五分発の急行桜島に乗り込んだ。警乗中の辻が気付き、そのまま張り付くことにしたのである。だが千恵蔵は、桜島の車内で仕事はしなかった。桜島は全て座席車で、一等車は二両のみ。目ぼしい客がいなかったか、初めから桜島は狙いではなかったのだろう。しかし物見遊山で鹿児島に来たわけではないだろうから、上り列車を狙う可能性が高い。そう考えて今日、鹿児島駅で張っていると、案の定、千恵蔵は霧島の一等車に乗り込んだ。霧島は鹿児島を出る時点で二等寝台車一両、一等座席車二両を繋いでいる。博多からは、さらに一等寝台車と二等寝台車が一両ずつ加わる。桜島と比べると、狙い目の客が多い、というわけだ。

「しかし、素顔がはっきりせんというのに、どうして千恵蔵だとわかったんですか」

一昨日、桜島で西下する途中で、貝塚は辻に聞いてみた。「そこが年季や」と辻は幾分自慢げに言った。

「まあ、決め手っちゅうと雰囲気やな」

「雰囲気、ねえ」

貝塚は、わかったようなわからないような返事をした。辻が鼻で嗤う。

「長いことこの仕事やっとれば、悪さする奴の顔つき物腰ちゅうのは、何とのうわかるもんや。たとえこの列車で仕事をする気がのうても、習い性ちゅうんかな、獲物を常に捜してしまう。その一瞬の緊張いうか、そういうもんが近くに居合わせると伝わるんや」

そういうものか、と貝塚は畏敬の目で辻を見た。自分がそういう領域に入れるのは、まだまだ先だ。

「千恵蔵は、一度もパクられたことがないんでしたね。余程の腕なんですか」

「そうや」

辻は口惜しそうに、ちょっと唇を歪めた。

『すれ違い』としては関西では一番やな」

スリにもいろいろな手口があり、最も多いのが脱いで壁のフックに掛けた上着のポケットから財布を抜く、「ブランコ」と称するものだ。標的の上着に自分の上着をかぶせるようにし、隠しておいて盗むのである。その他に、客が乗り降りする隙をつく「ノッコミ」、尻ポケットの財布を抜き取る「ケツパー」などがある。すれ違う一瞬で相手の懐を狙う「すれ違い」は難度が高く、その中で一、二と言うなら相当な腕前なのだろう。

「そやから、こっちも性根入れてかからんといかんのや」

納得した貝塚に、辻が気合を入れるように言った。それだけの大物を初めて検挙すれば、一目も二目も置かれる。そう思った貝塚は、眠気を払って千恵蔵の動きに目を凝らした。が、結局桜島では空振りに終わり、昨夜は国鉄の宿泊所に泊まって、鼾で辻を悩ませる仕儀となった。

「ま、動くとしても暗くなってからやろ」

辻が言って、軽く欠伸をした。なるほど、客の注意が散漫になる頃か。弁当を買いに行った時とか、寝る前に手洗いに行く時は危ない。「すれ違い」のプロではあっても、隙があれば寝台から貴重品を盗むこともあり得る。そうして、被害者が気付く前の早朝、列車を降りて姿をくらます。現場を押さえられれば問題ないが、でなければ被害の訴えがあるまでは犯罪が行われたという証しがないので、検挙するわけにいかない。

(ようし、見とれよ)

鹿児島くんだりまで無駄足を踏んだ、ということには絶対したくない。必ず捕まえてやる、と貝塚は拳を握った。が、すぐに辻の注意を思い出し、手の力を抜く。ほうっと息を吐いて、また千恵蔵の胡麻塩頭を睨んだ。名うての箱師は、まだ動かない。

四号車の前寄りのデッキで吉永は佐伯の腕を摑み、眉間に皺を寄せて佐伯と向き合った。

「どげんすっとですか。こん汽車ん中、前から後ろまで捜索すっとですか」

佐伯は怒ったかのような硬い顔をしている。

「少なくとも、寝台車にはいませんでしたけどね」

吉永は、さっき通り抜けた三号車の二等寝台車の側に顎をしゃくった。この急行霧島には、あと一等二両、二等五両の座席車が繋がれており、その間に食堂車がある。一等車はともかく、二等車は満員のはずだ。瀬戸口がいないか、二人だけで全車両を確認して回るのは、簡単ではないだろう。それに、鹿児島駅でも西鹿児島駅でも目撃されなかったのだから、車内で見つかる可能性自体がかなり低いはずだ。にも拘わらず、許可もなしに佐伯がこの列車に乗って行くことを選んだのは、何か吉永の知らないことを知っているからではないのか。

「佐伯さん、瀬戸口がこん汽車に乗っとるちゅう、確証か何かあっとですか」

吉永は、面と向かって直截に聞いた。すると、滅多にないことだが佐伯は目を逸らした。

「勘じゃ」

「はあ?」

刑事の勘、はある意味殺し文句だが、ここで勘のひと言で片付けられても納得がいかない。

「勘と言っても、何か根拠があっとでは」

食い下がったが、佐伯は答えなかった。仕方なく、吉永は話の方向を変えた。

「捜索をやっと、我々は目立ちませんか。瀬戸口が気付いて、飛び降りでもしたら」

自分はともかく、強面の佐伯は刑事かやくざにしか見えない、と吉永は思っている。混んだ車内を端から端まで歩けば、嫌でも目を引いてしまうだろう。

「それとも、駅へ着くたびに降りる客を確認しますか」

それならさほど目立つまい。だが、客車は食堂車を入れると九両もある。一人も見逃さない、ということができるだろうか。

そこで吉永は、おや、と思った。佐伯が眉根を寄せている。佐伯のそんな顔つきは、あまり見たことがない。

（おいおい、勘弁してくれよ）

まさか佐伯は、瀬戸口が見つからない苛立ちのあまり、特段の考えもないまま、衝動的にこの汽車に乗り込んだんじゃないだろうな。だとしたら、課長に何と言えば……。

困惑し始めた時、いきなり佐伯が言った。

「ちょっと見てみる」

言うなり吉永に背を向けると、扉を開けて四号車に入った。やれやれ、と吉永は渋面を作って、その後に従った。

四号車は一等の指定席車両だ。瀬戸口が指定券を買っているとは思えないし、今はまだ客は四分の一も乗っていない。座っていればすぐわかる。なので佐伯も吉永も足早に通り過ぎ、すぐ五号車に移った。そちらは一等自由席で、そこに瀬戸口がいる可能性もまた、低いはずだ。乗っているとすれば、混み合う二等座席車しかあるまい。

後ろの仕切り扉が開けられ、四号車の側から男が二人入ってきた。気配に振り向いた貝塚は、おや、と訝しんだ。その二人連れは貝塚の乗る五号車の客ではない。前方から後方へ行ったところを見ていないから、後方の四号車か三号車の客、ということになる。食堂車へ行くつもりか。だが食堂車は、まだ営業を始めていない。慣れない客が、もう営業していると勘違いしているのだろう。

そうは思ったが、脇を過ぎた二人を見て、違うなと感じた。中年のいかつい男と、身長のある若い男だ。二人とも会社員風に背広を着ているが、どうも目付きが気になる。さりげなく装ってはいるものの、座っている乗客の顔をいちいち確認しているように見え、貝塚たちにもちらりと一瞥をくれた。普通の会社員ではあるまい。

「まずいな」

ふいに辻がぼそっと漏らした。その意味は、貝塚にもわかった。二人の男は前の仕切り扉を開けて、食堂車の方へ行った。

「あの連中……」

扉が閉まってから、貝塚は辻に顔を向け、そっと指を立てた。

「桜の代紋背負っとるな」

警察を指す辻の言葉に、貝塚も頷いた。

「鹿児島県警ですかね。連中も、千恵蔵を追ってるんでしょうか」

だとすると、鹿児島公安室の者が乗車していないのは何故だろう。

「違うな」

辻がかぶりを振った。

「三課の刑事なら、あんな強面がいかにもな刑事面さげて歩き回ったりせえへん。たぶん、一課や」

「一課、ですか」

スリを扱う捜査三課ではなく、強行犯を追う捜査一課の刑事だとすると、ちょっと只事ではないかもしれない。

「何の捜査ですかね。どこかへ出張ですやろか。いや、あの動きからすると、被疑者がこの列車に乗っとるとか」

「そんなとこやろかな……」

辻は語尾を濁して、千恵蔵の方に目をやった。千恵蔵の胡麻塩頭は、さっきのまま動いていない。刑事らしい二人連れを見てどう思ったかはわからないが、警報を頭の中で鳴らしているのは間違いないだろう。

「警戒して、仕事をやめるかもしれませんねえ」

貝塚たちにとって、最大の懸念はそれだった。誰しも、刑事らしい人間が乗っている車内で悪さをしようとは考えまい。

「かもしれん。せやけどあの連中が、自分に目を付けてるわけやないことぐらい、あいつならわかるやろ」

「だといいんですが」

刑事たちが遠くまで行かず途中で降りたら、千恵蔵は仕事を再開するかもしれない。千恵蔵だって、鹿児島くんだりまで下ってきたのだから、手ぶらで帰りたくはないだろう。普通スリ連中は不正乗車などせず、正規の切符を買っている。元手がかかっているのだ。

貝塚はまた、確かめるように千恵蔵の頭を見た。やはり動かない。夜の仕事に備えて眠っているのだろうか。少なくとも、刑事を気にした様子は全く見せていない。

まだ準備中ですが、と言う食堂長に、通り過ぎるだけだと手を振って食堂車を抜け、佐伯と吉永は七号車のデッキに立った。ここから先は二等座席車だ。二両の一等車には、トイレまで確かめたが瀬戸口の姿はなかった。もし乗っているとすれば、やはりこちら側だ。デッキには二、三人の乗客が立っていた。座席が全部埋まっているので、ここに乗って行くのだろう。おそらく、近距離の客だ。みんな男性で、揃って煙草を吸っている。佐伯と吉永にちらっと目を向けたが、関心なさそうにすぐ目を戻した。

吉永は、いいんですかと佐伯に目で問いかけた。さっき五号車を通り抜ける時も、後方の座席にいた会社員風の男が、こちらを気にしていたようだ。二等車の通路をずんずんと進めば、さらに多くの視線が追ってくるに違いない。

佐伯は答えないまま、仕切り扉を開けた。やはり車内は満席だ。吉永は僅かに顔を顰めた。通路に新聞紙を敷いて座り込んでいる客が七、八人いた。通して下さいと言って通り抜けると、ますます注意を引いてしまう。だが佐伯は、構わず車内に踏み込んだ。瀬戸口に気付かれても、慌てて逃げようと動き出せば逆に好都合、と思っているのかもしれない。

デッキのすぐ近くの通路に座っていた若い男に、済みませんと手で詫びると、すぐに道を空けてくれた。佐伯を先に立て、前へ進む。

と、いきなり佐伯が止まり、さっと顔を横に向けた。どうしたのかと窺うと、左側の四つ目のボックスに座った若い女性が、佐伯を見つめて顔を強張らせている。佐伯は女性と目が合ったので、慌てて顔をそむけたようだ。その向かいに座った連れらしい娘さんも、連れの様子を見てか、振り向いて座席の背越しにこちらを見つめた。周りの乗客も気配に気付いたようで、順にこちらに目を向けてくる。

これは良くないな、と思った吉永は、佐伯の袖を引いた。佐伯も承知して体の向きを変えると、乗客たちに背を向けて吉永を促し、デッキへ戻った。

「どうもいかんな」

佐伯は眉間に皺を寄せた。思ったより注目を浴びる格好になったので、今さらながら困惑しているらしい。

「目が合ったあの子、知ってるんですか」

刑事としての佐伯を知っていて、反応したのかと思ったのだ。佐伯はかぶりを振った。

「知らん。初めて見る顔じゃ」

仕事柄一度会った顔は忘れない佐伯が言うのだから、初対面に間違いあるまい。

「そいじゃあ、佐伯さんの顔を見て、何であげな顔になったとですかね」

内心では、佐伯を悪漢と思ったのではないか、とニヤニヤしていた。育ちの良さそうなお嬢さん風だったので、いかつい強面の佐伯が鋭い目を走らせるのを見て、怖くなったのだろう。すると、吉永の心を読んだように佐伯が言った。

「わしの顔、怖かったんかな」

吉永は吹き出しそうになりながら、「ええ、たぶん」と答えた。

「せめてクレージーキャッツの植木等にでも似てたら、女の子も安心したでしょうが」

当代一の人気者にたとえると、佐伯は気分を害したようだ。

「あげんにやけた顔の刑事が、居ると思っか」

吉永は目を逸らして肩を竦めた。ざっとしか見ていないが、七号車には瀬戸口らしい男は見えなかった。しかし、このまま十一号車までの残り四両を見て回ると目立ってしょうがない、と佐伯も納得したようだ。間もなく伊集院だが、この後は十分か十五分ごとに湯之元、串木野、川内と停まっていく。瀬戸口が気付いたら、タイミングによってはそのどれかに停まったところで飛び降りて逃げるかもしれない。

気付くと、デッキに立っている客たちも怪訝な顔で吉永たちを見つめている。このまま、ぼうっと突っ立っているわけにもいかない。

「車掌のところに行く」

いきなり呟くように言うと、佐伯は食堂車の方へ足を向けた。最初からそうすべきだったのでは、と吉永は声に出さずにぼやいた。

後ろで仕切り扉が開いて、閉まる音がした。駅に着いたわけでもないのに、誰か入ってきたようだ。まあ、気にすることでもない。

そう思った時、向かいの靖子が顔を上げて通路に目をやり、いきなり強張った。顔色が、一瞬で青くなったように見えた。美里は驚き、どうしたのかと伸びあがって背もたれの上から顔を覗かせ、後ろを見た。

男が二人、車内に入って来ていた。前の一人は中年で、肩幅が広くいかつい感じだ。もう一人は前の男の後ろになってよく見えないが、若い男のようだ。二人とも背広姿だが、美里たちの隣に座る会社員の二人と比べると、何だか同類には見えなかった。

「どげんかしたとですか」

美里は顔を戻し、小声で靖子に聞いた。靖子は、はっとしたように二人連れに貼り付けていた目を戻し、ぎこちなく微笑んだ。

「ううん、何でもないから」

何でもなさそうには思えない。靖子は、もう一度後ろを向いた。問題の二人は、背を向けてデッキに出て行くところだった。

扉が閉まって二人の姿が消えてから、美里は改めて尋ねた。隣の会社員を憚（はばか）って、声を低める。

「あの二人、知り合いか何かですか」

もしかして、会いたくない相手なのかと思ったのだ。

「とんでもない」

靖子は、ぶんぶんと首を左右に振った。

「初めて見る人。でも、何て言うか、危なそうな感じだったでしょう」

ああ、と美里も賛同する。ちらりと見ただけだが、あの男は確かに何か危ないことでもやっていそうな気がした。

「怖そうなおじさん、ですか」

靖子がさっき、そういう人に囲まれた席は嫌だ、というようなことを言ったのを思い出した。今のはまさしく、怖そうなおじさんだ。

「そうそう、そういうの」

靖子が笑った。表情も仕草も、元に戻っている。だが、美里はまだ不審に思っていた。母の居酒屋を手伝って、いろんな客を見てきた。おとなしそうに見えて胆の太い人もいたし、強がるくせに小心者の人もいた。靖子は笑っているが、どこか奥の方に不安がある。さっきまでは気付かなかったが、あの男を見たことで、それが靖子の中からじわりと現れた。そんな気がした。

列車の速度が落ち、スピーカーから「伊集院、伊集院です」という声が聞こえた。すると、また靖子が緊張したのが感じ取れた。ホームが見えると、靖子は西鹿児島駅の時と同じように、頭を背もたれに押し付けるようにして、横目で外を窺った。誰かが通りかかると、不自然でない程度に顔を背ける。やはり、誰かに見られるのを気にしているようだ。

一分ほど経って汽笛が聞こえ、汽車はゆっくり動き出した。靖子の肩から力が抜けるのがわかった。美里は、何を気にしているのか聞いてみたくて仕方なかったが、ぐっと我慢した。

そんな美里の視線に気付いたのだろうか。汽車が速度を上げると、急に靖子が聞いた。

「あなたは東京へ、何しに行くの」

え、と美里は戸惑う。自分が東京へ行く目的は内緒だ、と言っておいて、こっちの話は聞くのか。

「ええっと、うん、内緒です」

靖子は笑った。

「さっきの仕返しね」

それから腕組みして、覗き込むように美里を見る。

「良か。当ててあげる」

靖子が身を乗り出すようにしたので、美里は思わず引いた。靖子は視線を動かさないまま、うーんと唸ってから言った。

「誰かに会いに行くとでしょう」

美里は、目を見開いた。靖子が手を叩く。

「ほうら、当たった」

「何でわかっとですか」

驚いて問い返すと、靖子は、えへんとばかりに腰に手を当てた。

「そんな難しい話じゃなかよ。この季節なら、卒業で就職ってことはないでしょう。一人だけで東京見物とかの遊びでもないだろうし、荷物から見てお嫁に行くって話でもないわね。だったら、考えられるのは東京に誰か近しい人がいて、会いに行くんじゃないかな、って思ったわけ」

へえ、と美里は感心する。見ただけでそこまでわかるとは、ずいぶん頭が切れるんだ。目を瞬いていたら、靖子が顔を寄せてきた。

「東京にいるのは、あなたのいい人だったりする？」

いい人、が何を意味するかわかって、美里は顔を火照らせた。

「ち、違います。そげな人、いやしません」

「少なくとも、家出じゃないみたいね」

家出、という言葉が耳に入ったか、隣の会社員が顔を上げた。が、美里と靖子が、そんな馬鹿なと笑い合ったのを見て安堵したらしく、読んでいた雑誌に戻った。

「じゃあ、向こうにいるのはご親戚か何か？」

靖子がさらに聞いてきた。詮索されるのは好きではなかったが、さりとて隠すことでもないか、と美里は思い、はっきり口にした。

「父です」

「ああ、お父様が東京にいらっしゃるの」

なあんだ、というように靖子が微笑んだ。

「変な気を回しちゃって、ご免なさい。お父様は、東京でお仕事なのね」

出稼ぎの父を訪ねる、と思ったらしい。どうしようか、と美里は考えた。そんな単純な話ではないのだ。初めて会った相手に話すのは躊躇(ためら)いがある。とはいっても、様々に想像を巡らされるのも困る。ちょっと無頓着なようだが、育ちの良さのせいかもしれないし、悪い人ではないようだ。

「実は、まだ一度も会ったことがなかとです」これから丸一日、顔を合わせているのだし、別に構わないか。

えっ、と靖子の目が大きくなる。

「初めての親子対面なの」

「ええ。母の店のお客さんに、父を知っている人がいて、連絡してもらったとです。そうしたら手紙が来て、会いたいからこの汽車で上京するようにって、切符を一緒に」

「へえ。それで、お母様は」

「先月、亡くなりました。それで父に連絡を」

まあ、と靖子が顔を曇らせた。

「それは大変だったわね」

さっきは茶化すみたいな言い方をして、と靖子は謝った。やはりいい人のようだ。美里は、気にしないでと言ってから、事情を話し始めた。

車掌は、五号車の乗務員室にいた。佐伯と吉永は、誰も見ていないのを確認してから、半開きの扉を叩いた。室内の小さなテーブルに向かって何か書き込んでいた車掌が、顔を上げた。

「はい、何か」

立ち上がった車掌は、四十前後と見えた。背丈は佐伯と同じくらいだが、肩幅は三分の二ほどだ。左腕には「乗客専務」と白文字で書かれた赤い腕章をはめている。佐伯と吉永は一礼して内ポケットから黒い警察手帳を取り出し、それぞれに名乗った。

「鹿児島県警の方ですか」

車掌は眉を上げ、自己紹介した。

「専務車掌の宮原(みやはら)です。点呼では何も聞いていませんでしたが、何事でしょうか」

宮原は、表情を硬くした。いきなり自分の列車に県警の刑事が乗り込んで来たら、誰だって緊張と不審を抱くだろう。

「はあ、実はですな。ある事件の容疑者がこの列車に乗った可能性がありまして」

佐伯が話すと、宮原の表情がさらに険しくなった。

「事件と言われますと」

「傷害です。相手はかなりの重傷で」

佐伯はそれだけ告げた。瀬戸口は事情があって勤めていた料理屋を首になり、自暴自棄になっていたところで喧嘩に巻き込まれ、相手を刺してしまったのである。

「傷害犯ですか。乗客に危害を及ぼす可能性は」

車掌としては、当然それが一番気がかりだろう。幸いにして、瀬戸口は粗暴犯ではない。

「それについては、さほど心配はないと思いますが」

ふむ、と宮原は頷いたが、緊張を解いた様子はない。

「実はこの列車には、大阪の鉄道公安職員が二人乗っています。スリの警戒のためですが、協力するように言いましょうか」

「公安官が、乗っておられるっとですか」

佐伯は少し考える風であったが、「いや、それには及びません」と返答した。スリ相手の捜査三課は鉄道公安職員と協力することが多いが、一課はほぼ接触がない。公安官も、傷害犯など相手にしたことはほとんどあるまい。あっちはあっちの仕事に専念してもらえばいい。

「では、途中駅で何か手配することはありますか」

宮原は頷いてから続けた。沿線の警察へ応援の連絡が要るか、と尋ねたのだ。列車に無線機はないそうだ。佐伯はまたちょっと考えてから、いいえと答えた。上司の指示もなく乗り込んだ以上、自分で始末をつけたいらしい。そもそも瀬戸口が乗っている可能性は低いのだから、勝手に応援を出させて空振りになっては各所轄に申し訳が立たない。

「これから車内を回って調べたいんですが、それについてご協力を」

はい、と宮原が頷く。

「できることがあれば無論、協力します。ですがもう湯之元に着くので、発車するまで待って下さい」

宮原は言いながら、巨大な受話器のようなものを摑んだ。それが放送装置なのだろう。

「間もなく湯之元、湯之元に着きます。出口は左側です」

宮原は放送装置を置くと、窓から顔を突き出した。ホームの安全を確認しているらしい。車掌というのも、なかなかに忙しいようだ。

湯之元を発車すると、宮原は窓から乗り出してきびきびと指を差し、前後を確認した。一連の動作を終え、顔を引っ込めると、宮原は吉永たちに向き直った。

「それで、協力とは」

「ええ、お忙しいところ邪魔をしまして申し訳なかですが」

佐伯は、常に似合わず恐縮気味に言った。

「制服ば貸していただけんかち思うて」

「制服を、ですか」

宮原は目を丸くした。

「車掌に変装して車内を回ると？」

これを聞いて、吉永も驚いた。素のままでは目立つからと、車掌の格好で車内を検(あらた)めようというのか。確かに、制服の車掌がいくら車内を歩いても、誰も不審には思わないだろうが。

「それはさすがに、駄目です」

宮原は、きっぱり断った。

「予備の制服は積んでいませんし、私の制服をお貸しするわけにもいきません。規則上、というだけでなく、運行の安全に関わる道具を、いろいろ納めていますので」

宮原はポケットを叩いた。普段なら佐伯も、重大犯罪の捜査なのだからとさらに押すところだろうが、鉄道の安全を言われるとさすがに無理は言えず、頭を搔いた。

「うーん、そうですか。いや、仕方なかですな」

「検札のとき、車掌さんに代わりに見て貰えばどうですか」

吉永が後ろから言った。瀬戸口の人相年恰好を告げて、合致する者が乗客にいるかどうか確認して貰えばいい。そういう例も、ないわけではない。だがもちろん、吉永たちがやるより確実性は下がる。

「その犯人と言いますか……容疑者ですか、切符は持ってるんでしょうか」

宮原に言われて、佐伯と吉永は顔を見合わせた。それは考えていなかったが、窓口で買ったら張り込み中に気付いただろう。事前に用意していたとは考え難い。

「持っとらん可能性が高かですが」

「じゃあ、検札を避けますね。検札に来たのに勘付いたら、トイレなりどこかへ隠れるでしょう」

ああ、それはもっともだ、と吉永も思った。車掌の制服が却って相手を警戒させるようなら、本末転倒だ。佐伯も考え込むように首を傾げていたが、眉を下げて頼むように宮原に言った。

「車掌さん、何かいい知恵はなかでしょうかな」

宮原は、ふうむと唸ってしばらく首を振っていたが、やがて意を決したように言った。

「まあ、なくもないですがね」

佐伯の顔が明るくなった。

「ほう、どげな」

答える前に宮原は放送装置を取り上げた。

「業務連絡。坂下（さかした）給仕、五号車乗務員室へ」

第二章　川内から熊本

「父と母は、戦争のせいで一緒になれんかったとです」

そのひと言で、靖子は「ああ、そうなの」と大きく頷いた。戦争が終わって十六年。そのような話は、国中のどこにでもある。

「お父様は、お母様と結婚する前に戦地に行かれたのね」

「はい」

美里は、短く答えた。正直、実際はどうだったか、わからない部分もある。父が母と結婚するつもりだったのかどうか、母から聞くことはできなかった。だが母の様子からは、それは望めなかったことのような気がした。父は志願して、鹿屋の海軍航空隊基地にいたらしいが、土地の人ではなかったのだ。たぶん、それが理由だろう。

「でも、無事に生きて帰って来られた。それだけでも、運が良かったわ」

「ええ、そう思います」

「復員なすってから、ずっと東京にお住まいなの？」

靖子の言葉に、微かに非難めいた響きが感じられた。なぜ母を迎えに来なかったのか、と言いたいのだろう。

復員した父は東京の近くと思われる出身地に帰った。母はその住所を知らなかった。母も鹿屋から鹿児島に移ったために、互いに連絡が取れなくなったのだ。戦地からは一度葉書が来たそうで、母は身ごもったことを返事に書いて送ったが、どうやらそれは届かなかったらしい。

「最近まで、互いに生きてるか死んでるかも、わからんかったみたいです」

まあ、そうなの、と靖子は驚いた顔をした。

「それじゃあ、今回は……」

どうやって連絡がついたのか、疑問に感じたようだ。

「ほんとの、偶然です」

運が良かったと言うべきだろうか、と美里は改めて思った。

「たまたま、海軍で父と一緒だった人が、母の店に来たんです」

美里は、簡単にそれだけ言った。その人物は伊藤といって、鹿屋の出身で鹿屋基地で勤務したことがあり、東京で開かれた戦友会で父に再会していた。伊藤は店で母も鹿屋出身と聞き、話が弾む中でたまたま、父の名が出たのである。

「南方へ行く輸送船がボカ沈食らったち聞きよったんで、てっきり死んだかと思うちょったが、顔見てびっくりしたわ」

母が父を知っていることに驚いた伊藤は、そんな風に言って、自分が知る限りのことを話してくれたそうだ。それで、父が既に東京で家庭を持っていることがわかった。それを聞いた母は、自分から父に連絡を取ることを諦めたらしい。父の家庭に問題を持ち込みたくなかったのだ。だから美里にも、父の名字を教えてくれなかった。聞いたのは、幸雄（さちお）という下の名前だけだ。

美里は不満だったが、居酒屋を手伝ううち、いろんな人のいろんな事情が耳に入った。母のように戦争で運命が変わった話は、世間にいくらでもあるのだ。そう考えて、父のことをあまり深く聞くのはやめた。母の傷口を広げるような気がしたからだ。

だが、母が亡くなったことで事情が変わった。父に会いたい。会って、母のことを伝えたい。どんな生き様だったか、どうやって私を育ててくれたか。美里は葬儀に来てくれた伊藤を摑まえ、思いのたけを伝えた。根がお人好しらしい伊藤は目を潤ませ、父と連絡を取ると約束してくれた。その結果が、今大事に持っている父からの手紙なのだ。何度も読んだので、書かれていたことは全部覚えている。父はまず美里に詫び、母に子ができていたことを知らなかったと告げていた。その上で、是非会いたい、母がどう生きたか教えてほしい、と頼んでいた。家庭を持っていることも隠さず打ち明け、妻子には事情を話して、理解してもらうつもりだとも書き添えてあった。だが伊藤を介しているので、封筒には「美里様」とだけ宛名が書かれ、自分の名も「幸雄」とだけ記されていた。名字も住所も、わからないままだ。奥さんに納得してもらうまで、直接手紙のやり取りをすることを避けたいのだろう、と美里は考えた。だが文面には誠実さが感じられ、安堵した。

美里はもう一度伊藤に頼んで自分の写真を託し、私も会いたい、構わないなら上京すると伝えてもらった。すると父からは、この日の急行霧島に乗ってくれれば東京駅で迎える、との書付と共に、切符が送られて来た。美里に否やはなかった。勤め先の本屋に事情を話して休みをもらい、霧島の客となったのである。

「お父様はどんな仕事をなさってるか、聞いてもいいかしら」

「さあ、それは……」

わからないので、答えられなかった。伊藤も詳しくは知らないようで、どこかの会社の偉い人、とだけ言っていた。立派な家の人なら、家族に美里のことを話すのは気を遣うだろう。もし婿入りしていたのなら、尚更だ。

「会社に勤めちょっみたいですが、よくわからんとです」

それだけ返すと、靖子はちょっと首を傾げた。それ以上は聞いてこなかったので、付け足した。

「この汽車に乗って来なさいって、言われたとです」

「そうか。それじゃ、お迎えに来てくれるのね」

靖子が安心したように微笑んだ。美里が父のことをよく知らないにしても、少なくとも拒まれていることはない、とわかったからだろう。優しいんだな、と美里も微笑んだ。父からは切符と共に、この七号車に乗るよう指示されていた。東京駅はきっと人が多いだろうから、すれ違いにならないよう気遣ってくれているのに違いない。そう思うと、何だか安心できた。

乗務員室に呼ばれた列車給仕の坂下は、当惑顔で佐伯と吉永を交互に見た。

「あのう、宮原専務、この方々は」

「警察の人だ。君にちょっと協力を頼む」

え、と坂下は目を見開いた。

「協力って、どんな」

「この人に、制服を貸してやってくれ。規則上は問題あるかもしれんが、まあ緊急のことだ」

宮原は、吉永を手で示した。見ると、坂下の背格好は吉永とほぼ同じだった。

「え、それじゃあこれを脱げと。僕はどうしていればいいんですか」

坂下は自分の制服をつまんで、宮原に言った。大丈夫、と宮原が肩を叩く。

「君が忙しくなるのは、水俣を出て寝台のセットを始めてからだろう。それまでは、さほど用事はあるまい。この刑事さんは、先頭の十一号車まで一往復するだけだ。その間、君はここにいたまえ」

列車給仕が寝台車に配置され、寝台のセットや片付けを行うのが主な仕事であることは、吉永も承知していた。確かに今なら、余裕はあるだろう。

「はあ……わかりました」

坂下は不承不承という感じで頷き、白い詰襟の制服のボタンを外し始めた。

「ズボンもですか」

制服を脱いだ坂下が、情けなそうに言う。宮原は吉永のズボンを見て、大丈夫だと言った。

「その色なら、ズボンはそのままでもいいでしょう。お客さんには、わかりゃしません」

そうですかと応じて、吉永は警察手帳を内ポケットからズボンのポケットに移し、上着を脱いで坂下の制服と交換した。ワイシャツの上に制服を着け、給仕と書かれた青い腕章をはめて制帽を被る。

「うん、問題ないでしょう」

宮原が請け合った。吉永の上着を羽織った坂下は、目をきょろきょろさせて問うた。

「あのう、拳銃とかないんですか」

吉永も佐伯も笑った。若い者にありがちな、映画の見過ぎだ。

「そげな物騒なもん、相手が武装してる可能性があるときしか、持ちゃあせんよ」

はあ、そうですかと坂下が赤くなった。

「ああ、それからこれを」

宮原が差し出したものを見て、吉永はえっと思った。小型の箒と塵取りだ。

「つまり、車内を掃除に来た、と思わせるんですな」

佐伯が納得顔で言う。

「ええ。検札に来たと思って警戒されちゃまずいでしょう。給仕が検札するようなことはありませんが、旅慣れない人にはわからないかも」

そりゃあそうだ、と佐伯が手を叩く。

「よく考えていただいてますな。さすがだ」

いえいえ、と宮原が手を振った。

「ついでに言うと、まだ始発駅を出て一時間です。こんな頃合いで清掃することはないんですが、やはり旅慣れていないと気付かないでしょう」

それから宮原は、吉永に言った。

「お客さんからは、何か質問されるかもしれません。下手に答えず、新米の給仕なので車掌に聞きます、と言って、戻ってから聞かれた相手と内容を私に教えて下さい。後で私が答えておきます」

「重ね重ね、どうも」

吉永は礼を言ってから、箒に目を落とした。掃除だけなら問題ないが、質問があったとして、そもそも何を聞かれたのか自分にちゃんとわかるんだろうか。

「じきに川内に着きます。川内を発車したら、出発して下さい」

わかりましたと応じると、宮原は窓の外を確認して放送装置を取り上げた。

「間もなく川内、川内です。出口は左側です。川内の次は、阿久根に停まります……」

貝塚は、できるだけ首を動かさずに後ろを窺った。これで三度目だが、つい無意識にやってしまう。

「あの連中、湯之元に着く前に車掌室の方へ行ったままですね」

視線を戻し、辻に囁きかけた。連中とは無論、刑事らしい二人組のことだ。

「さっきの業務放送、関係があるんでしょうか」

「あんまり他所さんのことは気にするな。こっちはこっちの仕事をしてりゃええ」

そうは言ったものの、辻も気になってはいるようだ。

「給仕に、何かさせるんかもしれんな」

「しかし、刑事が給仕を使って、どうするんですやろ」

「そんなこと知るかい。余計な事考えんと、千恵蔵の方だけ見とれ」

辻が肘で貝塚を小突いた。はいはい、わかりましたと監視に戻る。

しかし、と貝塚は思った。どうも尻がむずむずする。この列車では、何かいろいろと面倒なことが起きそうだ。そんな嫌な予感がした。

「ご両親は、お元気なんですか」

美里は、靖子に向かって聞いた。自分の親のことを話したのだから、少しは聞いてもいいだろう、と思ったのだ。

「ええ、元気」

靖子は軽く応じた。

「元気過ぎるくらいにね」

美里は眉を動かした。靖子が付け足した言葉に、棘があるように感じたのだ。

「ご両親は東京……」

言いかけたところ、靖子が笑顔で遮った。

「ほら、東京で何するかは内緒」

やれやれ、これもさっきの「ナイショ」に含まれるのか。だが、靖子は続けて言った。

「これだけ教えてあげる。両親は鹿児島よ」

そうなんだ、と靖子は小首を傾げる。靖子の言葉には薩摩弁があまり出ないので、東京住まいで鹿児島の祖父母を訪ねた帰りなのかも、と思ったのだ。違う、と言うなら、次は何を聞いてみようか。

何だかゲームみたいになってきた、と含み笑いしかけたところで、食堂車側の扉が開いて、制帽に白い制服の職員が入ってきた。振り向いて、車掌が切符を調べに来たんだ、と思った美里は、ポケットに手を入れかけた。

気配に気付いた靖子と、通路側の会社員も顔を上げた。

「あら、給仕さんね。掃除かしら」

言われて見直すと、職員は箒と塵取りを手にしていた。左腕の青い腕章には、確かに「給仕」と書いてある。役所や会社には給仕の仕事をする人がいて、中学の同窓生でもそういう仕事に就いた者がいるが、汽車の給仕って初めて見た。何をするんだろう。

問いたげな表情をしたのに気付いたか、靖子が小声で言った。

「汽車の給仕さんは、寝台車の寝台を整えたり、お客さんのお世話をしたりするの」

へえ、と美里は目を丸くした。急行には、そんな人も乗っているのか。

給仕は各座席にいちいち目をやりながら、目に付いたゴミを掃きとっていった。と言っても、まだ鹿児島を出てさほど経たないから、大してゴミはない。夕飯どきを過ぎてからなら、お弁当の空き箱とかたくさん出るだろうに、と思ったが、寝台の世話をするのが仕事なら、その時分は忙しいのだろう。

給仕は黙って箒を動かしながら通路を端まで歩き、前の車両への扉を開けて出て行った。

それを見送った靖子が、くすっと笑った。

「汽車が揺れた拍子によろめいてたわ。新米さんかしら」

一方、会社員は首を傾げて、相方に話しかけた。

「寝台車の給仕がこっちに回って来っとは、珍しかな」

そうですねえ、と給仕の背を目で追っていた相方が、気のない声で相槌を打った。

デッキに出たところで、列車が通過する駅のポイントを渡ったため大きく揺れ、バランスを崩した給仕姿の吉永は、壁にしたたか背中をぶつけた。畜生め、と独りで毒づく。客が座っている座席に倒れ込んだりしないで、良かった。

どうも鉄道の仕事を舐めていたようだ。両手が塞がったまま車内を真っ直ぐ歩く、というごく単純なことが、こうも難しいとは。たぶん、何かコツがあるのだろう。

扉のガラス窓から前の車内を窺う。こちらもやはり満席だ。吉永は、ふうと一息ついた。ここまで七、八、九号車と三両を通ってきたが、瀬戸口はいなかった。残りは十号車と十一号車の二両。何とかボロが出ないようにしなければ。

切通しを抜けて線路が右へとカーブすると、海が見えた。あ、と思って窓ガラスに顔を寄せる。すぐに海は消え、短いトンネルに入った。

「海辺に出たね」

靖子が言った。言い方からすると、この先も海沿いに走るようだ。やっぱり靖子は何度かここを通ったことがあるんだ、と美里は思った。

短い鉄橋を渡り、小さな駅を過ぎて少し行くと、視界が開け、一面の海になった。真っ赤な太陽が水平線に近付き、間もなく沈もうとしている。海面が一筋、夕陽を浴びて朱に輝いていた。

「わあ、綺麗」

思わず声に出した。通路側の会社員も、読んでいたものから目を上げて、しばし景色を楽しんでいる様子だ。

「汽車からのこういう景色、いいわね。初めて？」

靖子も窓辺に寄って、尋ねた。美里は夕陽を見つめながら答える。

「何しろ修学旅行以外、伊集院より先に行ったことがなかったとです」

伊集院から南薩鉄道に乗り換えてしばらく行ったところに親戚がいて、母と一緒に訪れたことがあった。そこの子たちと吹上浜まで行って泳いだりしたのだが、あれはもう十年くらい前か。遠出と言えば、その程度だ。思えば自分の知っている世界は、何と狭いのだろう。ずいぶん世の中を見ているらしい靖子と比べて、少しばかり恥ずかしくなった。

「これなら、明日も晴れそうね。きっと富士山が見られるよ」

富士山と聞いて、一瞬、きょとんとしてしまった。だがすぐに思い出した。東京へ向かりには、富士山の南側を通るのだ。日本の象徴としてその名は当然知っていても、身近で山と言えば霧島か桜島、或いは開聞岳だったので、ピンと来なかったのだが、もうすぐ直に目にすることになるわけだ。遠くへ行くんだなあ、と改めて実感した。

海から一度離れ、また近付いた頃、間もなく阿久根という放送が入った。次第に家が増える。港が近いらしく、石炭の香りに混じって、漁港の匂いがしたような気がした。

前側の扉が開いて、給仕が戻ってきた。さっき通った際よりだいぶ速足だ。箒を使うこともなく、通り過ぎざまに左右の座席に目を走らせただけで、食堂車の方へ出て行った。きっともう、寝台車の仕事に戻らないといけないのだろう。何だか忙しそうだな、と美里は微笑んだ。

「先頭車まで行ってから一等座席車ももう一ぺん見ましたが、瀬戸口は見当たりませんでした」

給仕の制服を坂下に渡しながら、吉永は言った。列車は阿久根駅に入ろうとしており、ホームの乗客からこの着替えを見られては具合が悪いので、大急ぎで自分の上着に袖を通す。

「便所は確かめたか」

佐伯が聞いた。トイレに隠れる、というのは当然に想定される。吉永はいやいや、と首を振った。

「九号車のトイレが使用中でした。でも、まさか戸を叩いて顔を見せろとは言えませんよね」

給仕がそんなことをしたら、国鉄に苦情をねじ込まれるだろう。宮原が、そりゃそうですと苦笑し、佐伯は口をへの字に曲げた。

「二等車五両とも、全部の座席が埋まってました。往復して全員の顔は確かめたんですが、空振りです。立っていた客は合わせて三十五人ほどで、これも全部確認しました」

口には出さなかったが、やっぱり瀬戸口は乗ってないじゃないですか、と目で佐伯に迫った。佐伯は、うむと唸って横を向いたが、ちょうどブレーキを軋らせて列車が停車し、よろめいて壁に手をついた。吉永はさっきまでの自分を思い出して笑い、佐伯に睨まれた。

「宮原専務、もうよろしいですか」

元通りに制服を着た坂下給仕が、声をかけた。窓からホームの乗降を確認していた宮原が、「おう、済まん。本来の仕事に戻ってくれ」と告げる。坂下は佐伯と吉永に目礼すると、ほっとしたように乗務員室を出て、急ぎ足で寝台車の方に向かった。

発車して阿久根のホームを出たところで、宮原が笑みを浮かべて吉永に聞いた。

「給仕になってみて、いかがでしたか」

「はあ、どうも思ったより大変でした」

吉永は頭を掻いた。自分に向かって煙草の空き箱や丸めた紙屑を放り投げて来たのが、三人ばかりいた。掃除に来たのなら、こいつも捨てとけ、ということだ。トイレから戻る中年の男性客に、邪魔だと塵取りを蹴られもした。むっとしたが、給仕姿で文句を言うわけにはいかず、辛抱した。その一方で、ご苦労様ですと言ってくれた老婦人もいた。十人十色の客を何百人も平等に、しかも高圧的にならないよう扱うのは、学校教師などより余程大変かもしれない。

「ああ、それから、博多からの接続を尋ねてきた客と、入ってくる風が寒いと文句を言ってきた客がいました。お願いできますか」

忘れないよう懸命に頭に刻み込んだ内容と、席の場所を宮原に告げた。わかりましたと応じた宮原の表情を見ると、何でもない些細なことのようだ。吉永は、ほっと息をついた。

とにかく、これで一応の捜索は終わり、成果はなかった。さすがに佐伯も諦めるだろう。

「どうも、ご協力ありがとうございました」

佐伯が宮原に敬礼した。ご苦労様です、と宮原も敬礼を返した。やはりこれで終わりにするようだ、と吉永は安堵した。が、次の佐伯の台詞を聞いて、ぎょっとした。

「七号車のデッキにおりますんで、何か気付いたことがあったら言うて下さい」

宮原は、「わかりました」と言ってから少し考える様子をして、言い直した。

「九号車の乗務員室が空いています。よければ使って下さい」

「ありがとうございます」

佐伯はもう一度敬礼した。

「私は二等車の検札に回ります。何か気付いたらお知らせしますよ」

三人は、揃って乗務員室を出た。宮原が隣の食堂車へと消えるなり、吉永は佐伯の袖を引いた。

「佐伯さん、何考えよっとですか。次の出水(いずみ)で降りて、引っ返さんと」

出水で降りれば、一時間半ほど待って西鹿児島行きの準急に乗れる。課長には怒鳴られるだろうが、今日中には鹿児島に帰りたかった。

「いや、まだじゃ」

佐伯は頑固に言い張った。

「あいつは乗っちょる。間違いなか」

「でも、先頭から最後尾まで見たのに、いなかったじゃないですか」

「荷物車は見とるまい。屋根も」

何を馬鹿な、と吉永は苛立ってきた。

「荷物車には別に車掌が乗ってるでしょう。屋根なんて、気付かれずにどうやって上っとですか。終戦直後の買い出し列車やあるまいし」

どこまで本気で言うてるとですか、と目を怒らせた。佐伯はその程度では怯まない。睨み返されたので、吉永の方が目を逸らしてしまった。だが佐伯も、吉永の方が理では正しいと承知しているのだ。次に言うべき言葉を探しているようだが、出てこないらしい。少し間が空いた。

「……儂はなあ、どうしてもあいつを、この手で押さえてやりたいんじゃ」

それだけ言うと、食堂車に通じる扉の把手を摑んだ。吉永は天井を仰ぐ。いったい、何でそこまで奴にこだわるんだ。もう勘弁してもらいたい。

箒を持った給仕がほんのちょっと顔を見せて引っ込んでから一呼吸置いて、貝塚は辻に話しかけた。

「辻さん、どう思われますか」

「今の給仕か」

辻は窓の方を向いたままで言った。貝塚が続ける。

「ありゃ、給仕やないでしょう」

「せやな」

辻は当然であるかのように答えた。

「業務放送で給仕を呼んで、さっきの刑事のうち若い方が給仕から制服を借りて、清掃に来たふりをして車内を一通り見回った、ちゅうことやろ」

貝塚の見方も同じだった。

「やっぱり誰か、容疑者を捜しとるんでしょうね。顔色から察するに、見つからんかったみたいですけど」

「そんなら、容疑者は乗っとらんかった、ちゅうこっちゃな。その方がええ」

面倒事が増えなくて助かった、とばかりに辻が言った。

「制服を借りるまでしたんなら、専務車掌は事情を全部知っとるやろ。念のため、後でどういうことやったか聞いとくか」

貝塚が「わかりました」と頷くと、辻は付け足すように確かめた。

「千恵蔵の動きはまだないな」

「ええ、変わりないですね」

貝塚はわずかに覗く千恵蔵の後頭部を見て、返答した。

「やっぱり、勝負は寝台客が増える博多からやろうな」

辻は凝りをほぐすように肩を叩いてから、腕時計に目を落とした。つられるように、貝塚も自分の時計を見る。間もなく六時だ。

「そろそろ、飯でも食っとくか」

二人は宿泊所で用意してもらった弁当を、網棚に上げた鞄に入れている。そう言われれば、だいぶ腹が空いてきた。貝塚は、いいですねと応じて立ち上がり、鞄に手を伸ばした。

次は出水にしばらく停車する。ちょうど夕飯時で、弁当を用意して来なかった乗客はここで駅弁を買うことが多い。そのための長時分停車、と思う人もいるが、主には機関車に補給するためである。蒸気機関車は、ある程度走ると水や石炭を使い切ってしまい、長距離列車の場合、途中のどこかで足してやらなくてはならないのだ。

腹が減っては戦ができぬのは、人間も機関車も同じだ、と貝塚は口元で笑った。

車掌が回ってきた。さっきの給仕とは違う、何度も見たことのある制服だ。車掌は「お邪魔いたします。切符を拝見します」と各席に声をかけ、鋏(はさみ)を入れている。美里もポケットから切符を出して、差し出した。

「はい、ありがとうございます。ああ、お二人とも東京ですね」

車掌は美里と靖子に微笑み、「道中長いですから、特に貴重品にはご注意ください。最近盗難が多いんです」と注意して切符を返してくれた。

「親切そうな車掌さんね」

車掌が前の方へ去ってから、靖子が囁いた。美里も「そうですね」と頷く。母の居酒屋には、国鉄の機関士さんや区員さんはよく来てくれたが、車掌さんは見たことがない。職場によって、行く店が違うのだろう。機関士さんは職人肌の豪快な人が多かった気がする。同じ国鉄でも、日々いろんなお客さんと接する車掌さんは、物腰の柔らかい人が多いんだろうな、などと美里は思った。

「間もなく出水、出水です。出口は左側です。出水では六分間停まります。十八時十四分の発車です。ホームでお買い物などされる方は、お乗り遅れのないようご注意ください」

さっきの車掌さんが速足で前の車両から引き返して来て間もなく、放送があった。このために急いで車掌室に戻ったのだろう。その声と共に急行霧島は速度を落とし、出水駅のホームにゆっくりと滑り込んだ。車内が少しざわめき、窓を大きく開ける客や、席に荷物を置いたまま出入り口に急ぐ客がいる。どうしたんだろう、と美里が見回すと、窓の外から「べんとーっ」という呼び声が聞こえてきた。そう言えば、もう六時。外は暗くなりかけており、多くの家では夕ご飯の時間だ。

窓から見ていると、駅弁は飛ぶように売れていた。弁当を並べた箱を首から帯で下げ、片手で弁当を手渡し、もう片方の手で釣銭を渡している。母の店でお勘定を手伝ったときの自分より、十倍は早い、と美里は舌を巻いた。慣れているだけでなく、金額が決まっているからなのだろう。

美里は、膝の信玄袋に触れた。中に、夕飯にするおにぎりが二つ、竹の皮に包まれて入っている。美里が自分で握ったものだ。出汁醬油で炊き込んで味をつけ、蓮根や人参を入れている。ゆで卵と漬物も添えてあった。駅弁売りを見ているとお腹が空いてきたので、この駅を発車したら食べようかと思う。隣の会社員は、鹿児島で乗るときに駅弁を買ってきたらしく、網棚に鞄と一緒にそれらしい袋があった。

美里は、靖子の様子を窺った。弁当を買おうとはしないので、用意しているのだろう。横に置いたバスケットをちらりと見る。あそこに入れているんだろうか。どんなお弁当だろう。靖子なら、サンドイッチか何かの方が似合いそうな気がするけど……。

そんなことを考えているうちに停車時間が過ぎ、前の方で汽笛が鳴った。売り上げに満足したらしい駅弁売りを残して、霧島はホームを離れて行く。反対側には車庫などがあるようで、機関車の上げる黒い煙が幾筋も、照明灯の光に浮かび上がっていた。

駅構内を出たところで、ふいに靖子が言った。

「ねえ、食堂車に行かない？」

えっ、とびっくりして、美里は靖子を見た。食堂車、というものは無論知っているが、自分には縁がないもの、一等車のお客とか、お金のある人が使うもの、漠然とそう思っていたのだ。だからつい、鳩が豆鉄砲みたいな顔をしてしまった。靖子の方は、当たり前のように微笑んでいる。

「すぐ隣が食堂車なのよ。せっかく近いんだから、使いましょう。遅くなると混んでくるよ」

「え、でも私……」

美里は信玄袋を指して、おにぎりを持って来たので、とやんわり断ろうとした。靖子は一瞬残念そうな顔をしたが、ちょっと考えてから提案をしてきた。

「朝ご飯はあるの？」

「いえ、それは用意してませんけど……」

「だったらそのおにぎり、朝ご飯にすれば良か。夏場じゃないから、明日の朝なら傷んだりしないわ」

「ええ、でも……」

美里は困って眉を下げた。おにぎりを朝ご飯に回すのはいいが、食堂車は何でも高い、と承知している。思わず頭で財布の百円札を数え直した。すると靖子が、わかってるわよ、という顔で囁いた。

「大丈夫、無理に付き合わせるんだから私が奢ります」

美里は、また驚いて眉を上げる。

「でも、それじゃ……」

「心配しないで。その代わり」

美里はにっこり笑って、信玄袋を指した。

「そのおにぎり、明日の朝、一つ頂戴」

美里は苦笑した。おにぎりと食堂車、到底釣り合った交換とは言えない。何だか懐具合まで見透かされ、下に見られたような気がして愉快ではなかった。だが、これは靖子なりに気を遣ったのかもしれない。育ちがいいせいで、どこか無頓着なのに自分で気付いていないのだろう。悪気は全然ないのだ。

そうやっていい方に考えれば、食堂車なるものを体験するいい機会だった。美里は微笑みを返して頷いた。

「ご一緒しましょう」

靖子は、良かった、と手を叩き、済みませんと会社員に詫びて通路へ出た。美里は、通路に新聞紙を敷いて座っていた初老の夫婦に、しばらく自分たちの席に座ってもらっていいですよ、と声をかけた。夫婦は、助かります、と丁重に礼を言って座席に座った。

背を向けて歩き出そうとしたとき、会社員が「いいとこのお嬢さんのごたるな。食堂車とは結構なご身分たい」と相方に呟くのが、微かに耳に届いた。

食堂車はやはり満席で、しばらく待つことになったが、幸い五分も経たずに二人分の席が空いた。車内は四人掛けのテーブルが左右に五つずつ並び、美里と靖子はそのうちの一つに並んで腰かけた。ネクタイを締めた中年の会社員二人連れと、相席だ。ビールを傾けていた相客は、若い女性二人と相席になったので喜んでいるようだった。服装と年恰好からすると、同じ会社員でも七号車の隣席の客より地位は高そうだ。一等車の客だろう。

「さあ、何にしよう」

靖子が窓際のメニューを取って、二人の間に置いた。

「げっ」

美里はメニューに書かれた金額を見て、思わず下品な声を出してしまった。ステーキ定食五〇〇円、グリルチキン定食三五〇円、幕の内一九〇円。やっぱりデパートの食堂より高いんじゃないかしら。だが下の方まで見ていって、カレーライス一〇〇円、コーヒー五〇円と書かれているのに気付き、引きつりかけた顔の筋肉を緩めた。これなら、町の食堂とほとんど同じだ。最初に高級な料理を見て気圧されただけか、とほっとした。

だがさすがに、ラーメンとかうどんとかはなくて、幕の内を除けば洋食ばかりだ。家業が居酒屋だったので、これまで洋食を口にする機会はあまりなかった。たまに山形屋(やまかたや)デパートや天文館の商店街に出かけ、カレーを食べるぐらいだ。ちょっとわくわくしてしまう。

「ええっと、私はポークチャップとライスね」

メニューを見ながら、靖子がウェイトレスに言った。つい値段を見る。二〇〇円プラス二五円か。奢ってもらう以上、それより高いものは言えない。だいたい、ポークチャップって何だろう。

「じゃあ……私は、チキンカツレツとライスで」

一五〇円プラス二五円。今までに食事に一七五円かけたことがあったか、思い出せない。

少々お待ち下さい、と言ってウェイトレスが下がったので、美里は他のウェイトレスの動きを目で追った。揺れる汽車の中なのに、彼女たちはよろめくこともなく二枚も三枚も料理の皿を持ち、コーヒーを運んでも全く溢(こぼ)さない。揺れてもいない居酒屋で運んでいた焼酎を溢して叱られた美里の目には、皆が眩しいくらいの熟練者に見えた。

間もなく水俣、という宮原のアナウンスを聞いたとき、佐伯の肩が動いた。それを見て吉永は、あっと思い出した。瀬戸口の出身は、確か水俣だったはずだ。

「佐伯さん、水俣ですね」

吉永の声に、佐伯が振り向く。その顔を見た吉永は、怪訝に思った。目元に何故か、哀し気な色を感じたのだ。佐伯と組んで以来、そんな顔を見たことは一度もなかった。

「どうかしましたか」

聞いてみると、佐伯は吉永の怪訝な表情に気付いてか、一瞬でいつものいかつい顔に戻った。

「何でもなか」

吉永は首を傾げたが、それ以上は聞けなかった。改めて言ってみる。

「水俣は、瀬戸口の出た町ですよね。出水で降りなかったのは、あいつがここまで来るかもと思って、確かめようちゅう考えじゃったとですか」

ふん、と佐伯は鼻を鳴らした。

「そいも、なくはないが」

佐伯は、近付いてくる水俣の街灯りを見ながら言う。

「乗っていれば、ここで降りはせんじゃろ」

はあ？　と吉永は首を傾げる。

「故郷には行かん、と」

「東京へ行く、ちゅう情報じゃったろ」

「しかし、それはガセなんじゃ」

「ガセとまだ決まったわけでもなかろう」

今さら何を、と思ったが、佐伯の顔を見て、言うのをやめた。

「あいつは、もっと先へ行く」

佐伯は言い切って、出入り口の窓の外を見つめた。どうしてそうまで自信ありげなんだ、と吉永は半ば呆れた。だが、一つ気になった。佐伯の言う「先へ」は、この汽車の行く先、というだけの意味なんだろうか。

水俣を出てしばらく経ち、向かいの席の客のビール瓶が空く頃、料理が運ばれてきた。ポークチャップは、と見ると、豚肉のステーキのようなものだ。どうしてチャップなんて言うのかなと、どうでもいいことを考え、自分の皿を見る。トンカツは何度か食べたが、チキンカツというのは初めてだった。靖子の手元を盗み見して、肉にナイフを入れた。ロに運ぶと、衣のカリッとした食感に続いて、鶏もも肉の軽い風味と脂が舌に広がった。うん、美味しい。顔が綻んだ。

靖子を横目に見ると、あまり表情に変化がない。味はまあ、こんな程度か、とでも思っているようだ。ずいぶんと舌が肥えてるんだろうか。

ふと何かが気になり、視線を移した。すると、反対側の一つ前のテーブルに座っていた紳士と目が合った。失礼してしまった、と思い、慌てて視線を戻す。紳士の方も急いで目を逸らした。こちらを見ていたようだが、何が気になったんだろう。

美里は、そうっともう一度その紳士を見やった。薄茶の背広に蝶ネクタイ。中背で恰幅が良さそうだ。髪に白いものがちらほら。お役所か、どこかの会社の偉い人みたいだけど……。

紳士がまたこちらを向いた。が、美里が見ているのに気付くと、すぐに自分のテーブルに目を戻して、取り繕うようにビールをコップに注いだ。私たちの何が気になるんだろう。もしかして私、食堂車には場違いだった？　いや、戦前じゃないんだからそんなことは。

そこで、はっとした。どこかの会社の偉い人。僅かに聞いた父のイメージ。まさか、そうなんだろうか。この霧島に乗るように伝えてきたのは、自分も乗るからだったのでは？東京駅に迎えに来るのではなく、汽車の中で隠れて美里を見ていよう、というつもりだったのではないだろうか。だとすると、一人旅の美里が危なくないよう見守ってくれているのか。

いやいや、と美里は胸の内でかぶりを振る。それなら鹿児島に来ていたわけだから、直に美里の家を訪ねてくるのではないか。仕事の都合で来る暇がなかったとしても、一緒に霧島で上京しよう、と伝えてくれれば良かったはずだ。

もしかして、私を観察しているのだろうか。そんな想像が湧いてきた。父が立派な家の人なら、我が家に迎え入れるのにふさわしい娘かどうか、一昼夜の道中で見定めようという考えなのでは。ぎくりとしてちらっと靖子を窺う。まさか靖子も一枚嚙んでいるなんてことは？　父に頼まれ、間近でずっと私を観察するために……。

何を考えてるんだ、私は。美里はさっきより強く、胸の内で首を振った。まるで少女小説の世界ではないか。この汽車は、現実の線路の上を走っているのだ。しっかりしろ、美里。

気を落ち着けてチキンカツを一切れ頬張ったが、ついまた紳士の方を見てしまった。そこで思わず、口の動きを止める。紳士がやっぱりこちらを見ていたのだ。そしてさっきと同様に、急いで目を逸らした。どう考えても、明らかに私の方を気にしている。

（まさか、まさかなんだけど）

美里は妙に緊張してきた。せっかくのチキンカツの味が、だんだんわからなくなった。

弁当を食べ終えた貝塚は、ふうと一息ついた。千恵蔵から目を離さないようにして弁当を食べるのは厄介だったが、幸い何事も起きなかった。

「そろそろ車掌に刑事の件、聞きに行きますか」

声をかけると、辻も「そうやな」と返事した。

「水俣を出たさかい、次の八代まで一時間近くある。ええ頃合いやろ」

貝塚は立ち上がり、食堂車かトイレに行くような顔で前に向かった。千恵蔵の顔は見ないように気を付ける。

五号車乗務員室にいた宮原専務車掌は、貝塚が来たのを見て表情を引き締めた。

「例のスリ、動き出したんですか」

「いいえ、奴はまだおとなしゅうしとります。動くのは、寝台客が増える博多からやないかと睨んどるんですが」

「そうですか。では、他に何か？」

「さっきから、刑事らしい人が動き回ってるので、何事かと思いまして」

ああ、そのことですか、と宮原は済まなそうな顔になった。

「あれは鹿児島県警の人でしてね。傷害事件の犯人を追っているという話で」

宮原は、手短に佐伯たちに協力した内容を説明した。

「公安さんにもお伝えしようと思ったんですがね。刑事さんがそれには及ばんとおっしゃるんで」

宮原が詫びた。貝塚としては、そういう情報は伝えてほしかったので不満だったが、宮原を責めるつもりもなかった。

「なるほど、事情はわかりました。で、その犯人は見つからなかったんですね。刑事さん方は、今どこに」

「二等車は満席ですし、当面、九号車の乗務員室にいてもらうことにしました。犯人が隠れているとしても、二等車の大勢の中に紛れ込んでいる可能性が高いと思ってるようです」

うーん、と貝塚は首を捻る。

「ほんまに乗っとるんでしょうかね、その犯人」

確実性が高いなら、捜査員が二人だけ、ということはあるまい。担当捜査班の半分以上は投入してくるだろう。宮原も同様に思っているらしく、内緒話のように言った。

「ここだけの話、ベテランの刑事さんの勘だけで動いてるような気がします」

「そんな感じですか」

であれば、放っておくか。少なくとも、千恵蔵は現に乗っているのだ。これまで通り、そちらに集中しよう。

美里は、七号車の席に戻っても落ち着かなかった。靖子に会計をしてもらって食堂車を出たときも、背中にあの紳士の視線を感じたのだ。靖子の方は、紳士が目に入らないわけではないにしても、気にした様子はなかった。視線に気付いていないのかしら。鈍感なのか、美里の緊張が高まっているのもわかっていないようだ。

席に戻ると、しばらく美里たちの席を譲ってあげていた初老の夫婦は、繰り返し礼を言ってまた通路の床の上に移った。何だか申し訳ない気がした。

夫婦から目を上げたとき、仕切り扉のガラスに人影が見えた。あ、と小さく叫びかけて呑み込む。一瞬目に留めただけだが、間違いなくあの食堂車の紳士だった。美里たちが席に戻るまで、目で追っていたようだ。どこに座っているのか、確かめたのか。

美里の心拍数が上がる。あの紳士が自分を知っている、ということはほぼ確信できた。やはり父なのか。それとも父に頼まれた誰かか。

どうすべきだろう。向こうから声をかけてこない以上、こちらから話しかけるわけにもいかない。取り敢えず、格好の悪い振舞いをしないようにだけ、気を付けていよう。靖子に話そうか、と思ったが、やめた。お腹が一杯になった靖子は、明らかに注意力が落ちている。美里の緊張にも、まだ気が付かない様子だ。ここで靖子に話しても、気にし過ぎと笑われそうに思えた。

美里はもう一度、ゆっくり振り返ってみた。今度は、扉のガラスの向こうに人の姿は見えなかった。

乗務員室を出て歩き出した貝塚は、食堂車から誰かが慌ただしく出てくるのに気付いて振り向いた。それは蝶ネクタイをした中年の紳士で、急ぎの用らしく大股で乗務員室に歩み寄った。車掌に用事だろうか。見た感じ、落とし物か苦情ではないかと思えた。別に珍しいことではない。

貝塚はすぐその紳士のことを頭から追い出し、席に戻った。相変わらず千恵蔵は動いていない。

そう思った時、千恵蔵が急に立ち上がり、通路に出た。あっと思って、座ったばかりの貝塚はすぐまた立とうとした。それを辻が抑えた。

「慌てるな。手洗いや」

貝塚は動きを止め、大丈夫ですかとばかりに辻を見た。辻は泰然としている。

「鹿児島を出て三時間や。その間、奴は一度も用足しに行っとらん。そろそろやろ」

トイレは車両の前後にあるが、後方を選んだようだ。千恵蔵は体をこちらに向けると、おもむろに歩き出した。目尻に皺のあるやや角張った顔が次第に近付き、貝塚は目を合わせないよう注意した。

千恵蔵が通り過ぎ、デッキに出る扉が開いて閉まる音がした。そのとき、貝塚の肩が強い力で摑まれた。驚いて辻の方に顔を向ける。辻は腰を浮かせ、右手で貝塚の肩を摑んだまま、扉の方を凄い目付きで睨んでいた。どうしたんです、と言いかけたとき、辻が呻くような声で言った。

「あいつは、千恵蔵やない」


霧島は、八代を定刻に発車した。九号車の乗務員室に立った吉永は、後ろに去って行く駅名標をぼんやり眺めていた。佐伯は車掌用の椅子に座ったまま、腕組みして考え込んでいる。本来一人用の部屋なので佐伯と一緒にいると狭いのだが、贅沢は言えない。

「次は熊本です。どこまで行くとですか」

もういい加減に引き返しましょう、と言ったところで、瀬戸口が乗っていないと佐伯が納得するまでは無理そうだ。答えが返らないので、吉永は溜息をついた。

「結局水俣でもあいつは見えんかったし、本当に乗っとるなら、聞き込んだ通り東京まで行っとですかねえ」

まさかそこまで追わんでしょうね、との意味を込めて呟いてみる。やはり返事はない。佐伯は床に目を落としたまま、じっと何か考えている。

「おい」

ふいに佐伯が顔を上げて大声を出したので、驚いた吉永は窓枠に頭をぶつけそうになった。

「な、何ですか急に。びっくりするじゃないですか」

文句を言いかけた吉永に向かって、佐伯が聞いた。

「先頭の十一号車にもこげな部屋があるんじゃろ。さっき見回った時、そこも見たんじゃろな」

何を今頃、と吉永はむっとして答えた。

「もちろんです。誰もいませんでしたよ」

いたらとっくに捕まえて、意気揚々と帰路についているところじゃないか。

「その、一番前の出入り台にも誰もおらんかったか」

他の車両のデッキには、席にありつけなかった乗客が数人ずつ立ったり座ったりしていて、何人かは扉を開けて煙草を吸っていた。この九号車でも、今いる乗務員室のすぐ外に三人ほど立っている。だが、先頭車両の前のデッキは無人だった。

「一番前は、機関車のすぐ後ろでもろに煙をかぶるから、敬遠されちょっとでしょう」

「そうか。誰もおらなんだか……」

呟いてから、いきなり佐伯は立ち上がった。

「先頭へ行く」

投げるように言うと、乗務員室を出た。また勝手に、と吉永は顔を顰め、後に続いた。

四十代後半と見えるその乗客は、トイレから出た途端に辻と貝塚に止められ、目を白黒させた。

「誠に済みませんが、ちょっとお伺いしたいことがあるんで」

二人に公安職員の手帳を見せられた乗客は、眉をひそめた。

「何にも悪いことはしてへんつもりやが……」

貝塚は、おやと思った。てっきり、公安官に目を付けられるようなことはしていないと食ってかかられると思ったのに、語尾が消えるほど口調が弱い。何かやましいことでもあるのか。

「もしかして、切符のことかいな」

切符？　辻と貝塚は一瞬、顔を見合わせた。この客、不正乗車でもしているのか。

「切符、拝見しましょうか」

辻が手を差し出すと、中年の乗客はばつの悪そうな顔で背広のポケットから切符を出し、手渡した。

「大阪までですか」

辻が切符を検める。鹿児島から大阪市内までの一等乗車券で、特に不審のない正規のものだった。何か問題あるのか、と逆に辻の方が訝し気な目を向ける。

「いや実は、鹿児島駅で他の客から、切符を代えてくれ、て言われてな」

「切符を代える？　その誰かと交換した、ちゅうことですか」

貝塚が確かめると、そうだとの答えが返った。

「向こうは一等の切符で、知り合いが二等に乗ることがわかったんで、一緒に乗りたいから二等の切符持ってはるんやったら、これと交換してくれんか、言われたんや。急で勝手な話やし、差額はいらんて言うから」

「それで交換されたんですね。変だとは思いませんでしたか」

一等乗車券で二等に乗って悪い、ということはないから、二等に乗りたいからと言って、わざわざ乗車券を交換してもらう必要などない。しかも差額は不要だなんて、気前が良過ぎる。自分の代わりに誰かに一等車に乗ってもらいたかったのだ、と考えるしかない。

「そら、変やとは思うたわ。せやけど、見たところ偽の切符でもなさそうやし、差額なしで一等に乗って行けるんやったら楽や、と思うたんで……」

勘定高い大阪人らしいな、と貝塚は苦笑した。千恵蔵は貝塚たちにマークされているのを知って、鹿児島駅で自分と見た感じが似ている客を捜し、身代わりに仕立てたのだ。こちらが千恵蔵は一等車か寝台車で仕事をするものと決めてかかったのを、逆手に取られた格好だった。

「切符を交換した相手は、どんな男でしたか」

それこそ肝心と、貝塚は井村と名乗った乗客に聞いた。

「ああ、背丈は儂と同じくらい。年恰好も、だいたい同じやな。上着は儂のと違って、薄い灰色やったで」

貝塚は井村の紺の背広を見ながら臍を嚙んだ。下り急行桜島の車内や鹿児島駅で見たときと、霧島に乗り込んでからの服の色の違いには気付いていた。だが変装が得意の千恵蔵は、何度も服装を変えてくるのが普通で、服の色が変わったのも当然のように捉えていたのだ。

そこで井村が首を傾げた。

「そう言えばあの男、儂も大阪へ行くとわかっとったんやな。なんで知ったんやろ」

おそらく、切符売り場で使えるカモが来るのを待っていたのだろう。見た目がよく似た同じ大阪行きの客が見つかったのは千恵蔵にとって幸運だったわけだが、京都行きの客でも神戸行きでも、千恵蔵なら口八丁で丸め込み、切符を取り替えていたのではないか。

「もう一ぺん、その男を見たらわかりますか」

辻が聞いてみたが、井村は「うーん」と首を捻った。

「まあ、たぶんわかるやろ、としか言えまへんなあ」

貝塚は、落胆した。その程度の記憶なら、変装されたらわからないかもしれない。

「わかりました。席に戻ってもらって結構です。もしそれらしい男に気付いたら、すぐ知らせて下さい」

念のため、財布は大丈夫か尋ねた。井村はぎょっとしてズボンのポケットに手を回し、安堵して頬を緩めた。千恵蔵も、さすがに身代わり相手に仕事に及んではいなかった。

井村が席に座るのを確認してから、貝塚は「くそっ」と毒づいた。

「すっかり出し抜かれましたね。急いで奴を捜しましょう」

まあ待て、と辻が肩を叩く。

「相手は闇雲に捜してすぐ見つかるほど、間抜けやない。こんな仕掛けまで打ってきよったんやからな」

辻の声には、怒りが混じっていた。自尊心が傷付いたようだ。

「しかし、こうまでしたからには、必ずこの霧島で仕事しよるわ。自分から宣言したみたいなもんやな」

「するとその、我々に挑戦する、ていうわけですか」

「そういうこっちゃ。面白（おもろ）なってきたやないか」

売られた喧嘩は買わんとな、と辻は凄味を帯びた笑みを浮かべた。

給仕姿で見回った時より若干増えた乗客の間を縫い、十一号車の前寄りデッキに着いた。さっきと同様、人影はなかった。連結面の通路の扉は閉まっているが、窓から炭水車の真っ黒い影が見える。機関車の吐く煙の匂いが、強く立ちこめていた。

佐伯は、乗務員室の扉を開けて顔を突っ込んだ。無論、空っぽだ。佐伯は振り向いて、妻壁の側にある窓を指した。そこからの視界も、炭水車の後尾に塞がれている。

「さっき来た時、ここから何か見えなかったか」

「何かって、機関車の尻だけですよ」

当然のように答えてから、佐伯が何を言いたいかわかった。

「まさか瀬戸口が外側にいたかも、なんち思ちょるとですか」

佐伯は無言で手を伸ばし、通路の扉を開けた。風と煙が勢いよく吹き込み、機関車の轟音がぐっと大きくなる。

「危なかですよ」

吉永は轟音に負けじと叫んだ。この辺りは平坦らしく、速度がだいぶ上がっている。佐伯は吉永の注意が聞こえなかったかのように、開いた扉からぐっと身を乗り出して、まず右を、ついで左を仔細に眺めた。それから納得したように頷くと、体を車内に戻した。

「見てみろ」

佐伯が後ろ手に指したので、吉永も手すりを握って顔を突き出した。佐伯の示した右の方を見る。特に変わったものはないと思ったのだが、数秒で気付いた。車体の右隅に、把手のようなものが縦に四つ、並んでいる。その下に目を向けると、細い足がかりのようなものが付けられていた。おそらく、ここを伝って屋根に上れるようになっているのだろう。

まさか、と首を振り、体を引っ込めた。煤を払って、佐伯に向き直る。

「佐伯さん、瀬戸口が屋根に上った、なんて言うんじゃなかでしょうね」

「そげな馬鹿なこちゃ、言わん」

佐伯は眉間に皺を寄せた。

「じゃっどん、ちょっとの間なら、あすこに手足をかけてへばりつくこちゃ、できるんじゃねか」

え、と吉永は眉を上げた。瀬戸口がもしこの誰もいない十一号車のデッキに乗っていたとしたら。給仕姿の吉永が車室内の通路をこちらに来るのを見て、デッキから出て外側の把手に取りつく。そして吉永が去るのを見計らい、扉の窓から中を窺ってデッキに戻る。外に身を隠す時間は、せいぜい一分程度でいい。確かにそれなら、できるだろう。

「痕跡が残ってないか、確かめますか」

佐伯は、大きく頷いた。

「もうじき熊本だ。しばらく停まっじゃろ。ホームの側から調べりゃいい」

吉永も頷きを返した。いつの間にか、佐伯の確信に引き込まれていた。

第三章　熊本から下関

　熊本駅のホームに霧島が停まると同時に、吉永と佐伯は十一号車の出入口から飛び出した。ホームは霧島に乗り込もうとする乗客と見送り人で、混み合っている。車両の前側に回り込んで把手の部分を見ようと首を突き出すと、駅員が制止した。

「機関車が離れますんで、危ないですよ」

「いや、ちょっと……」

　吉永が抗議しかけるのを、佐伯が止める。

「機関車がどいてくれるなら、好都合だ」

　ああ、そうかと向き直ると、音を立てて連結器が外された。駅員が旗を掲げて振る。機関士に合図を送ったようだ。すぐに汽笛が鳴り、機関車が客車を置いて動き出した。

「機関車を付け替えるとですか」

吉永が聞くと、駅員は前方を旗で指した。

「そうです。客車も三両繋ぎます」

言われて見ると、ホームの前の方には大勢の乗客が列を作っている。ここで繋ぐ客車を待っているのだ。

佐伯は警察手帳を出した。

「鹿児島県警の者です。ちょっとそん客車の把手を、よく見たいんじゃが」

「はあ？」

駅員は訝し気な顔をしたが、警察なら仕方ないとばかりに身を引いた。佐伯が把手に顔を近付けると、何人かの乗客が気付いて好奇の視線を向けてきた。

佐伯は四つの把手と下の足掛かりを丹念に見てから、吉永を振り返って足掛かりを指差した。

「靴の跡らしいもんがある」

覗き込むと、確かに靴底の爪先の形が残っていた。佐伯は続いて把手を指した。

「ここも、握ったところだけ煤と埃が取れとる。ここに居ったに違げあね」

「国鉄の係員が点検に使った、ちゅうことは」

吉永が念のために言うと、佐伯は駅員に尋ねた。

「これを上って点検することは、よくあっとですか」

駅員は、何を聞くんだと呆れたような顔をした。

「いやあ、滅多になかでしょうね。屋根に何か起きた、ちゅうなら別ですが」

駅員は返事してから、前の方を指した。

「連結する客車が来ます。危なかですから、下がってください」

見ると、確かに客車の黒い影が前から近付いて来る。これ以上邪魔するわけにもいかないので、佐伯と吉永は数歩下がった。

「確かに奴はここに隠れとったようですね」

吉永が囁いた。瀬戸口ではなくただの無賃乗車犯だった、ということもあり得るが、そこまでする可能性は低いだろう。

「しかし十一号車の車内に奴の姿はなかった。どこへ行ったんでしょう」

「出水、じゃな」

え？　と吉永が首を傾げる。出水で降りたというのか。今さらそんな……。

「出水で六分停まった。その間なら、車内を通らんでも移動できる」

吉永は出水駅の様子を思い出した。あそこのホームは乗り降りの客と弁当を買う客で混んでいたし、ホームの照明は暗かった。だが瀬戸口が下車するかもと充分に気を付けていたので、すり抜けられたとも思えないが。

「たぶん、ホームと反対側の線路に下りて、前へ走ったんじゃ」

ああ、と吉永は呻いた。そちら側には全く注意を向けていなかった。

「もしそうなら、瀬戸口は……」

吉永と佐伯の存在は、既に瀬戸口に気付かれているだろう。ホームと反対側から座席車に乗り込めば、乗客に見咎められて通報される危険がある。とすると……。

「三号車の寝台車だ」

吉永が口にするのとほとんど同時に、佐伯が後方へ駆け出した。

「身代わりを設定して入れ替わるとは、大胆不敵な奴ですなあ」

貝塚から話を聞いた宮原は、こんな話は初めてだと驚きを見せた。

「よほど大きな仕事を狙っとるんやないかと、心配しとるんですわ」

心配と言うより高揚したような口調で、辻が言った。

「多額の現金などを持ち込んでいる乗客に、心当たりはありませんか」

公的な輸送なら公安職員が警備につくが、乗客が私的に持ち込む貴重品については、申告がない限り知りようがない。宮原はしばし考える風だったが、「特には」とかぶりを振った。

「現金を入れた鞄など持っている人は、緊張が現れますから何となくわかるんですが、それらしいお客さんには気付きませんでしたね」

近頃はそんなお客さん自体、滅多に見ませんが、と宮原は付け足した。それから、急に心配顔になる。

「犯罪絡みの金、ということはないでしょうか」

「暴力団とかが法に触れる金を運んでて、それを横取りしよう、というような？」

「まさかと思いますが、車内で乱闘などが起きたら一大事です」

まるで映画だが、宮原は真顔で言った。いやいや、と辻が手を振る。

「さすがにそんな大層なことはないですやろ。千恵蔵の生業はあくまでスリで、極道連中と揉めるのはできるだけ避けますさかい」

辻が笑いながら言うので、考え過ぎでしたか、と宮原も表情を緩めた。そこで突然、ホームをばたばたと走り抜ける足音が響いた。宮原が窓から首を出し、足音の主を確かめてから当惑したように辻を見た。

「例の刑事さんです。血相変えて前の三号車に駆け込みました」

何や、と辻は眉間に皺を寄せ、貝塚に言った。

「そろそろ、その鹿児島の刑事に話を聞いといた方が良さそうやな」

そこでホームの発車ベルが、けたたましく鳴りだした。


寝台車の出入口の前では、乗客を迎えるため立っていた給仕の坂下が、発車ベルを聞いてステップに足をかけたところだったが、ホームを騒々しく駆けてくる佐伯と吉永に気付き、驚いたように振り向いた。体当たりでもしそうな勢いでそこへ駆け込む。

「おい坂下君、寝台車の客は。切符はみんな確認したんか。余分な客はいないか」

畳みかける佐伯に、坂下は目を白黒させた。

「と、とにかく乗って下さい。もう発車します」

言った途端に、汽笛が鳴り響いた。坂下が車内に身を引き、佐伯に続いて吉永がステップに乗ったところで、霧島が動き出した。

「いったい、どうしたんですか」

一息ついてから、坂下が尋ねた。吉永は大急ぎで、声が大きくならないよう手短に話を伝えた。坂下は、どうにか呑み込めたようだ。

「出水から寝台車に乗り込んだ可能性がある、というのはわかりました。私は気付きませんでしたが、不可能じゃないでしょう。でも、寝台のお客さんはまだ半分で、もちろん皆さん寝台券をお持ちなのを確かめています」

坂下は通路の扉の窓越しに、車内を示した。寝台の組み立ては既に終わっていて、通路と寝台のカーテンしか見えない。

「寝台は五十四ありますが、今は三十三、埋まってます。残りは小倉までに一杯になります。一番端の上中下三段分は、調整席になっていて、発売してません」

坂下が車内を覗き込む佐伯の後ろから、解説した。調整席とは、指定券や寝台券の二重売りがあった場合や、飛び込みでどうしても寝台を使いたい、という客に対応するため予備で確保してある席だそうだ。

「ちなみに、今ご乗車の三十三人の方の中に、先ほど伺った犯人の特徴に合う人はいませんでしたよ」

佐伯は残念そうに、そうかと頷いた。瀬戸口が何とか坂下の目を誤魔化したとしても、寝台券まで用意していたとは考えられない。今現在、この三号車車内にいないのは間違いなさそうだ。

「便所は……」

　言いかけた佐伯は、トイレが二つ、目の前に並んでいるのに気付いて歩み寄った。いずれも鍵のところの表示は「空」だ。念のため、両方とも開けてみた。当然のように、空っぽだった。

「他に隠れられるところは……ないですよね。この後ろは、荷物車ですか」

　吉永も一応聞いてみた。坂下が、ええ、と頷く。

「荷物車の扉は、鍵がかかってます。こじ開けて入っても、中に荷物車掌がいますし」

　吉永は、ふう、と溜息をついた。

「こりゃダメですね。また空振りです」

　十一号車の足掛かりの靴の跡を見たときは、瀬戸口はこれに乗っていると確信しかけたのだが、またあやふやになってきた。思い込みに引き摺られているだけなのではないか。見ると、佐伯も困惑顔になっている。さすがに自信が揺らいできたらしい。

「そげなはずは……」

　佐伯の呟きが聞こえた。が、すぐに気を取り直したように顔を上げ、坂下の肩を叩いた。

「邪魔して済まんかった。この先も、充分気を付けっおいてくれ」

　坂下は、ほっとしたように「わかりました」と返事した。佐伯は吉永の背中を押した。

「車掌室に寄ってから、九号車に戻る」

五号車乗務員室に着いた佐伯と吉永は、そこで二人組が待ち構えていたのでちょっと顔を顰めた。

「鹿児島県警の方ですな。大阪中央公安室の辻です」

年嵩の方が愛想笑いを浮かべ、身分証を出した。若い方も先輩に従い、身分証を示して貝塚と名乗った。佐伯は頷きを返し、警察手帳を見せた。

「鹿児島県警捜査一課の、佐伯と吉永です」

挨拶してから、佐伯は戸惑うように左右に目をやった。そこは宮原を含めた五人がたむろするにはいかにも狭く、通路を塞ぐ格好だ。察した辻が、手短に済ませましょうと言った。

「宮原専務からだいたいの事情は聞いとります。容疑者はまだ見つかりませんか」

佐伯と吉永が三号車に駆け込んだのは、見られていたのだろう。佐伯が渋い顔で「まだです」と応じる。

「その容疑者、傷害犯ちゅうことですが、どんな奴です。暴れたりはしまへんか」

公安職員にしてみれば、瀬戸口が乗客に危害を加えそうな奴かどうか、それが最も気になるのに違いない。

「暴れたりはせんと考えとりますが」

瀬戸口はもともと暴力に馴染んだ男ではないはずだ。吉永はそう答えたが、追い詰められればどうなるかまで確信はなかった。

「そいつは間違いなく、この霧島に乗ってるんですか」

貝塚が聞いてきた。乗っているなら、今まで見つからないのはどうしたわけだ、と言いたそうだ。吉永は言葉に詰まった。が、佐伯はいかにも確信ありげな口調で言った。

「そう思ています」

ふむ、と辻が頷く。代わって佐伯の方が聞いた。

「おはん方は、スリを追うとるんでしょう。そっちはどげな具合なとですか」

今度は辻が渋い顔をした。

「それなんですが、こっちもちょっと面倒なことになってましてなぁ」

辻は、さる大物スリをマークしていたが、囮(おとり)まで使って姿をくらましている、と正直に答えた。

「変装の名人ですか」

吉永は目を見張った。スリにもそんな大仕掛けをする奴がいるとは初めて知った。犯罪者の世界も奥が深い。

「なるほど。お互い、厄介なこちなってますな」

佐伯の感想には、自嘲が含まれているようであった。

「とにかく、できるだけ早い検挙をお願いします。乗客の安全が一番大事ですので」

それまで控えていた宮原が、釘を刺すように言った。佐伯と辻は、一瞬互いに顔を見合わせてから、揃って「もちろんです」と答えた。吉永には、皆が胸の奥底で心配していることがよくわかった。瀬戸口と大物スリ。鉢合わせても、気付かずにすれ違うだけだろうが、本当にそれで済むのか。

とにかくお互いに充分気を付けましょう、と無難に言い交わして、刑事と公安職員は別れた。去り際、ふと思い出したように佐伯が足を止めた。

「車掌さん、鹿児島の本部に電話したかとじゃっどん、電話できる駅はあいもすか」

宮原は、ああ、と頷いた。

「鳥栖で六分、博多で十一分停まりますから、そのどちらかで。でも博多駅は混み合いますから、鳥栖の方ですかね。二十一時五十八分着です。駅員に言って、鉄道電話を使うといいでしょう」

佐伯は、宮原に礼を言って、吉永に目で指図した。お前が電話しろ、ということだ。吉永は、早くも課長の怒鳴り声が耳に響くような気になって、げんなりした。

熊本からまた乗客が増えたので、座り込む人で通路の半分ほどが埋まっていた。夜も次第に更け、車内のざわめきも徐々に収まってきた。一番前で酒宴を張っているらしい数人の声が、美里の耳にまで届く。

美里は、ぼんやり窓を見た。外は真っ暗で、ガラスに美里の顔が映っている。田舎臭い顔だなあ、とガラス窓の自分に向かって、声に出さずに呟き、嗤う。向かい側では、靖子がうとうと、舟を漕ぎ始めていた。こっちは、そのまま銀座を歩いても恥ずかしくないように見えるのに。育ちの違いというやつか。うちの中学には、こんな風な子はいなかったなぁ。

ガラスを通して、車輪の音が伝わってくる。こととん、こととん。刻むリズムが、熊本を出てから少し早くなった気がする。機関車を付け替えたみたいだから、きっと大きくて強い機関車に代わったのだろう。それだけ都会へと近付いている、ということなんだろうか。

隣の会社員二人組は、読んでいた本と雑誌を膝で閉じ、寝入っているようだ。さっきまでは、野球の話をしていたのに。漏れ聞いたところでは、今シーズン西鉄が三位に終わったことをこの世の終わりのように思っているらしい。稲尾が頑張ったのに他がいかん、とか。博多で降りると言っていたから、もし寝過ごしそうなら起こしてあげないと。

暗い窓に、母の店の光景が甦った。酔って寝てしまった客を、明日の仕事に障るよと言って起こし、うるさがる相手を宥めすかし、何とか立たせて表に連れ出す。悪態をつかれても、飲み過ぎた酒を吐きかけられても、嫌な顔一つせずに。

ふいに涙が湧いた。苦労ばっかりかけて、いつか大人になったら楽させてあげるよ、などと言っていたのに。もう少し何か自分にも、できることがあったのではないか。失った時間は、もう戻らないのだけれど……。

「あれ、どうかした？」

靖子の声がして、思いから醒めた。涙を見られたか、と慌てて目元を拭う。

「何でもなかです」

目を瞬いてから、笑みを作った。そう、と靖子は微笑む。

「そうね、夜汽車って、つい感傷的になるのよね」

感傷的、か。いかにも苦労知らずの人らしい言葉だ。靖子さんのお母さんは、どんな人なんだろう、と美里は考えた。靖子の手には、ひびもあかぎれも、傷らしい傷もない。毎日舶来のクリームなんかを使っているのか、肌は光るほど滑らかだ。膝のバスケットには、化粧品一式が入っているに違いない。大事に育てられたんだろうな、と思った。

美里の中で、鹿児島からずっと靖子に感じていた違和感がぐっと膨らんだ。そんな大事に育ったお嬢さんが、どうして混み合った二等車に独りで乗って、東京へ向かっているのか。既に社会に出て、多少は人というものがわかるようになってきた美里は、思った。靖子が育ったような家なら、親がこんな形で娘を遠くにやったりしないのでは。

思わずじっと睨んでしまったので、靖子が戸惑いを見せた。

「え、何？ 目が怖いんですけど」

「あ、ごめんなさい」

瞬きして目を落ち着かせてから、美里は隣の会社員を窺った。微かにいびきをかいている。しばらく起きる心配はなさそうだ。それでも用心して声を低め、靖子に顔を近付けた。

「あのう靖子さん、東京へ何しに行くかは内緒って言ってましたけど」

うん？ と靖子が眉を上げた。

「まさか……家出じゃなかたろね」

えっ、と靖子が目を見開く。

「どうしてそう思った？」

「だって……普通なら一人で二等に乗って遠くへ行きっょな人には思えもはん」

あら、と靖子は自分の服に目を落とした。

「それ、褒められてるのかしら」

「褒めるとか、そげなのではなくて」

靖子は、右手で車内を示した。

「何て言うか、どうも違うような」

七号車に乗っている女性は多くないが、地味目の上着か無地のセーター、着物姿の人ばかりだった。そもそも若い女性は、あと一人しかいない。靖子は美里の言いたいことを了解して、そうかと微笑んだ。

「私一人、浮いてるってことね」

「それだけじゃないです。西鹿児島と伊集院に停まった時、外から顔を見やならんよう、気を付けとったでしょう。あや、誰か連れ戻しに来んかと心配しちょったんではないですか」

伊集院を出たとき、靖子は美里に、あなた家出じゃないでしょうねと冗談めかして言った。あれは自分のことを誤魔化そうとして、つい口に出てしまったのではないか。

靖子は座り直して、美里を覗き込むようにした。美里は、ちょっと落ち着かなくなる。

「それで家出かもって、思うわけかぁ」

「違ごとですか」

靖子は、うふふっと笑った。

「さぁ、どうかなぁ」

どうかなあって……何を言ってるんだ。からかわれた気がして、美里はむっとした。すると靖子は手を伸ばして、膝に戻した美里の手をぽんぽんと叩いた。

「大丈夫、心配しないで。そのうち、わかるわよ」

そう言われても、と美里は困惑した。だが、靖子の屈託ない笑顔を見ていると、怒る気が失せてきた。自分の方が深刻になるのも、おかしいかもしれない。

「まあ……いいですけど」

美里は開き直る気分で、肩を竦めた。少なくとも今は、車掌に告げたりはしないでおこう。

「三池炭鉱ていうのは、あれですか」

大牟田駅に近付く霧島のデッキに立ち、海側の扉の窓から煌々と照明の灯る広大な施設を遠目に見て、貝塚が聞いた。港を囲むように、専用線の線路や操車場、貯蔵庫などがびっしり並んでいるようだ。辻が目を凝らし、「そうやな」と答えた。

「あそこから石炭を積み出すんやな。炭鉱は海の底にも、あっちの山の中にも延びとるらしい。石炭を運ぶ専用の鉄道も、網の目みたいに通っとるそうや。何にせよ、どでかい炭鉱やな」

仕事以外は阪神タイガースぐらいしか興味のなさそうな辻だが、日本最大の炭鉱を前に人並みの感想は抱いているようだ。

「月はどっち側ですかね」

「何や、炭坑節かい」

月が出た出た、の誰もが知っている歌詞を、辻が口にした。思わず貝塚の頬が緩んだ。

「まあ今は、月見なんかより労働争議が有名ですけどねえ」

「ああ、それな」

辻の顔つきが難しくなる。

「この春には、福岡でごっつい事故もあったしな」

辻の言うのは、三月に福岡県香春(かわら)の炭鉱で七十人以上が死んだ火災のことだ。あれを聞いた時、炭鉱の仕事は命の危険と隣り合わせなんだ、と貝塚も改めて認識していた。

「石炭掘りっちゅう仕事は、きついからなあ。昔から、いろいろと揉め事はあるわな」

それから辻は、少し間を置いて言った。

「噂やけど、千恵蔵の親は九州の炭鉱で働いとったらしい」

えっ、と貝塚は辻の方を向く。

「初めて聞きました。この三池ですか」

「いや、筑豊のどっかや。そこで肺を悪うして、死んだらしい。三十年は前の、昭和の初めの頃やと思うけどな」

「その時分の炭鉱やったら、今よりだいぶ酷かったんでしょうなぁ」

「まあ、せやろな。それで千恵蔵は、親の死に様見て、ワシはこんな生き方は嫌や、もっと楽に稼ぐんや、言うて、家を出たっちゅう話や」

「その行き着いた先が、箱師ですか」

せやな、と辻が残念そうに呟いた。

「手先は生まれつき器用やったんかもしれんが……他にやることはなかったんか、とは思うわな」

辻は溜息混じりに言ってから、まあ噂やからどこまでほんまかわからん、と笑い、煙草を取り出して火を点けた。ふうん、と貝塚も溜息をつく。

「そう聞くと、立派な炭鉱の景色も違うように見えてきますなぁ」

「まあ、世の中いろいろや。このごっつい炭鉱かて、今はもう石油の時代やからな。長くないんかもわからん」

そうかもしれませんなあ、と貝塚も煙草を取り出そうとした。そして、手を止めた。背後を通って行った誰かが、気になったのだ。貝塚が振り返ってみると、その相手は食堂車の扉を開けて、その先に消えた。

「おい、何か気になったか」

辻が貝塚の様子を見て、真剣な顔つきになった。貝塚は親指で食堂車の扉を指した。

「今通って行った客ですが」

「おう。中年の紳士やな。薄茶の背広に蝶ネクタイやったが」

「何度か、車内を行ったり来たりしてるんです」

「食堂車へ行ったんとちゃうんか」

「気付いただけで、三度もですよ」

ふむ、と辻が眉を上げたので、さらに言い足した。

「背格好、千恵蔵に似てませんか」

辻の眉が、さらに動いた。

「ちょっと大柄な気がするが……一等車の客やな。一応席番、確認しとけ」

　鳥栖で再び機関車を替えた霧島は、定刻に鳥栖駅を発車した。列車が動き出す数秒前に、駅事務室から走って戻ってきた吉永は、九号車の出入口に飛び込んだ。デッキでは佐伯が立って待っていた。口元に面白がるような笑みが浮かんでいる。

「課長の機嫌は、どうじゃった」

「いいわけないでしょう」

　吉永は顔を歪めた。本部に電話が繋がると、待ち構えていたらしくいきなり課長が出た。案の定、何を勝手な事しとるんか、と怒鳴りまくられた。その怒声の切れ目に、熊本駅で見つけたことを話し、瀬戸口が張り込みの目を掠めて霧島に乗り込んだ可能性が高いと、懸命に訴えた。自分の本音より、ずっと確信ありげに。

「途中で降りた、ちゅうことはないんじゃな。汽車ん中に、隠れるところはまだあっとか」

　課長の口調が、若干和らいだ。

「はい。寝台車から二等車まで十二両もあって、満員ですんで」

　車内をさんざん歩き回り、他に隠れるところなどあるのかと必死で頭を捻っていることまでは、言わなかった。

「乗り込んだ以上は、仕様もね。奴が乗っちょっなら、何としても見つけ出せ」

僅かな間を挟んで、課長が言った。吉永はほっとした。最悪、切符代は自腹かと覚悟していたが、そうならずに済みそうだ。

「ただし……」

「あッ課長、汽車が出ますんで」

吉永はそれ以上言わせずに電話を切った。切った途端、発車ベルが鳴りだした。停車時間という制限があるおかげで、延々と小言を聞かされずに済んだのは有難かった。

「佐伯さんが電話すれば良かったとじゃなかですか」

一人で課長に言い訳させられた吉永は、佐伯に文句を言った。佐伯はニヤッとする。

「叱られるんは、若けもんの仕事だ」

「電報を打つだけにしとけば」

「そうもいくまい。帰ってからの文句が増ゆっじゃろ」

ちぇっ、と舌打ちしてから、吉永は腕時計に目を落とした。

「二十分ちょっとで博多です。車掌の話じゃ、博多で寝台車が二両増えるとか。客ももっと増えますよね。ますます見つけるのが面倒に」

佐伯の眉間に、皺が寄った。

「そいでも、見つけにゃならん」

佐伯は振り向いて、明るい車室の中を見つめた。

「あと五分ほどで博多に着きます。博多でお降りのお客様、お忘れ物のないようお仕度下さい。博多では後ろに二両、寝台車を繋ぎます。十一分停まります……」

案内放送が流れ、車内がざわめき出した。博多で降りる客は、結構いるようだ。気の早い客は、網棚から荷物を下ろし始めている。美里たちの隣の会社員も博多で降りるはずだが、旅慣れているせいか、まだ落ち着いて座っていた。

「ああ、やっと博多かあ」

靖子が、大きく伸びをした。しばらく真っ暗だった窓の外に、家の灯りがだいぶ増えてきている。

「町は福岡なのに、駅はどうして博多っていうのかしらねえ」

靖子が、ぼそっとそんなことを言った。言われてみれば確かに疑問だが、美里はさして興味がなく、考えたこともなかった。だが、隣の会社員が聞きつけて、得たりという顔をした。

「福岡市はねえ、もともと、城下町の福岡と商人町の博多の、二つだったとよ。それが明治の中頃に、一緒になったとたい」

会社員が言うには、市の名前を決めるとき、福岡にするか博多にするかで大揉めになったそうだ。議会で福岡派の議員が強引に博多派を押さえ込んで福岡市に決めたので、代わりに鉄道の駅は文句なしで博多になった、ということだ。得意げに話したところを見ると、県外の人に度々この蘊蓄(うんちく)を披露しているのだろう。

「へえ、そうなんですか。一つ賢くなりました」

靖子が目を輝かせたのを見て、会社員は悦に入ったようだ。目尻が下がっている。美里にとってはどうでもいい話だったので、ただ「はあ」と頷いておいた。

ほどなく、大きく揺れた。博多駅の構内に入ったらしい。会社員も立ち上がって、網棚から鞄を下ろした。何人かが座席から立ち、通路へ出た。やがて霧島は、大勢の人が並ぶホームにゆっくりと進入していった。

博多、博多と連呼するホームのスピーカーの声が、車内にも響いた。五号車の座席で、貝塚は左右を見回した。霧島は九州内だけの乗客も少なくないようで、この五号車からも十人ほどが下車した。入れ替わりにそれ以上が乗り込み、車内は満席になった。

「しかし、九州一の都会の駅やのに、どうも狭苦しいですねえ」

貝塚は改札の方を指差して感想を述べた。ホームは三本あるが決して広いとは言えず、駅舎に至っては明治の終りに建ったそのままで、いかにも窮屈そうだ。

「再来年には、ちょっと離れたところに新しい駅ができる。今、工事中や。なんでも、デパートも入るごっついビルになるらしいで」

ああ、そうでしたねと貝塚は頭を掻いた。こんな駅では、これからますます増えるであろう乗客と列車を捌けない。思い切って駅を別の場所に作るのは、無理にこの場で拡張しようとするより、余程効率がいいだろう。

「駅のことはともかく、こっからが正念場やぞ」

辻が言った。はい、と貝塚も顔を引き締める。博多からは一等寝台車と二等寝台車が各一両、後尾に増結される。千恵蔵の仕事場が、倍近くに広がるわけだ。

「あの蝶ネクタイの紳士は、動いとらんな」

辻が念を押す。

「さっきホームをぶらつくふりをして、確認しました。四号車の席に座ったままです」

貝塚は小声で聞いた。

「やっぱりあれが千恵蔵ですやろか」

「まだ、何とも言えんな」

辻は慎重に答えた。辻の勘では、どこかピンと来ないところがあるようだ。まあいい、と貝塚は思った。奴なら、自分たちが見張っている限り、どこかでボロを出すだろう。見逃さんぞ、という思いで、貝塚はひじ掛けに載せた手をぐっと握った。

ああ、ここか。三号車に乗り込んだ浦部欣二は、寝台に表示された番号と切符を照らし合わせ、整えられた下段のベッドに鞄を投げ出して、どすんと腰を下ろした。車内は寝台に出入りする人で混み合っている。通路側の窓を下ろし、ホームの見送り客と話している人もいる。ほぼ満席のようだな、と浦部は思った。それでも、自分の向かい側は空いているらしく、カーテンが開いたまま誰も来る気配がなかった。車両の一番端っこの寝台だから、敬遠されるのかもしれない。

浦部にとっては、向かいが空いているのは好都合だった。寝酒でも勧めてくる相客がいたら厄介だが、その心配はなさそうだ。自分の周りに、人はできるだけ少ない方がいい。願わくば、このままずっと空いていてほしいものだ。

ふと見上げると、向かいの上段はカーテンが閉じられていた。そこには先客がいるようだ。何となく目を向けたままでいると、カーテンが少し開き、中にいる男と目が合った。男は、びくっとしたように肩を動かした。浦部が目礼すると、目礼を返して来たが、すぐに顔を引っ込めてカーテンを引いた。

人見知りする奴らしいな、と浦部は肩を竦めた。ちらっと見た顔は三十手前くらいで、眼鏡をかけていた。事務員風に見えたので、出張帰りのサラリーマンか何かだろう。まあ、上段で寝ていてくれるなら、別に不都合はない。

発車時間が迫り、ざわめきが静まってきたので、浦部はベッドに寝転がった。もう夜十時半を過ぎているので、このまますぐ寝る客も多いはずだ。浦部は、まだ寝るつもりはない。それどころか、夜通し起きている覚悟だった。せっかく寝台車に乗っているのに、勿体ない話だ、と自分で苦笑する。

寝ていられないのには、もちろん理由がある。仕事のためだった。それも、近頃ない大きな仕事だ。やり遂げれば儲けは大きいし、同業者から一目置かれるだろう。もっとも、同業者に何人も知り合いがいるわけではないが。

どのみち、寝ようとしても寝られるとは思えなかった。仕事を目前に、神経がすっかり昂っているのだ。アドレナリンの作用、とかいうやつだろうか。時計を見ると、十時四十三分。発車一分前だ。仕事の重要な舞台、広島まであと五時間半ある。実はそれまでにすることがないのだが、気を抜くわけにはいかなかった。この長距離列車にはさまざまな乗客が、たぶん千人ほども乗っているだろう。どんな障害が起きるかわからない。いや、何よりもこの列車には、定時で走ってもらわねばならない。それが一番の心配事だった。

会社員が下車した後には、それまで通路に座っていた初老の夫婦が席を占めた。さっき美里たちが食堂車に行っている間、席を譲ってあげた夫婦だ。二人は、先ほどはどうもと改めて礼を言った。純朴そうで、腰の低い人たちだ。

「お嬢さん方は、どちらまで」

旦那さんの方が聞いてきた。東京ですと答えると、それはそれはと奥さんと顔を見合わせる。

「お友達か、ご親戚ですか」

顔立ちと服装を比べれば、姉妹には見えないだろう。そう聞かれるのも当然だが、この汽車で出会ったばかりだと言うと、お二人とも一人旅で、と目を丸くする。

「そや遠おまで、大変ですなあ」

奥さんの方が、感心するような同情するような声で言った。美里は、次は何しに行くのかと問われるだろうな、と眉をひそめた。靖子にはつい事情を話してしまったが、この夫婦にまた同じことを説明するのは、気が進まなかった。

「向こうでは、どんっさあ（どなたか）お迎めがあっとですか」

はい、あります、と二人はそれぞれに答えたが、それが誰であるとか、詳しいことは言わない。どうやら夫婦は空気を察したらしく、それ以上深掘りはしてこなかった。代わりに、自分たちは大阪にいる息子に招かれて、初孫の顔を見に行くついでに大阪見物だ、と嬉しそうに話した。美里も靖子も、それはいいですね、と微笑んだ。

そこで汽笛が鳴り、汽車が動き出した。

「ほんとに、こげな新しか汽車は、楽ですねぇ」

奥さんが、座面を撫でるようにして言った。美里と同じく、遠くに行く急行には乗ったことがなかったのだろう。自分も三、四十年経てば、こんな感じになるのかな、と思う。

そこでまた、母の顔が浮かんで来た。美里は奥さんから目を逸らし、窓の方へ顔を向けた。ちょうどホームの屋根が切れたところで、すぐ前のビルの屋上に、巨大な電球の形をした照明広告塔が載っているのが目についた。あれが本物の電球だったら、町を丸ごと照らせるかな、などと他愛もないことを考える。おかげで、母を思い出してこみ上げかけたものが、すっと遠のいた。

博多を発車してしばらく経った頃、車掌が回ってきた。カーテンを閉じて横になっていた浦部は、お邪魔いたしますの声で検札だと気付き、すぐカーテンを開けて切符を差し出した。

「はい、東京ですね。ありがとうございます」

給仕を従えた車掌は、笑顔で切符を返して寄越した。給仕は、何かご用がありましたらあちらの端にいますので、お申し付けをと言い置いていった。自分がどういう仕事をしようとしているか知ったら、とてもそんな顔はしていられないだろう、と浦部は胸の内で嗤った。

そこでふと顔を上げ、おや、と思った。向かいの上段のカーテンが開けられ、そこにいた眼鏡の男がいなくなっている。手洗いでも行ったのだろうか。車掌は気にした様子はなかったので、博多到着前にあの男の検札は済んでいるのだろう。

まあ、どうでもいいや、と浦部はまたベッドに横になった。どうも寝台車というのは、寝て行ける代わりに、寝台をセットしてしまったらベッドしか居場所がない。特急の寝台車には通路に折り畳みの椅子があると聞いたことがあるが、この急行の寝台車にはそういうものはなかった。自分のように下段なら、ベッドに座って床に足をつくことができるが、中段と上段の客は、寝るしかないのだ。案外不便だな、と浦部は嘆息した。

向かいの上段の客は、十分経っても二十分経っても、戻らなかった。彼も居場所を探しているんだろうか、と浦部はぼんやり思った。

「ええと、博多を出た時点で三号車が四十三、二号車が四十五、一号車が十四ですね」

検札を終えて乗車人員報告（ノリホ）を書き込んでいた宮原が、辻の質問に答えて言った。

「前も言いましたが、二等寝台車は小倉で満席になります」

「一等寝台車は定員二十八でしたね。半分しか乗ってないんですか」

貝塚は意外そうに聞いた。寝台車は常に混んでいて、寝台券の確保は難しいものだが。

「この一号車みたいなC一等寝台は、人気がないんですよ。何しろ三十年以上前に作られて何度もいじられたマロネ29形ですからねえ。寝台を片付けたら座席は通勤電車みたいな長手座席になってしまうし、隙間風が入ったりガタついたりで、事情通の人は避けるんです」

「はあ、そういうもんですか」

貝塚が頭を掻くと、勉強不足やな、と辻が肘で小突いた。

「で、どうです。乗客専務（カレチ）さんの目から見て、不審な客は」

「それは何とも。寝台車には、おっしゃった千恵蔵の年恰好、背格好に合いそうなお客さんは何人かいますが、疑うような根拠は特に」

宮原は困った顔をした。まあ、そうだよなと貝塚も思う。宮原に千恵蔵を見分けることは望めないし、辻も承知の上で念のため聞いた、というだけだ。

「いやいや、ええんです。見つけるのはこっちの仕事ですさかい」

辻が手を振ったところで、貝塚は言ってみることにした。

「実は、一人怪しいと思えるのがいるんですが」

え、と宮原が眉を上げる。

「どんな人です」

「四号車の客です。蝶ネクタイに薄茶の背広。年は四十代くらい。不必要に車内を動き回っている節があります」

ああ、と宮原が指を立てた。

「そのお客さんなら、わかります」

言ってから、小首を傾げた。

「しかし、箱師という感じではないんですが」

「と、言われますと？」

「そのお客さん、水俣を出た後で来られて、電報を打ちたいと言われたんですよ。で、頼信紙をお渡ししてその場で書いてもらい、八代駅で発信を頼みました」

「電報ですか」

貝塚と辻は、揃って首を傾げた。確かに、箱師が電報を打つというのはイメージし難い。

「文面は見ましたか」

宮原は、ちょっと躊躇ってから答えた。

「それなんですがね……」

急に外が明るくなったのを感じて、浦部ははっと目を覚まし、起き上がった。カーテンを開けると、どこかの駅に停車しようとしているところだ。ホームで待つ人々の頭上に、駅名標が見えた。小倉だ。

浦部は、ほっとした。折尾までは間違いなく起きていたのだが、ついうとうとしてしまったらしい。どこまで来てしまったのかと慌てたが、小倉と知って安心した。ならば、寝ていたのはほんの十五分ほどだ。

検札が終わってから、車内の照明が暗く落とされ、放送も明朝まで行わない、と案内があった。気を張っていても、人間、暗くなるとどうしても眠気を誘われる。それが自然の摂理というものか。時計を確かめると、十一時五十分だった。よし、定時だ。

小倉からも何人かが乗り込んできた。空いていた浦部の上の中段と上段も、埋まった。だが、やはり向かい側の寝台は空いたままだ。これはついてるぞ、と浦部はほくそ笑んだ。

そう言えば、向かいの上段も空っぽだ。あの眼鏡の男、もう夜も遅いのにどこで何をしているんだろう。

しばらく意識が遠のいていたが、はっと目が覚めた。美里は窓の外を見る。当然真っ暗だ、と思っていたら、白っぽい灯りが連なって通り過ぎて行く。トンネルの中なんだ、と気付いた。目が覚めたのは、トンネルで汽車の音が大きく響いたせいらしい。

「起きちゃった？」

向かいの靖子が、微笑む。ずっと起きていたのだろうか。つい目を瞬く。

「ええと……私、だいぶ寝てもしたか」

「博多を出てちょっとしてからだから、一時間くらいかな」

隣の夫婦はすっかり寝入っているので、靖子は小声になった。

「今、ちょうど関門トンネルよ」

「関門トンネル？」

「そう。九州と本州の間の海の下を通ってるの」

ああ、と半分眠っているような頭で思い出す。中学の社会科に出てきた。戦時中に、海の底にトンネルを掘って、東京から九州へ汽車が直接走れるようになった、とか何とか。

これがそうか、と思ったが、暗いだけで別に変った何かが見えるわけではない。

「私ねぇ、小さい時、海の底を汽車が走るって聞いて、窓からお魚が泳いでるのが見えるんだ、なんて思って、すごくわくわくしてたの」

「窓からお魚、ですか」

汽車が水の中を走ると、子供らしく勘違いしたらしい。

「でも、実際に乗って見たらただのトンネルでしょう。海の底、って感じるものなんか何もなくって、がっかりしたの覚えてる」

「そうじゃったとですか」

正直、美里はトンネルがどこを通っていようと、大して興味はなかった。だが今、九州から本州へ移ろうとしている、ということは強く意識した。九州を出るのはもちろん初めてだ。美里は窓に顔を戻し、トンネルの照明が流れるのを目で追った。少しずつ、九州が後ろへ遠のいていく。少しずつ、美里にとっての未知の世界が広がっていく。

第四章　下関から尾道

「やれやれ、こげな形で初めて九州を出っとは思いもはんでした」

吉永は、人気の少ない下関駅のホームに煙草の煙を吐き出しながら、ぼやき混じりの感想を述べた。時刻は零時十五分過ぎ。もう日付が変わっている。関門トンネルの区間だけ霧島を牽いて、ついさっき切り離された電気機関車が、側線で銀色の真新しい車体を照明灯にきらめかせていた。

二人は二号車となった二等寝台車の前寄りデッキにいた。佐伯は片足をホームに出し、吉永と並んでむっつりと煙草をふかしている。

一応念を入れて、博多で繋いだ一号車と二号車の隅々まで、瀬戸口がいないか確認した。無論、彼の姿は発見できなかった。博多まで三号車より後ろに隠れていたなら、吉永たちの目を掠めて一、二号車に移動することはまず不可能だったはずだ。出水と違って博多のように人が多い駅では、ホームと反対の側に下りて線路を走るなどという芸当を、見咎められずにやることも無理だ。

「一度屋根も調べた方が良かかのう」

佐伯が煙草を上に向け、冗談とも本気ともつかぬ口調で言った。

「佐伯さん、ヤケクソはやめて下さい」

吉永はうんざりした顔を向ける。

「何がヤケクソなもんか。中におらんなら、後は上か下じゃろうが」

やはり佐伯も、考えがあって言っているわけではないようだ。

「大勢乗り降りした博多で、人波に紛れて降りたんじゃなかですか」

瀬戸口が乗っていたのが間違いないなら、それが合理的な考えだと吉永は思った。博多ほどの大きな町なら、瀬戸口が隠れるところは幾らでもあるだろう。最初からそれを目指していたのではないのか。だが、佐伯は頑なだった。

「博多で降りても、奴にとって良かこっは何もない」

吉永は、ふうと溜息をついた。

「聞き込んだ通り、東京へ行くと考えっとですか」

うむ、と佐伯は頷く。

「東京か、それが無理でも大阪じゃ」

「それはつまり、ただ逃げるんじゃなく、いけんしてん（どうしても）やりたいことがある、ちゅうこってすか」

唸るような肯定の返事があった。何としても乗り通したいので、必死になって隠れている。佐伯はそう言いたいのか。それとも、そう自分に言い聞かせているのか。

そのやりたいこととは、と聞こうとしたとき、汽笛が鳴り、吉永の声はかき消された。

汽車が揺れたのを感じ、浦部はぱっと身を起こした。首を左右にぶんぶんと振り、両手で顔を何度も叩く。くそっ、また寝てしまった。

外を窺うと、やはり駅を発車したところだ。急いで駅名標を探す。あった。徳山だ。腕時計を見てみる。午前二時十九分。ここでも定時だったので、安堵した。広島まであと二時間。もう絶対に寝るまい。

そうだ、横になっているのが悪いんだ、と浦部はベッドの上に座り直した。このまま広島まで、座っていればいい。そう思ったものの、寝台車はベッドで座って過ごすような設計にはなっていない。座ればどうしても中段ベッドに頭がつかえてしまうので、前屈みの姿勢を保たねばならなかった。これは相当きつい。仏教の修行僧にでもなった心持ちがした。

仕方なく浦部はベッドから出た。靴をつっかけ、洗面所に行く。この時間では、三つ並んだ洗面台に誰もいなかった。蛇口をひねり、手で顔に水をかける。これですっかり目が覚めるはずだ。

ハンカチで顔を拭き、洗面所に立ったままでポケットから出したピースを咥え、火を点けた。寝台内は禁煙なので、博多を出てから一本も吸っていなかった。煙を吸い込んで吐き出すと、なんとなくほっとした。鏡に映った顔に向かって煙草を振り、気を緩めるなよ、と言い聞かせた。

（さて、こっちはまずまず順調だが、問題はあっちだな）

浦部はもう一人の仲間のことを考えた。今からやろうとしている仕事で、浦部が受け持っているのは楽な方だった。重要なのは、相方だ。浦部に必要なのは繊細な注意力と忍耐だが、相方の方はそれに加え、技術が求められた。そのうえさらに、自分たちだけではどうにもならない要素も加わる。それが、「時間」だった。

浦部はまた腕時計を見た。五分前に確かめたばかりだが、どうにも気になる。霧島は速度を上げ、問題なく走っている。つまり、山陽本線に運行上の支障は発生していない、ということだ。ならば、相方の乗る列車も時間通りに走っているだろう。

頼むぜ、と浦部は神棚にでもするように手を出して祈った。この仕事は、タイミングが何より重要なのだ。今夜だけは何としても、一分の遅れもなく定時で走り続けてもらいたい。もし五分でも遅れれば、計画は露と消えるのである。

貝塚は一号車の空きベッドに座り、カーテンの隙間からじっと車内を窺っていた。この一等寝台車は上段と下段だけなので、ベッドに座っても二等寝台車のように頭がつかえる心配はない。

これこそ千恵蔵だろう、という乗客はまだ発見できていなかった。鹿児島から乗り続けているはずだが、十一分も停まった博多では、一旦下車してから変装し直し、新しい客のふりをして再度乗車する、などということも可能だ。どこに千恵蔵がいても、おかしくない。

(さて千恵蔵め、どう動くのか)

寝台車が増えて千恵蔵の仕事場は広がったが、千恵蔵の得意技はすれ違いざまにポケットから財布を抜くことだ。それを考え、博多と小倉では乗降する客が狙われないか、目を凝らしていたのだが、被害は発生しなかった。深夜時間帯に入ると乗降はほとんどなくなるため、小倉を出てからは車内の監視に移った。辻は二等寝台車を、貝塚はこの一等寝台車をそれぞれ見張ることにしたのだ。「すれ違い」を主とする千恵蔵とはいえ、寝ている寝台客のベッドから金品を盗むことも、ないとは言えない。

　増結した一号車と二号車にも給仕が一人ずつ付くので、貝塚たちは宮原を通じて、新しく加わった二人の給仕にもスリに充分注意するよう念を押してあった。だが今のところ、怪しい動きも怪しい人物も報告されてはいない。

　どこかの駅のポイントを通過したとき車体が揺れ、窓枠が軋み音を上げた。窓枠に手を近付けると、ひんやりした空気の流れが感じられる。やはり隙間が生じているのだ。なるほどな、と貝塚は苦笑しつつ納得する。この車両の内装は木製のニス塗りで、国鉄全体から見れば普通なのだが、隣の新しいナハネ１１形二等寝台車の明るい軽合金製の内装と比べると、いかにも古色蒼然として見える。なのに料金はこちらの方が高いのだ。宮原が言っていた通り、人気がないのも仕方なかろう。

　給仕が通路に現れ、ゆっくりした足取りで巡回していく。貝塚たちの注意を聞いて、警戒してくれているのだろう。貝塚の寝台を通り過ぎざま、小さく頷きを寄越した。異常なし、という意味らしい。貝塚はカーテンの隙間から手を動かし、了解の合図を送った。当然覚悟はしていたが、今夜は一睡もできない。

霧島の速度が、ぐっと落ちた。窓の外には、街灯の灯りが幾つも見える。時間が時間なので家々の窓は暗いままだが、多くの家の影が次第に重なり合うように密集してきたのは、よくわかった。早くも店先を明るくしているのは、豆腐屋か魚屋だろうか。それだけを見ていれば、僅か十六年前、この市街のほとんどが原爆で灰燼に帰したとは信じ難かった。

全身を緊張させている浦部には、そんな感傷に浸っている余裕はなかった。近付いて来る駅構内を、目を血走らせるようにして見つめている。

やがて霧島は、車体を揺らせてゆっくりとホームに入った。浦部は隣のホームに目を釘付けにする。そして、強張らせていた肩から力を抜いて、口元に笑みを浮かべた。隣のホームに、茶色い客車を長く連ねた列車が停まっていた。車内灯の橙色の光に、多くの乗客の影が浮かんでいる。あれだ。大阪発南延岡行き不定期急行、第2日向。

浦部は、ホームの時計と自分の腕時計を見比べた。午前四時十三分。ぴったり合っている。浦部はホームに面した通路の窓を押し下げて開けた。最新型車両の有難さで、軋み音は全く出ず、滑らかに開いた。寝ている乗客は、誰も気付かないだろう。開けた窓から冷気が入るが、それで目覚める者はいるまい。眠れず起きている客が浦部に気付いたとしても、窓を開けて煙草でも吸うつもりだとしか見えまい。それを期待した浦部は、念のためピースを出して咥えた。

ピースに火を点けた浦部は、窓から顔を出して左右を確かめた。駅員がいるが、特に何かに注意を向けているわけではなさそうだ。浦部は、階段の方に目を据えた。

階段に人影が現れた。浦部の視線が吸い寄せられる。そして、ニヤリとした。間違いない。相方だ。

相方は、背丈も年恰好も浦部とほぼ同じだった。背広姿だが、ネクタイはしていない。速くもなく遅くもない足取りで、こちらに近付いて来る。姿を見られても、霧島の乗客が体を伸ばすためホームをぶらぶら散歩していると思われるはずだ。

五号車の出入口から、車掌が姿を見せた。ホームに出て、前後を確認する素振りをしている。浦部は顔を顰めた。これは良くない。相方が車掌の注意を引かないだろうか。

杞憂だった。車掌は相方をちらりと見たが目を止めず、前方を向いた。そのまま振り返らない。よし、このままであれば問題ない。

相方が次第に近付く。浦部は下ろした窓ガラスの上辺に腕を載せ、相方には無関心な風を装って煙草をふかしている。

相方が目の前に来た。二人ともそっぽを向いたまま、顔を合わせようとはしない。だが、手は動いた。相方の左手が振られ、さっと伸ばした浦部の手に小さな革袋を移した。浦部は掌でそれを包み込み、手を車内に引っ込めた。袋は、ズボンのポケットに滑り込ませた。浦部はそのまま、三十秒ほど煙草を吸っていた。目の端で、相方がもう一方の階段に消えるのを捉える。駅員も車掌も、相方を気にした様子はない。もう良かろう、と浦部は煙草を灰皿に押し込み、窓を閉めた。平静を装って欠伸などしてみるが、誰も見ている者はいなかった。

さてベッドに戻ろうか、と動いたとき、汽笛が聞こえた。隣のホームにまた目を向ける。停まっていた第2日向が、がたんと揺れて動き出した。時計は四時十七分を指している。発車もきっちり定時だ。よし、と浦部は拳を握る。あと一分でこちらも発車だ。

その一分が、十分以上に思えた。焦って音を立ててしまわないよう気を付け、じりじりしながら待つ。やがて汽笛が鳴った。機関車は十一両も前だから、音は小さい。間違いないか、と耳を澄ますと、連結器が引っ張られる衝撃がして、霧島が動き出した。浦部は、思わず拍手しそうになるのをどうにか堪えた。

発車してからしばらく待ち、寝台のカーテンに隙間がないのを確かめ、寝台灯を点けた。ポケットから受け取った小袋を出し、口紐を緩めて中身を検める。袋の中で、寝台灯の淡い光を受けて石が三つ、輝きを見せた。

浦部は興奮が抑えられなかった。見事にやった。ダイヤモンドが三つ。合わせて時価、一千万円。指輪などに加工される前の、研磨された石だ。しばし、うっとりと眺める。地面に這いつくばるようにいろんな仕事をやってきたが、ようやく俺にも運が巡ってきたのだ。

いつまでも見ていたい気分を抑え、浦部は袋をポケットに戻した。ねぐらに帰るまでは、肌身離さず持っていなくては。それでも、と浦部は寝台の隅に置いた鞄を引き寄せ、ジッパーを開けて洋酒の入ったフラスクを取り出した。祝杯を上げるくらいは、構うまい。一口呷(あお)って、大きく息を吐いた。酒が喉を焼く感覚が、今夜は心地良い。浦部は半身を横たえ、仕事のことを思い返した。

今回の相方を務めた小川誠三(おがわせいぞう)が儲け話を持ち込んで来たのは、三週間前だった。

「大金が手に入る仕事だ」

新宿の裏通りにある安手の居酒屋の隅っこで、小川がそんなことを言い出した。浦部は大金と聞いて目を上げたが、どうせろくな話じゃあるまいと、気のないふりをして徳利からコップに酒を注いだ。匂いからすると、少なくとも一割くらいは湯で薄められていそうだったが、もともとそんな程度の飲み屋だ。文句を言っても始まらない。

「大金ねぇ。幾らだよ」

小川の言う大金など、どうせ五、六万かそこらだろう。そう思ったが、違った。

「二百万」

飲みかけた酒を、噴きそうになった。

「に……二百かよ」

普通のサラリーマンの給料の四年分に近い。それだけ一ぺんに稼げる仕事など、全く縁がなかったので、どんな中身なのかすぐには想像がつかなかった。

「ヤバい仕事か」

一見真面目そうに見える小川の顔が、歪んだ。

「まっとうな仕事で、いきなり二百稼げるかよ」

ふん、と浦部は目を眇めた。浦部も小川も、闇屋上がりだ。戦後数年間、新宿の闇市マーケットで様々な半端物を売ってきた。今の高校生くらいの年だったが、生きるためには何でもしなければならない時代だった。だが世の中が落ち着いてくると、目端の利く奴は稼いだ金を持って闇屋から足を洗い、まともな商売を始めた。一方、浦部や小川は儲けもするが大損もするという繰り返しで、芽が出なかった。乗り遅れた浦部たちは、闇市がなくなるとすぐ金に詰まってしまった。

浦部は専ら日銭仕事をするようになったが、小川の方は、闇市の元締めのようなことをやっていた大須賀という男の下についた。大須賀は闇市で一財産作り、現在は不動産ブローカーである。が、それは表の仕事で、裏では暴力団とも繋がり、様々な違法行為を行っていた。浦部は小川に声をかけられ、度々その手の仕事を手伝って報酬を得ていた。

だが、今までやってきたのは商売敵への嫌がらせとか、倉庫荒しとか、闇の横流し品の横取りとかぐらいで、後は廃材処理などの普通の仕事だった。つまり闇の、と言っても、本職のヤクザに頼む価値のないような仕事だ。稼ぎも一回数千円から、多くても二、三万円だ。報酬だけで二百万というと、只事ではない。まさか鉄砲玉が飛び交うわけではないだろうが……。

「危ない仕事じゃない。やること自体は、楽だ」

小川は安心させるように言った。

「ひと言で言うと、盗みだ。ある奴が持ち運んでいるブツをいただく」

「どんなブツだ」

小川は周りを見回す仕草をして、浦部に顔を近付けた。

「ここじゃ言えねえ。詳しくは、俺のところで。だがその前に、やるかやらないか、はっきりしてくれ。喋ってから嫌だと言われちゃ、俺の立場がねえ」

ふん、と浦部は頭を捻った。報酬が二百万なら、依頼主の稼ぎは千万単位だろう。それだけの額が絡むと、本職の極道なら、全部聞いて嫌だと言ったら口を塞がれる恐れもあるが、小川に到底そんな度胸はないし、それほどヤバい仕事に小川を使うとも思えない。

そこまで考えて、浦部は「やるよ」と返事した。どのみち、金に詰まっているのだ。二百万の魅力に抗うのは、なかなか難しい。

二人は居酒屋を出て、大久保にある小川の住むアパートに向かった。六畳一間で、大きな声を出せば隣に筒抜けになりそうなところだが、居酒屋よりはましだ。

「それで?」

卓袱台を挟んで座るなり、浦部が促した。小川は幾分勿体を付けるようにして言った。

「宝石だ。一千万相当のダイヤモンド。そいつを大阪の宝石商が九州へ運ぶ」

一千万のダイヤ。浦部は、ほうっと溜息をついた。

「その途中を狙うのか」

「そうだ。鍵の掛かる鞄に入れてるはずだが、それについちゃ、俺が何とかする」

浦部は頷いた。小川は、ちょっとした鍵開けぐらいならできる。

「荒事はなしだ。安心しろ」

つまり、道で襲って殴り倒すとか、強盗のようなことはしないわけだ。暴力が不得手な浦部は、ほっとした。

「待てよ、大阪から九州へ運ぶって言ったな。その道中を狙うなら、汽車の中で、か」

「ああ。日にちはわかってるから、俺たちもまず大阪へ行かにゃならん」

「それはいいが、相手がどの汽車に乗るのかもわかってるのか」

「それなんだが」

小川は頭を掻いた。

「行く先は別府だ。届け先に会うのは昼十二時。大阪を出るのは夜遅くになるが、ちょうど間に合うように着ける、という話になってるらしい」

そんな話をどうやって聞き込んだのか、と口にしかけたが、やめた。盗みを企む以上、依頼主はそういう情報を得るルートを持っているに違いなく、それを小川に教えるとも思えなかった。どうせこっちはただの兵隊だ。知らなくてもいいことは、幾らもあるだろう。

「じゃあ、まず乗る汽車から調べなきゃいかんのだな」

「それがわかれば、俺がその汽車に乗り込んで、夜中にそいつに近付き、隙を見て鞄からダイヤを抜き取る」

「抜き取るって、どうやって。相手に気付かれずにできるのか」

そこは任せろ、と小川は胸を叩いた。勝算があるらしい。だが、浦部の知る限り小川の頭は、緻密な計画を考えるには向いていないはずだ。虚勢かもしれないぞ、と浦部は思った。

「大須賀さんからの話か」

念のため確かめた。小川は少し躊躇って、「名前は出てない」と答えた。仲介が居るようだ。が、顔色から見ると出元は大須賀だと思っているのは明白だ。浦部は少し安堵した。小川も大須賀の顔を潰すような真似はしないだろうから、請け負ったからにはやれると踏んでいるのだ。

「で、盗った後は。お前、相手のそばに寄らなきゃならないだろ。もし誰かに見られていたら、まず疑われるのはお前ってことになるが」

逃げる段取りは考えてるんだろうな、と聞くと、小川は「さあそこだ」と言って浦部に指を向けた。

「俺は盗るのはできるが、難しい段取りは苦手だ。そこをお前に考えてほしいんだよ」

やれやれ、やっぱりそういうことか。しかし、この頭を当てにされることに悪い気はしない。浦部は、俄然やる気が高まってきた。

落合のアパートに帰ると、その後数日間、浦部は他の仕事はせずにこの計画に没頭した。まずは、汽車の割り出しだ。浦部は時刻表を買ってきて、詳しく調べた。

問題の日に大阪から別府へ行く夜行列車は、午後八時発の都城行き急行日向と、午後十時十五分発の南延岡行き不定期急行第2日向の二本だった。東京から来る急行高千穂もあるが、これは別府に着くのが十二時過ぎになるので、除外する。

さて宝石商の男は、大阪を出るのは夜遅くと言っていたらしい。午後八時を「夜遅く」とは言うまい、と考えた浦部は、第2日向に絞った。この列車は寝台車を連結していないので、宝石商は一等座席車に乗るだろう。他の乗客の目を遮るものがなくて仕事は難しいだろうが、それは小川の問題だった。

浦部は時刻表を繰り、宝石を盗った後の小川がどう逃げるか、考えた。小川が目を付けられてしまう可能性は高いので、早々に汽車を降りるのが望ましい。できれば、宝石商が盗難に気付く前に。だがそうすると、早朝の停車駅、例えば徳山、三田尻、小郡（おごおり）といったところで下車することになる。九州行きの長距離夜行列車から早朝、そんな駅で降りる客は少ないのではないか。駅員に覚えられる危険がある。奪った宝石を持ったままで職務質問を受ける事態は、絶対に避けないといけない。

ならば広島はどうだ。時間はより早くなるが、三田尻や小郡よりは人も多いだろうから目立たずに済むのでは。いや、そう都合良くはいかないか。煮詰まりかけて頁をめくった手が、ふと止まった。頁を戻し、広島駅の時刻を確認する。

第2日向の広島着は午前四時十二分。発車は四時十七分。上り列車の頁を見ると、ちょうど同じ頃、午前四時十三分に東京行き急行霧島が着く。そして四時十八分に発車。つまり四時十三分から十七分の四分間、上下二本の急行が広島駅に並んで停車していることになる。これは面白い。

浦部は時刻表を睨んで、長い間考え込んだ。小川を第2日向から霧島に乗り移らせ、そのまま東京へ戻るのはどうだ。第2日向の車内で宝石商が慌て始める頃、小川も宝石もういなくなっている。霧島に乗り換えたと勘付かれるまで、相当な時間がかかるだろう。

いや待て、と考え直す。九州と東京を直結する急行は数が少なく、霧島はいつも混んでいるはずだ。広島で乗り込んだら、それだけで目立つかもしれない。東京行きの切符を持たずに乗り込んだら、検札で引っ掛かるかもしれない。やはり難がありそうだ。

そこで閃く。小川自身ではなく、宝石だけ霧島に乗せ換えれば？　浦部が霧島に乗って行き、広島で小川から宝石だけ受け取る。小川はそのまま第2日向で九州へ行く。途中、宝石商が気付いて小川を捕まえても、既に宝石を持っていないのだから、濡れ衣だと逆ねじを食らわせることができる。車掌も公安も、証拠がない以上宝石商の言い分だけ聞くわけにいかないから、小川は堂々と下車すればいい。住所氏名ぐらい聞かれるかもしれないが、嘘を答えておけばいい。後でばれても、もう遅い。その間に、浦部は全く支障なく宝石を依頼主の下に持ち帰れる。

これは、いけるかもしれない。浦部はほくそ笑み、必要な時刻をメモに取って時刻表を閉じた。成功すれば、二百万。小川と折半しても、その日暮らしの境遇から抜け出す元手にはなるだろう。百五十円の時刻表が、浦部の目には宝の書のように見えてきた。

案ずるより産むが易し、とはよく言ったものだ。思い付きが本当にうまく行くかどうか、さんざん頭を悩ませたのだが、結果は今こうして、浦部のポケットに収まっている。自然に顔がにやけ、浦部はまた酒を呷った。

続けてもう一口飲んでから、カーテンを細目に開けた。周りは、しんとしている。耳を澄ますと、頭上の中段寝台からいびきが聞こえた。向かい側は、中下段のカーテンが開いたままで、誰もいない。上段はカーテンが半開きだ。広島では仕事に集中していて気付けなかったが、確か前に見た時はカーテンが全開だったから、あの眼鏡の男は、浦部が眠ってしまった僅かな間に戻ったのだろうか。

床に目を落とし、おや、と思った。靴が見当たらない。眼鏡の男が上段に戻ったのなら、梯子（はしご）の下に靴があるはずだ。まさか寝台に靴を持ち込んだりはしないだろう。ということは、あいつは戻っていないのだ。

浦部は眉をひそめた。あいつ、いったいどこにいるんだ。食堂車で酔い潰れたか、と一瞬思ったが、食堂車は街の酒場ではない。営業時間が終われば追い出される。浦部は徳山で目覚めてからはずっと起きていたので、その前に降りたのかもしれない。だが、そんな夜中に下車するなら、わざわざ寝台券を買う必要などないだろう……。

（ええい、どうでもいいや）

浦部は考えるのをやめた。何であれ、浦部の近くにいる人が少なくなることは、プラスであってマイナスではない。あの眼鏡がどこに行こうと、知ったことか。浦部は再びカーテンを閉じ、フラスクを口につけた。

貝塚はうとうとしかけるたびに自分で頬を引っぱたき、何とか緊張を保とうとしていた。速度が落ちたので腕時計を確かめる。瀬野に到着するようだ。次の八本松駅との間にある急勾配を乗り切るため、上り列車にはここで補助機関車を連結するのだ。停車はするが山間の小集落があるだけなので、霧島の乗降客はない。

がちゃんと揺れて、後部に補助機関車が連結されたのがわかった。一号車からは荷物車を挟んですぐ後ろなので、合図の汽笛がよく聞こえた。

その小さな騒ぎで目が覚めたのか、一つ前の上段にいた客が降りてきて、通路を後ろへ向かった。煙草か、手洗いだろう。貝塚はその後ろ姿を見ていたが、千恵蔵とはだいぶ違うでっぷりした体型なので、すぐに目を離した。この一号車の乗客十四人のうち、千恵蔵と年恰好、背格好の似た客は三人いる。今のところ、その三人はカーテンを閉め、寝台に閉じこもっていた。熟睡中、と思われたが、油断はならない。

広島から三十分ほどの間に、フラスクはほとんど空になっていた。汽車の揺れのせいでいつもより回りが早いのか、ちょっと頭がふわふわする。祝杯と言っても、気を緩め過ぎちゃいかんな、と浦部は額を叩いた。とは言え、徹夜で東京まで行くのは辛い。まだ十四時間近く乗らねばならないのだ。ここは明日のため、寝ておいた方がいいだろう。無論、寝る間も宝石の袋は体から離さない。

酔いに加えて、尿意を催してきた。寝る前に取り敢えず手洗いだな、と浦部は寝台を出て、洗面所に向かった。多少千鳥足になったのは、揺れのせいだけではなさそうだ。洗面所の方から歩いてきた中年の男の客にぶつかりかけ、手を挙げて詫びを言った。

二つあるトイレのうち、一つは使用中だった。早朝の下車に備えて何人か起き出しているのだろうか。浦部はさして気にせず、空いている方のトイレに入った。

足音が近付き、梯子を上る気配がした。さっき手洗いに行った客が、上段寝台に戻ったのだ。それを確かめ、貝塚は他の寝台の様子を窺った。もうすぐ五時で、尾道や福山で降りる客は起き出す頃だが、給仕に確認したところでは、この一号車は全員が神戸より先に行く。まだみんな眠っているらしく、静かなものだった。

隣の上段で、何かがさごそと動いている。貝塚は首を傾げた。まだ身支度には早過ぎる。まさか、蚤や南京虫を見つけたのではあるまいな。古い寝台車だが、消毒などは万全に行っているはずなのに……。

上段から、さっきの客が降りてきた。ずいぶん急いでいるようだ。梯子の最後の段を抜かして床に飛び降りると、靴をつっかけて洗面所の方に向かった。忘れ物にしては慌ただしいので、気になった貝塚は、自分も手洗いに行くようなふりをして、後を追った。

洗面所に行くと、ワイシャツとズボン姿の太った乗客が、必死に何やら探していた。三つの洗面台を覗き込み、床にも目を凝らしている。

「どうかされましたか」

この様子に気付いた一号車担当の給仕が出てきて、声をかけた。貝塚は一歩下がって、やり取りを聞いた。

「いやその、財布がないんだ」

財布、のひと言に、貝塚はたちまち緊張した。

「ここで落とされたかもしれないんですか」

確かめるように給仕が聞いた。太った乗客は床を見ながら、そうだと言いかけて首を振った。

「いや、そう思ったんだが……見当たらん」

そこで、あっというように顔を上げた。

「そ、そう言えば、さっきトイレに来たとき、そっちのトイレから出てきた男とぶつかりそうになったんだ。もしかしたら……」

その言葉に、貝塚は全身が総毛立つのを覚えた。

「ちょっと失礼します。その男、どんな見かけでしたか」

乗客は、いきなり口を出した貝塚に怪訝な顔を向けた。貝塚は急いで、公安職員の手帳を見せた。

「ああ、鉄道公安官の人か」

乗客は安堵を見せ、見た男の背格好から順に話した。

「年は四十代くらいかと思うが、よくわからん。服は灰色の背広だったかな」

一応言ったものの、顔つきからすると自信はないようだった。が、聞いた限りでは、変装した千恵蔵だと考えても間違いではなさそうだ。

「どんな財布ですか」

乗客は、黒革の二つ折り財布だと言った。目立つ特徴はないらしい。

「わかりました。車掌と上司に報告しておきます」

貝塚は、引き続き財布を探すよう給仕に告げると、乗客の名前を聞いた。相手は答える代わりに名刺を寄越した。それによると、高垣(たかがき)という神戸の貿易会社の重役らしい。

「僕は三ノ宮で降りる。それまでに見つかってくれればいいんだが」

急ぎ調べますので、と安心させるように言ってから、貝塚は後を給仕に任せて五号車に向かった。

辻は宮原と一緒に、乗務員室にいた。二等寝台車を主に警戒していたのだが、車端の調整席以外は満席のため、貝塚のように適当な位置の空き寝台に潜り込んで監視するわけにはいかなかったのだ。

「辻さん、やられたかもしれません」

貝塚は高垣の状況を詳しく報告した。辻が歯軋りする。

「くそっ、これだけ気ぃ付けとったのに、してやられたか」

「千恵蔵の仕業に、間違いないんですか」

宮原が念を押すように尋ねた。貝塚は正直に、わからないと答えた。

「その可能性が高いですが、まずは捜し出さんことには」

宮原が「そうですね」と応じる横で、辻はしきりに頭を掻いている。

「灰色の背広、か。それだけではなァ。茶色とかいうんならまだしも、この列車の客の背広なんか、半分が灰色で半分が紺色や」

「一号車で、その高垣というお客さんと同じ時に洗面所に出入りした人はいないんですか」

宮原が聞いたので、貝塚はかぶりを振った。

「いません。ここを通って一号車の方へ行った客も、いませんか」

「ええ。私と辻さんで見ていましたが、誰も」

「せやから、奴は三号車か二号車に居った、ちゅうこっちゃな。手洗いに隠れて機会を窺ってたかもしれん」

辻が苦々しそうに言った。

「二等寝台車も、何度も見回ったのに」

貝塚は嘆息した。どこをどう、見落としたのだろう。

「よし、お前は取り敢えず一号車に戻れ。途中、三号車と二号車をじっくり見て行けよ。

儂もちょっと間を置いて、後から行く」

なるほど。貝塚がいかにも犯人捜しをするように通り過ぎてから、それをやり過ごした千恵蔵が安堵して動くのを、辻が押さえようというのだ。貝塚は了解して、後方へ歩き出した。

用を足して手を洗った浦部は、トイレの扉を勢いよく開けた。そのときちょうど汽車が揺れ、はずみでよろめいた拍子に、すぐ前にいた男にぶつかってしまった。

「あ、ど、どうもすいません」

相手は蝶ネクタイの恰幅のいい紳士だった。詫びると、紳士は鷹揚に「いや、いや」と言って、浦部が出たトイレに入った。空くのを待っていたらしい。隣は空いてないのかと見ると、さっきと同様、使用中のままだった。汽車に酔ったか、便秘なのか。まあ、何でもいいか。浦部はほろ酔いのまま、自分の寝台に戻っていった。

佐伯と吉永は、食堂車の喫煙室にいた。ずっと寝台車のデッキに立っていく覚悟だったが、見かねた宮原が食堂長に話をしてくれたのだ。営業終了後の食堂車なら、確かに一番目立たずに済むし、喫煙室ならちゃんとした座席があるので、乗務員室にいるよりも楽だった。おまけに、食堂のウェイトレスがお茶まで出してくれた。

「刑事さんって聞きましたけど、大変ですねえ。夜通し起きてらっしゃるとですか」

お茶をくれたウェイトレスは、佐々木佳代と名乗った。高卒で日本食堂に採用され、三年目だそうだ。

「いや、仕事で徹夜なんかしょっちゅうです」

吉永は、こんなの何でもない、と言う風に胸を張って言った。本当のところは、今すぐでも横になりたいのだが。

「うちも母が鹿児島の出で、祖父ちゃん祖母ちゃんは鹿児島におっとですよ。だから鹿児島の刑事さんが頑張ってるの見て、嬉しかです」

佳代に持ち上げられて、吉永は顔が火照ってくるのがわかった。

「そう言ってもらえると、僕らも嬉しいです。どっちかと言うと、怖がられたり嫌われたり、ちゅうことの方が多いですから……」

まあそんなこと、と佳代が言いかけたところで、佐伯が咳払いした。

「ああ、気ぃ遣わんで。おまんさあも、朝は早よから仕事ごわんそ。儂らに構わんで、寝たもんせ」

あら、と佳代が時計を見る。

「もう寝る時間じゃなかとですよ。みんな、起き出します。朝の営業の準備がもうすぐ始まるので」

「あ、そうか。食堂車も大変ですね。揺れる車内で立ち仕事だし、勤務もぶっ続けで長いんでしょう。きつくなかですか」

「ご心配、ありがとうございます」

佳代が笑った。

「立ちっ放しも、慣れますよ。楽じゃないけど、いろんな所へ行けますし。自分のお金じゃなかなか行けないような遠くも。だから、楽しいんです」

ほう、と吉永は感心して佳代を見た。この仕事が好きなんだな、と思うと、ちょっと羨ましかった。

「あ、食堂長とコックさんが動き出しました。すいません、失礼しますね」

佳代は微笑んで吉永たちに軽く頭を下げると、仕事場に出た。それをぼうっと見送っていると、佐伯に頭をはたかれた。

「何を鼻の下、伸ばしちょんだ。しゃんとしろ」

「あっ、いやその」

吉永は思わず頭を押さえる。

「だって、なかなか美人じゃないですか」

「お前なぁ、今何しに来ちょっと思てるんじゃ」

「それはまあ……」

こんな予定じゃなかったのに佐伯さんが、と言いそうになって、言葉を呑み込んだ。佐伯は時計を示して、吉永の肩を叩いた。

「もう五時じゃ。瀬戸口も、おそらく寝とらんじゃろ。外が明るくなったら、もういっぺん捜しに行っど」

「ええ、ええ、わかってます」

吉永は佐伯のタフさに改めて呆れながら、呟くように言った。たぶん佐伯は毎朝このぐらいに起きて、竹刀の素振りでもやっているのだろう。

五号車側の扉が開き、公安職員の辻が入ってきた。二人は、おやと顔を向ける。

「どうも、おはようございます。と言うか、お二人も徹夜ですか」

無論です、と佐伯が答える。

「お互い、まだ目当ては見つからんようですな」

自嘲も込めてか、佐伯が薄い笑みを浮かべて言った。が、辻の顔は硬かった。

「こっちの相手は、動き出したみたいですわ」

おう、と佐伯が眉を上げた。

「被害を訴えているお客がいてます。広島を出てからは、ずっとここに？」

「ええ、いました」

「誰も。通りませんでしたか」

「誰も。こちらも充分気を付けっいもしたから」

そうですか、お邪魔しましたと言って辻はすぐに引っ込んだ。吉永と佐伯は、眉根を寄せた。

「公安官が乗ってるのは気付いてるでしょうに、その中でまんまと仕事するとは、凄腕らしいですね」

「じゃって、鉄公さんも躍起になっちょんじゃろ」

佐伯は、肩を竦めるようにして言った。

「ま、他所の心配をしちょっ場合ではないがな」

寝台に戻った浦部は、はっと足を止めた。梯子に取りついている背中が見えたのだ。あの向かいの上段寝台にいた眼鏡の男だ。今頃まで、どこにいたんだろう。

気配に気付いたか、眼鏡の男はぎくっとしたように振り向いた。

「やあ、おはようございます」

仕事の満足感にまだ浸っていた浦部は、愛想よく挨拶した。ところが、相手は思いがけない動きをした。まるで怯えたかのように梯子から離れ、身を翻すと、浦部を突き放すようにして寝台区画から通路に出た。浦部とは目を合わせようともしない。男はそのまま、通路を前方へ歩いて行った。

（何なんだ、あいつは）

呆れて向かいの上段を見上げる。カーテンはさっき見た通り、半開きのままだった。あの男、寝台で少しでも寝たんだろうか。ずっとどこか別のところにいたのなら、寝台券が勿体ないのに。

どうでもいいか、と浦部は寝台に潜り込み、また横になった。自分の側の中段と上段の客は、平和に眠ったままのようだ。時刻はまだ五時。もう一寝入りするとしよう。そう思って、体を横向きにしたとき、妙なことに気付いた。ズボンのポケットに入れた物の感触がない。そんなはずは、と半身を起こして、ポケットに手を入れた。

浦部は、蒼白になった。ポケットにあったダイヤ入りの小袋が、消えていた。

貝塚は宮原と一緒に、一号車の洗面所で高垣の苦情を聞いた。

「せっかく高い料金を払っているのに、まったくたまったもんじゃない。公安官まで乗っていたのに、国鉄は何をしとるんだ」

「申し訳ございません。夜行列車での盗難は近頃増えておりまして、対策はしているんですが、時に後手に回ってしまい、皆様には大変ご迷惑を」

宮原がしきりに詫びるので、貝塚も頭を下げるしかなかった。本音では、自分の持ち物はまず自分で守ってくれ、と言いたかったが、公安職員が警戒していた隙をつかれるとは何事か、と言われると、返す言葉がなかった。

「それで、灰色の背広の男は見つからんのかね」

「申し訳ありません。そういう服装のお客さんが、多過ぎるんです」

実際、二両の一等座席車だけでも、該当しそうな客が十人はいた。寝台車ではカーテンを開けて覗いて回るわけにもいかないので、普通と違う様子はないか注意して見ただけだが、案の定と言うか、何も怪しげな様子はなかった。

「じゃあ、どうするんだ。泣き寝入りするしかない、とでも言うのかね」

憤然とした高垣は、宮原と貝塚を交互に睨みつけた。貝塚は返答に詰まる。財布を取り戻すには、千恵蔵がこの列車を降りるまでに捕まえるしかないのだが……。

「あの、お客様」

一号車の給仕が、後ろから声をかけた。

「お客様の寝台は、十六番で間違いございませんね」

「ああ、そうだが、何だね」

高垣は今頃何を聞く、とばかりにむっとした顔で振り向いた。その目の前に、給仕が手を出した。高垣が目を丸くする。給仕の手にあったのは、黒革の二つ折りの財布だった。

「こ、これをどこで……」

給仕は宮原に目礼してから、高垣に向かって言った。

「失礼とは存じましたが、念のため寝台を拝見しました。そうしましたら、寝台にこれがありました」

高垣は、唖然としていた。真っ赤になって宮原と貝塚の方に顔を戻す。

「いや、そんなはずは……」

「お確かめいただけますか」

宮原が口調を強めたので、高垣は財布を受け取って中身を検めた。そして、不承不承という様子で頷いた。

「間違いない。中身もそのままだ」

高垣は財布を持ったまま、頭を振った。

「しかし、それは変だ。財布がないのに気付いて、寝台を隅から隅まで捜したんだ。あのときは、確かになかったんだが」

拍子抜けした貝塚は、溜息を吐きそうになった。この紳士は、寝ぼけ眼で寝台で財布を見失い、掏られたものと思い込んで大騒ぎしていただけなのだ。迷惑千万なのは、こちらの方だった。

「見落としたなんてことは、絶対に」

「いえもう、無事見つかったんですからよろしいでしょう。掏られたんでなくて、良かったですね」

宮原は、高垣に愛想よく笑いかけた。揶揄が混じっていることに貝塚は気付いたが、高垣は気付かなかったようだ。騒がせて済まん、と言って、首を傾げつつもおとなしく引き上げた。

「時々いるんですよ、ああいう人は」

宮原は給仕を労ってから、貝塚に苦笑を向けた。そこへ辻がやって来た。

「遅くなった。どんな具合や」

「いやそれが、とんだ空騒ぎでした」

貝塚は顚末を話した。辻は、何やそれ、と笑いかけたが、ふと眉をひそめた。

「それ、ほんまにその客の思い違いなんやな」

「そりゃあ、それ以外にないでしょう」

「しかしその高垣とかいう客、酔っ払ってたわけでも眠そうにしてたわけでもないんやろ。財布はどんな風に落ちとったんや」

聞かれた給仕は、怪訝そうに答えた。

「寝台のシーツの上ですが」

「寝台の真ん中に、見てすぐわかるような感じで、か」

「はい、そうです」

辻は考え込むようにして、貝塚に言った。

「財布が見当たらんなら、まず自分の寝台を隅々まで探す。それは間違いないやろ。それで見つからんから、洗面所に戻って探して、そこで初めてスリやないかと言い出した。こういう時の行動として、不審はないわな。ほな、どうして寝台のすぐわかるようなところにあった財布を、見落としたんや」

「それは……丸めたシーツに潜り込んでたとか」

「それやったら、給仕さんが見た時もそうなってたはずやろ」

貝塚は反論を思い付けず、「確かに」と言った。

「どうも、おかしな感じやな」

辻は腕組みし、宮原に向かって言った。

「いずれにしても、千恵蔵はまだ獲物を狙っとるはずや。カレチさん、まだ安心はできませんな」

はあ、と宮原は眉を下げた。

宮原と辻と貝塚は一号車を出て、五号車に戻るため二号車の通路に入った。歩きながら貝塚は、大きな一枚ガラスの窓から外を見た。空が、徐々に白みかけている。

「十五分ほどで、糸崎です」

宮原が時計を確かめて言った。今のところ、定時で走っているとのことだ。

「その千恵蔵ですが、なかなか動かんのですね」

宮原の言葉に、根競べですわ、と辻が応じた。

「大阪を根城にしているスリなんでしょう？　だったら、やはり下車する直前に仕事しますかね」

あり得ます、と辻が肯定する。

「降りる準備で、大勢が網棚から荷物を下ろしたりでざわついている隙に、とかは考えられますわな。皆が寝静まった夜中に動かんかったとしたら、そうする可能性は充分ある」

「動かんかったとしたら、と言われましたが、現に動いていないのでは？」

「いや、既に動いていて、まだ被害者が気ぃ付いてない、ちゅうこともありますさかい」

「千恵蔵は必ず一人で仕事するんですか」

「集団スリとは違いますんで。ああいう連中は、まず一人でやりますな」

そうですか、と宮原がこめかみを掻いた。

「あっちの、鹿児島の刑事さんが追ってる犯人も気がかりです。何しろ、傷害犯ということですから」

「そうですな」

乗客の安全、という観点からは、そちらの方が危ないだろう。ですが、と貝塚は口を挟んだ。

「千恵蔵が乗ってるのは確実ですが、傷害犯の方はどうでしょう」

「やっぱり疑わしいと思いますか」

昨夜、刑事の勘だけではと推測を述べた宮原が言った。貝塚は、ええ、と頷く。

「年嵩の刑事の方は間違いないと思ってるようですが、若い方は今一つ確信がないように見えました。その犯人が乗ってるかどうかは、四分六くらいかもしれませんよ」

「よう見とるな」

辻が、ニヤリとした。やはり同様に考えていたようだ。

「乗っていないに越したことはありませんが。とにかく、終点まで何事も起こらんでほしいです」

宮原はそう言いながら、三号車の扉を開けた。そして、顔を強張らせた。扉のすぐ前の一・二番の寝台区画から男が一人、酷く慌てた様子で飛び出し、通路を前の方に走って行ったのだ。誰の目にも、只事とは見えなかった。宮原は、給仕室の扉を叩いた。

「坂下君、いるか」

中でばたつく音がして、扉が開き、坂下給仕が顔を見せた。ばつが悪そうな表情からすると、うたた寝していたようだ。

「は、はい、宮原専務」

「三号車、何も異常ないか」

「え？　はい、ないと思い……いや、ないです」

坂下は通路を覗いてから言った。さっきの男は、とうに姿が消えている。辻は、眉をひそめた。

「どうも、何事もなくは済まんみたいですな」

宮原は、坂下に走って行った男の後を追わせ、辻と貝塚を促して一・二番の寝台区画に足を踏み入れた。今の男は、二番下段の客のようだ。カーテンが半分開きっ放しで、シーツが乱れている。

貝塚は寝台に首を突っ込んでみた。ざっと見たところ、変わったものは見えず、男が何を思ってあんなに慌てていたのか、推測できる材料はなかった。

「あれも、財布をなくしたクチですやろか」

まだ寝ている他の客に配慮し、貝塚は小声で言った。辻は、首を傾げている。

「かもしれん。しかし、ただ財布が見当たらんのなら、あんな一直線に突っ走らんで、通路に落としてないか目を配りながら行くんと違うか」

「てことは、洗面所かどこかで掏られた、という確信があったと」

せやな、と辻が頷く。

「いよいよ千恵蔵かもしれんぞ」

辻は宮原の方を向いた。が、宮原は今の言葉を聞いていなかったようだ。不審な顔付きで、じっと一番の上段寝台を見上げていた。どうかしましたかと貝塚が聞こうとすると、宮原が呟いた。

「カーテンが半分閉まってる」

上段を見ると、確かにカーテンが二番下段と同じように半開きだ。寝台に人がいる様子はなかった。

「確かに半分開いてますが、それが何か」

貝塚が聞くと、宮原はその下の中段と下段を指して言った。

「一番上中下は、調整席なんですよ」

あっ、そうだったと貝塚は思い出し、宮原の言いたいことがわかった。つまり、そこは販売されていない寝台だ。だから中段も下段もカーテンは開いたままで、整えられた寝台は使われた形跡がない。なのに上段のカーテンだけ半開きというのは、確かにおかしい。

「検札に来たときは、間違いなく全開でした」

「見てみます」

貝塚は梯子を上り、一番上段を覗き込んだ。乱れている、というほどではないが、シーツに少しばかり皺が寄り、誰かが居た形跡がある。よく見ると、靴を擦ったような跡や煤らしい黒い汚れがあった。貝塚はすぐ梯子を下りて、宮原と辻に伝えた。

「やっぱりそうですか」

宮原が渋面になった。どういうことなのか、想像がついたらしい。辻も頷いて、貝塚に言った。

「食堂車に走って、鹿児島の刑事さんを呼んで来い」

勢いで飛び出したものの、隣の四号車のデッキに踏み込んだところで、浦部ははたと立ち止まった。この先は全部座席車のはずだ。二等車は、通路まで一杯だろう。そんな中に無理に入って行けば、目立ってしまう。だがそれは、眼鏡の男とて同じのはず。どこかへ隠れたと考えるべきではないか。闇雲に走り回ったら、思う壺かもしれない……。

「お客様、どうされましたか」

いきなり後ろから呼びかけられ、浦部は竦み上がった。振り返ると、給仕が困ったような顔をして立っていた。

「何かあったのでしたら……」

問われて浦部は、懸命に頭を回した。スリにやられた、と言ったらどうなる。この汽車のことを知り尽くした乗務員が捜せば、あの眼鏡の男は見つかるだろう。だが、被害をどう説明するか。眼鏡の男が身体検査されてダイヤが見つかりでもしたら。それは俺が盗まれたものだ、なんて言えるわけがない。

「いや、その……何でもない。トイレに行きたくて」

浦部は一歩下がり、四号車のトイレの把手を摑んだ。が、生憎使用中だった。

「三号車の方なら、空いております」

給仕が言った。どうして初めからそっちを使わないんだ、とでも言われているような気がした。

「あ、ああ、そうか、どうも」

浦部は笑いで誤魔化し、三号車に戻ってトイレに入った。冷や汗が背中を伝う。これから何をどうすればいいか、即興で考え出さねばならない。

佐伯と吉永は、「こっちです」と先導する貝塚の後について、通路を進んだ。佐伯は今にも走り出しそうに、全身に力が入っている。吉永も気が逸ったが、貝塚が乗客に配慮してか、速足ながら抑え気味に足を運んでいるので、追い越して走るわけにもいかなかった。三号車の端の寝台区画で、辻と宮原が待っていた。佐伯が、貝塚を押しのけるようにして「どこです」と聞く。宮原が、一番上段を指して「あそこに居た形跡があります」と告げた。

佐伯に目で促され、吉永は梯子に取りついた。急いでよじ登り、上段寝台に入る。シーツを寄せて見たが、やはり遺留品のようなものはなかった。吉永は寝台から顔を出し、下

の佐伯に向かって「何もないです」と報告した。

「ちっと出遅れたか」

佐伯が口惜しそうに言った。

「ずっとこん寝台におったとじゃろうか」

「いや、そうじゃないと思います」

宮原がかぶりを振る。

「お話ししたように販売していない寝台ですから、ずっと居続けたら私か給仕が気付きます」

「じゃあ、いっぺこっぺ……あ、いや、あちこち転々として隠れっいたと？　いったいどけ……どこへ」

吉永は、佐伯が東京の車掌と大阪の公安官に、薩摩弁を直しながら喋ろうとするのを聞いて、思わず含み笑いした。が、佐伯の真剣な表情を見て、笑いをかみ殺す。

佐伯の問いに、辻はちょっと考えてから、頭の上を指差した。佐伯と吉永は、指の方向、大井を見上げた。

「はァ？　天井裏」

佐伯は、まさかという顔をしたが、吉永は「あ」と声を上げた。それは思い付くべきだったのに。

「荷物棚、ですね」

何ッ、と佐伯が再び天井を見上げる。そこで了解し、額を叩いた。

「そうか。この通路の天井裏は、荷物入れになっちょっとですね」

「そうです。寝台側には仕切り壁がなくて、そっちから荷物を入れられます。上段の寝台と同じ高さですから、上段寝台を通れば荷物棚に入り込めます」

貝塚が指で示しながら解説した。

「充分な広さがあるんですな」

「幅は通路と同じですし、人が入り込むのは充分可能です」

「重さは支えきれるとですか」

「お捜しの男は、大鵬や柏戸と勝負できる体格ですか」

貝塚は、つい先頃横綱に昇進したばかりの人気力士の名を挙げた。佐伯は無論、まさかとかぶりを振る。

「ごく普通です」

「なら問題ない。そんなヤワじゃありません」

うーむと佐伯が唸った。道理で、車内を幾ら捜しても見つからないわけだ。瀬戸口が寝台車の構造を知っていたとは思えないので、トイレや空いている寝台を転々と動き回るうち、荷物棚に隠れられることに気付いたのだろう。各上段寝台の客が寝入った後では、息を殺していれば気付かれまい。

「あのう、ちょっと。何かあったんですか」

上から声がするので見上げると、二番の中段と上段の客が、カーテンを細目に開けてこちらを見ていた。うるさくなったので目が覚め、静かにしろと文句を言うつもりで顔を出したものの、物々しい雰囲気に気後れしているようだ。

「いえ、ご心配なく。無断で寝台を使っていた人がいたようでして」

宮原が答えると、客は納得いかないような顔をした。車掌の他に強そうな男が四人、というのは無札乗車の対処にしては大袈裟過ぎると思っているのだろう。だが結局、関わらない方がいいと悟ったようだ。「ああ、そうですか」とだけ言った。

「この寝台に居った人を、見ませんでしたか」

辻が一番上段を指して聞いた。二人の客はいずれも、見ていないと答えた。瀬戸口と思われる者が出入りしたときは、眠っていたらしい。残念、と吉永が思った時、貝塚が通路を見て言った。

「あ、二番下段のお客が戻ってきました」

その客は三十代の初めくらいで、ワイシャツとズボン姿だった。さっきはすごい勢いで走って行ったが、今は用が済んだというような、ゆっくりした足取りだ。客は、吉永たちが自分の寝台の前にたむろしているのを見て、戸惑い顔になった。

「いったい、何事ですか」

「ああ、御迷惑をおかけしまして済みません」

宮原が愛想笑いしながら詫びた。

「寝台の無断使用があったようですので、ちょっと調べておりました」

その言葉に、相手の眉がぴくりと動いた。佐伯は見逃さなかったようだ。一歩踏み出して、一番上段を指しながら尋ねた。

「あそこに居った男を、見ていもはんか」

迫るような問い方に、客が頷いた。思わず怯んだ、とでもいう風で、吉永は苦笑した。一般のお客には、もっと丁重にするべきだろうに。

「ああ……下りてくるのを見ました」

「顔は。どげな奴でしたか」

「ええ、その、黒縁眼鏡をかけた三十前か二十代半ばくらいの年恰好の、中肉中背というか……肩幅はこのくらいで……」

「服装は」

「濃い色のシャツとズボンは……灰色だったかな。上着はなかったですが」

「そうですか、どうも」

佐伯は吉永の方を向き、口元に笑みを見せた。間違いなさそうだ。客の話した風体は眼鏡以外、瀬戸口とほぼ一致していた。瀬戸口は近視ではないから、眼鏡は印象を変えるための伊達眼鏡に違いない。

車掌も鉄道公安官の二人も、佐伯の様子でわかったようだ。頷き合うと、車掌が中段と上段も含めた三人の客に、「どうもありがとうございました。お騒がせしましたが、後はごゆっくりお過ごしください」と挨拶して敬礼した。それを潮に、一同は三号車から撤収した。

「さて、そちらの追う相手が乗っとるのははっきりしました。次はどうしはりますか」

デッキに出たところで、辻が佐伯に聞いた。佐伯は、大丈夫とばかりに胸を張った。

「もう寝台車の荷物棚は使えんじゃろ。他に隠れるところは限られとる。じゃっで、後は任せて下さい」

辻と貝塚が、わかりましたと敬礼した。

浦部は寝台に横になったものの、冷や汗が止まらなかった。

（まいったぜ、まったく）

トイレから戻って、自分の寝台のところにいつの間にか五人も立っているのを見て、仰天した。車掌以外の私服の四人のうち、少なくとも二人は刑事だ、と思った。これまでやってきた仕事のおかげで、そういう感覚は確かだ。とすると、他の二人は鉄道公安官かもしれない。これはやばい。

思わず背を向けて逃げ出しそうになったが、どうにか思い止まった。逃げたら怪しまれて追われるだろうし、今の段階で自分の犯行がばれたとも思えない。自分とは全然関係のないことで来ているのかもしれない。何とか平静を装うことにしよう。

寝台に着いて話を聞いてみると、連中が追っているのはあの眼鏡の男だとわかった。浦部は、ほっとすると同時に混乱した。いったい、奴は何者だ。自分と向き合っている明らかに刑事らしい中年の強面は、おそらく捜査一課か四課。話し言葉からすると、鹿児島の警察だ。公安官はともかく、三課の者とは見えない刑事が動いているなら、あの眼鏡はスリではなさそうだ。宝石の袋を掏ったのは、奴ではないのかもしれない。だとすると、変に隠し立てはしないで、あの眼鏡野郎のことは正直に話した方がいいだろう。

浦部が見たままを話すと、強面の刑事は大いに満足したようだ。そこで話を終え、揃って引き上げていった。張り詰めていた全身の力が抜け、浦部は倒れ込むように寝台に入った。

しかし、と汗を拭きながら考える。眼鏡野郎が掏ったのでないなら、どいつの仕業だ。浦部は必死で記憶を繰った。広島を出た後、自分と接触した奴はいたか。

すぐに思い出した。トイレの前でぶつかりそうになった男。恰幅のいい紳士だったが、ベテランのスリというのは、いかにも紳士らしい服装と物腰をしているものだ。あいつこそ、ぴったりではないか。トイレの前に立っていたのは、空くのを待つふりをして俺を狙って待ち構えていたのでは。

畜生、と浦部は枕を叩いた。眼鏡野郎を疑ったおかげで、出遅れてしまった。まだ逃げてはいないだろうか。大きな駅には停まっていないはずだが、と考えたとき、汽車の速度が落ちた。カーテンの隙間から外を見る。だいぶ明るくなってきたようで、たくさんの線路が分岐する大きな駅構内が見えた。たぶん、糸崎だ。あの野郎、ここで降りたりしないだろうな。だとしても逃がさん。

浦部は寝台から出ると、ホームを見張るべくデッキに急いだ。

吉永と佐伯が食堂車に入ると、テーブルのセットがちょうど終わろうとするところだった。一番手前のテーブルで調味料の小瓶を並べ直していた佳代が、二人に気付いて愛想よく笑みを浮かべた。が、佐伯も吉永も厳しい表情になっているのに気付いたか、すぐ笑みを消した。

「どうかされましたか」

吉永は「ええ」と答えて佳代に尋ねた。

「我々がここを出てから、食堂車を通った乗客は居らんですね」

あくまで確認である。佳代はかぶりを振った。

「いません。ご覧の通りですので、誰か入って来たら、営業は六時からですと注意申し上げますから」

佳代はほぼ整え終わったテーブルを手で示した。食堂内には五人の従業員が立ち働いていたので、見咎められずに通ることは不可能だ。吉永は、わかりましたと礼を言ってから、食堂長や他のウェイトレスも呼んで注意を促した。

「我々が追っている犯人が乗車していることが確認されました。黒縁眼鏡をかけた三十前くらいの男です。服装はシャツにズボンですが、はっきりしません。もし見かけても、取り押さえようなどとはせず、こっそり我々に知らせて下さい」

ウェイトレスたちがざわめいた。食堂長が顔を強張らせて聞く。

「危害を加える恐れがあるんですか」

それは、と言いかけたが、怖がらせ過ぎても良くない。躊躇すると、佐伯が言った。

「何か起きる前に、我々が必ず捕まえます。安心しちょったもし」

佐伯は誰もが畏怖するような大男ではないが、その自信ありげな野太い声で、皆を安心させたようだ。ウェイトレスたちの緊迫しかけた表情が緩んだ。

「では、これで」

吉永は敬礼して、踵を返した。その後ろに、佳代の声が飛んだ。

「あの」

さっと振り返ると、佳代は両の拳を胸の前で握っていた。

「頑張ってください。きっと、捕まえて」

吉永はつい頬が熱くなり、任せて下さい、と力強く頷いて見せた。

食堂車を出ると、佐伯が渋い顔で言った。

「もう目途は立っとるんじゃ。あげなこと言うて、食堂車の者を怖がらせんでも良かて」

「いや、念のためです」

「お前、あの女ん子(おなご)にいい格好しようとして言うたんじゃなかやろね」

「とんでもない」

吉永は、首を左右にぶんぶん振った。佐伯は、ふん、と鼻を鳴らした。

「とにかく、三号車からここまで往復する間、儂らは奴に出会うとらん。と、いうことは」

「トイレに籠ってる、てことでしょう」

佐伯は頷き、「調べっぞ」と顎で告げた。

ブレーキが軋み、霧島は糸崎駅のホームに停車した。浦部はホームに下り、前の方を確かめた。二等車から数人、荷物を持って下車したようだ。時刻は五時四十九分。駅の照明は消えていないが、空は白んでいる。時刻表を確かめると、この駅では五分停車する。起き出して、硬くなった体をほぐす乗客も少なくないはずだ。そう思って見ていると、何人かがホームに出て、大きく伸びをしたり、体操をし始めた。

四号車から、あの蝶ネクタイの紳士が出てきた。欠伸をし、両肩をぐるぐる回している。思惑通り、と浦部は薄笑いを浮かべた。

紳士はポケットから煙草とライターを出して、火を点けた。高級煙草のハイライトのようだ。浦部は自分のピースを一本指に挟み、紳士に近付いた。

「済みません、火を拝借できますか」

紳士はちらりと浦部を見て、いいですよとライターの火を差し出した。浦部は、どうもと言ってピースを咥えた顔を近付け、火が付くと紳士にぴったり体を寄せて右手を背中に回した。

「おい、大きな声を出すなよ」

そう囁くと、右手に持ったものを紳士の背中に押し付けた。ただの鉛筆だが、凶器と思ってくれれば有難い。紳士は、ぎょっとして目を剝いた。

「な、何だ。金か」

ハイライトを持った手が、小刻みに震え出した。熟練のスリのくせに、度胸はないらしい。

「さっき俺から盗ったものを返せ。返せば、それで忘れてやる」

思い切りドスを利かせた声で言った。これでおとなしく宝石を返せばよし、返さなければ……その先は考えていない。まあ、どうにかなるだろう。

紳士の反応は、期待と違った。

「盗った？　僕が君から、何か盗ったと言うんか」

くそっ、と浦部は胸の内で毒づいた。紳士は、何の話かわからないという顔をしている。さすがベテランと言うべきか、大した演技だ。

「とぼけるな。お前の仕業だってこたァ、承知だ」

さらに脅しをかけたが、紳士はさらに困惑した様子だった。

「仕業って君、何を盗られたんだ。財布か何かか」

「何を言ってやがる。初めから狙ってたんだろうが」

「狙ってたって、だから何を。そもそも、どうして僕なんだ」

「さっきトイレでぶつかったじゃねえか。その隙を狙ったことぐらい、わかってる」

そこで紳士は、やっと思い出したようだ。

「あ、あの時の。なるほど、ぶつかった拍子に掏られたと思ったのか」

紳士は少しばかり事情がわかって、納得したような表情になった。

「何をなくしたのか知らんが、僕はスリなんかじゃない。ポケットに名刺が」

この状況に、浦部の方が困惑してきた。紳士の態度は、どうも嘘で誤魔化しているように思えない。本当にスリではないのだろうか。服の上から身体検査してやろうかとも思ったが、それでは人目を引くし、掏った宝石を身に着けたままなのかも、疑わしかった。

そこで浦部は閃いた。そうだ、あんなものを身に着けたままでは危な過ぎる。一旦どこかへ隠しておき、下車するときに回収するつもりだ。宝石を持っていなければ証拠がないのだから、これほど自然にとぼけることができるのだ。

「そうまで言うなら仕方がないが、もし嘘ならただじゃ済まさんからな」

浦部は紳士の耳元でひと言脅してから、腕を離した。紳士が、大袈裟なほど大きく安堵の息を吐いた。

「嘘なものか。おい君」

紳士は名刺を出す気らしく、ポケットに手を入れた。浦部はそれを見ようともせず、さっと背を向け、再び三号車に乗り込んだ。五号車の方から車掌がこちらを見ているのに、気付いたからだった。

「どないしました」

ホームに身を乗り出した宮原に、辻が声をかけた。

「いや、ちょっと」

宮原は体を引っ込めて、首を傾げた。

「三号車の前あたりで、お客さんが二人、揉めているように見えたんですが。もう離れました」

「何か気になりますか」

宮原の戸惑うような顔を見て、辻が聞いた。ええ、と宮原が頷く。

「一人は、さっきの三号車二番下段のお客さんです」

「あの、瀬戸口とかいう傷害犯を見た男ですか」

貝塚は眉を上げた。

「で、相手は」

「ええ、蝶ネクタイの紳士です。昨夜、貝塚さんが怪しいと言われた、あの人です」

貝塚と辻が揃って眉を上げたとき、先頭でピィーッという汽笛が鳴った。蒸気機関車とは違う、甲高い音だ。霧島を牽くのは、ここから電気機関車に代わる。終点東京まで、もうトンネルに入っても煙の心配をすることはない。

第五章　尾道から岡山

糸崎を出た霧島は、十分余りで次の停車駅、尾道に着いた。ここの駅前はすぐ瀬戸内海で、向かいの島に渡る連絡船の発着所があるらしい。六時を過ぎ、日の出はまだだが空はもう明るくなっていた。

美里は立って窓を開けた。欠伸混じりの十数人が降りて、ほぼ同数が乗り込む。冷たい爽やかな空気が潮の香りと共に車内に入ってきた。

「おはよう、眠れた？」

たった今目覚めたらしい靖子が、微笑んで尋ねた。はい、と美里は頷く。

「眠れんかと思ったけど、意外に。座席がいいからごわんそか」

下関を出て少し経った頃から五時間くらい、熟睡していた。初めて九州を離れる緊張で、眠れないだろうと思っていたのだが、案外自分は図太いのかもしれない、と美里は内心で苦笑した。

「ん？　おお、どこかのう」

高鼾だった隣の夫婦も、目を覚ました。旦那さんは糸崎を出てすぐ手洗いに立って戻ってから、再び寝ようとしかけていたのに、冷気を入れたので起こしてしまったかな、と美里はちょっと申し訳なく思った。

「尾道ですよ」

靖子が言うと、奥さんの方が「ああ」と声を上げ、夫の腕を叩いた。

「尾道言うたら、ほれ、林芙美子の」

夫は今一つわからなかったらしく、「うん」と生返事をした。代わって、靖子が言う。

「放浪記、ですね」

「それそれ」

奥さんは嬉しそうに手を叩いた。美里は一瞬、きょとんとしてしまった。ハヤシフミコって、誰だっけ。放浪記……。

そこでやっと思い出した。有名な女流作家だ。ちょっと恥ずかしくなる。本屋に勤めているのに、すぐ頭に浮かばなかったとは。もっと本を読むようにしないといけない。

靖子と奥さんは、林芙美子の話を始めた。二人とも、美里よりはるかに本を読んでいるようだった。大変失礼ながら、田舎のお婆さんと思っていた奥さんも、かつては文学少女だったらしい。戦争で文学どころではなくなったが、戦後、子供たちが手を離れ、姑も亡くなってから、誰憚ることなくまた本を読みだしたそうだ。旦那さんの方は武骨者で、文学には縁がないらしいが、奥さんの影響で近頃は、松本清張などに取り掛かったという。こんなご夫婦が増えてくれれば、本屋としては有難い。

何となく気分が上向き、美里は反対側の車窓に目を向けた。尾道を出た汽車は、海沿いを走っている。向かいの島々は、橋がかけられそうなほど近い。錦江湾とは全然違う景色だな、と美里は思った。こんなにたくさんの島がある海を船で通れば、さぞかし綺麗な眺めだろう。そここに浮かんでいる船には、遊覧船もあるに違いない。いつかゆっくり楽しみたいな、と美里は思った。

徐々に差してきた朝日に、海面が輝き始めた。今日も天気は良さそうだ。

「あいつ、何しとるんや」

辻は、五号車の洗面所でばたばた動き回っている男を顎で指し、呆れたように言った。それはあの、三号車二番下段の客だ。さっきからトイレを開けては中に入り、ごそごそと這い回るような物音を立てたかと思うと、出てきて洗面所の屑物入れをかき回す、というような真似を繰り返している。ついさっきは、二号車でも同じことをやっていたのだ。途中、鹿児島の刑事たちがその脇を通って後ろに行ったが、刑事はその客に関心はないようだった。

「何か探してるように見えますが」

貝塚は首を捻りながら言った。でなければ、頭のどこかが故障したとしか思えない。

「どうしたんか、聞いてみましょか」

その客がやっているのは犯罪行為ではないから、公安職員が止める筋合いはないと言われればそれまでだが、さすがに他の乗客に迷惑だろう。貝塚は、傍まで歩み寄って声をかけた。

「何かお探しでしょうか。持ち物をなくされたとか」

掏られた可能性も考えて、聞いた。相手は、ぎくっとしたように身を強張らせた。

「あ、いや、その……大したもんじゃないんで、構わないで下さい」

「お財布とか、大事なものではないんですね」

念を押してみると、ぎこちない頷きが返ってきた。

「そうですか。何か問題があったら、遠慮なく我々か車掌に言って下さいよ」

「わかりました。済まない」

客は、ばつの悪そうな顔で、四号車の方へふらふらと歩いて行った。貝塚は辻のところへ戻り、眉間に皺を寄せた。

「挙動不審、ちゅうやつですな。何を探してるのか、言いよりません」

そうやな、と辻も眉をひそめる。

「追うた方が良さそうや」

辻はそう言うなり、後方に足を向けた。千恵蔵は気になるが、貝塚もあの男は放置すべきでない、と思った。

突然、四号車の方からどかどかと騒がしい足音がして、二人の刑事が正面から向かって来た。例の客が、驚いた様子で身を引いて刑事たちを通した。刑事の顔つきを見た貝塚は、一瞬息を呑んだ。二人とも、決然とした様子で眉を逆立てている。目当ての犯人が、見つかったのだろうか。

「どうしはりました」

辻が聞くと、佐伯がトイレを指差した。

「そこ、まだ使用中ですか」

言われて貝塚は把手のところの小窓に出ている表示を確かめた。「使用中」である。

「はい」

と返事すると、二人の刑事はトイレの扉を左右から挟むように立った。

「やっぱい、食堂車から後ろで使用中はここだけだ」

佐伯が小声で言い、吉永が頷いて扉を叩いた。

「もしもーし、大丈夫ですか」

その様子を見て、貝塚は拳を握りしめた。吉永は、中の客が長時間出てこないので、体調でも崩していないか心配しているが如く装っている。が、顔つきからするとそうでないのは明らかだ。ここに、追っている犯人がいると確信しているのだ。

辻も察し、一歩引いて足を踏ん張った。吉永はなおも扉を叩く。中から返事はなかった。が、直後に水の流れる音が聞こえた。刑事たちの肩に、力が入った。

続いて、掛金の外れる音がした。よし、とばかりに全員が身構える。しかし、すぐに開くと思った扉は、閉まったままだ。
三、四秒経ち、僅かに気勢をそがれた感じの佐伯と吉永は、目配せを交わした。こちらから扉を開ける気らしい。吉永が、把手に手を伸ばした。
その途端、扉が勢いよく開いた。あっと思った瞬間、吉永の顔に何かが投げつけられ、中に入っていたものが一面にかかった。

吉永は思わず身を引き、佐伯に当たってしまった。同時に中に居た男が飛び出し、二人に体当たりを食わせた。体勢を崩していた刑事たちは、後ろの壁にぶつかった。投げつけられたのは、手洗いの水で一杯にした汚物入れだったようだ。体勢を立て直そうとしたその隙に、男は食堂車の側へ飛び出し、遮ろうとした辻の手を弾いて食堂車の仕切り扉を引き開け、中へ駆け込んだ。全員がすかさず、後を追った。

貝塚は、はっきり男の顔を見ていた。年の頃二十代半ばか後半、黒縁眼鏡。三号車の荷物棚に隠れていたという男に間違いなかった。

「瀬戸口、止まれ！」

逃げる男の背に、吉永は怒鳴った。無論、相手は振り向きもしない。

朝の営業を始めたばかりの食堂車には、まだ客は三組しかおらず、いずれも席についで間がなかったようだ。もの凄い勢いで駆け抜ける瀬戸口と、それを捕まえようとする吉永たちを、唖然として見送った。お客に水を出そうとしていたウェイトレスが、瀬戸口に撥ね飛ばされそうになって身を躱した。それでも水を溢さなかったのは、さすがプロと言うべきか。

一番奥に、佳代がいた。目を見張ってこちらを見ている。手にしたトレイには、テーブルに出すナイフとフォークと紙ナプキンが載っている。

一瞬でそう見て取った時、瀬戸口がさっと手を動かして、トレイからナイフを取った。しまった、と思ったが、遅い。畜生、こんな形で武器を手にするとは。

走り抜けざま、吉永は佳代に「下がってて！」と怒鳴った。佳代の反応は、見えなかった。

美里は座席から腰を浮かし、軽く伸びをした。鹿児島を出て十四時間余り、だいぶ体が強張っている。それでも、長い行程の半分をもう越えているのだ。一分、また一分と東京が近くなる。近くなるごとに、期待と不安が胸の奥で揺れ動く。

靖子が目で、「お手洗い？」と尋ねた。「ええ」と頷きで応じる。靖子は、美里が通れるように足を引いた。気付いて、隣の夫婦も同様にする。

「済みません」

美里は礼を言って通路に出た。通路に座る客も朝になって少し減っており、歩きやすくなっていた。美里はよろめかないよう注意して、後ろの洗面所に向かった。

トイレは幸い、空いていた。すぐ先の食堂車からは、微かにざわめきが伝わってくる。もう朝ご飯の時間なのだ。昨夜食べなかったおにぎりの包みは信玄袋から出して窓辺に置いておいた。席に戻ったら、約束通り靖子と分け合うことにしよう。

食堂車を抜けた瀬戸口は、そのまま七号車への扉を開けようとした。吉永が追いすがり、手を掛ける。瀬戸口はさっき奪ったナイフを振るった。吉永が思わず手を引っ込めた隙に、瀬戸口は扉を開けて七号車に踏み込んだ。

じきに終わりだ、と吉永は思った。七号車から前の二等座席車はまだ混んでいて、デッキや通路にも客が座っている。そんなところを、勢いよく走り抜けられるわけがない。

気がかりは、奴がこの汽車から飛び降りようとすることだ。だが今、速度は七、八十キロ出ているだろう。飛び降りるのは自殺行為だった。奴は自殺を試みるだろうか。いや、そんな気ならナイフを奪ったりするまい。それに、出入り口の扉を開けようとするところで捕まえられるはずだ……。

突然、前に人影が現れた。ちょうど七号車のトイレから出てきたのだ。瀬戸口はその瞬間を逃がさなかった。トイレから出たばかりの客の腕を摑んで引き寄せると、首筋にもう片方の腕を回して押さえ込んだ。そしてそのまま吉永たちに向き直ると、「来るな！」と叫んだ。

（まずい！）

吉永はその場で足を止めた。その背に、佐伯たち三人がぶつかりそうになる。

「やめろ瀬戸口！」

背後から佐伯が怒鳴った。誰もが動けなくなった。瀬戸口に捕らえられているのは、若い女性だ。何が起きたのかと、呆然とした表情である。その首筋に、食堂車で奪ったナイフの刃がぴたりと当てられていた。

美里は、何が起きたかわからなかった。トイレから出た途端、誰かがぶつかってきた、と思ったら、あっという間に首を締め上げられ、何か刃物のようなものを押しつけられた。声を出そうとしたが、出なかった。そして次の瞬間には、強そうな男四人に取り囲まれていた。

まだ夢でも見ているのか、と思いかけたが、そんなはずはない。こんな馬鹿なことが自分に起きるはずがない。何かの間違いよ。

「やめろ、瀬戸口！」

四人のうち、一番強そうな中年の男が大声で叫んだ。自分を捕まえているのは、瀬戸口という人なんだろうか。

「罪を重ねるな。人質を放せ」

人質？　何、と思ったが、その言葉でようやく、自分が人質になっているのだと正しく認識できた。そんなの、映画の中だけの話と思っていたのに。震え出すか、涙が出るかと思ったが、どちらも起きなかった。まだ、頭と体がこの事態に対応し切れていないらしい。

「近寄るな！」

瀬戸口が叫んだ。切羽詰まって落ち着きを失っているのか、声が甲高い。よく見ると、ナイフを持った手が小刻みに震えていた。これは良くない、と吉永は思った。やけになって人質を傷付けたりしないうちに、何とかナイフを捨てさせないと。幸い汽車の走行音のおかげで、七号車の車室内にいる他の乗客にはこの騒動を気付かれていない。説得しようと言葉を探しかけた吉永の肩を、佐伯が押さえた。佐伯はそのまま、吉永を下がらせて前に出た。

「瀬戸口。お前、そうまでして東京へ行きたいんか」

瀬戸口は応えず、佐伯を睨み返している。佐伯は落ち着いた声で言った。

「何しに行く。新聞社か。新日窒(しんにっちつ)の本社か」

瀬戸口の眉が、ぎくりとしたように上がった。「俺は……」と言いかけたが、一旦言葉を呑み込み、佐伯の顔を見据えるようにした。どうやら、佐伯がだいたいの事情を承知しているとわかったようだ。

「両方じゃ。新聞記者連れて、本社に行く」

瀬戸口が言った。佐伯の見込んだ通りだったらしい。

「そげなこと、新聞社が付き合うてくるっか。そげな簡単な話じゃねじゃろ」

「そいでもやるんだ！　俺たち弱え者は、泣き寝入りしてろと言うんか」

「頭ぁ冷やせ！」

佐伯が一喝した。

「そんために、関係ない娘さんを巻き添えにしてどげんする」

瀬戸口が、僅かに怯む。吉永は人質の女性の目を見た。怯えてはいるが、恐怖で倒れそうなほどではない。寧ろ、置かれた状況を呑み込めずに呆然としているようだ。取り敢えず、暴れたり泣き叫んだりはなさそうなので、吉永は少しほっとする。

「あんたらに、俺たちがどげな目に遭ってるか、わかっか！」

瀬戸口が叫んだ。が、すかさず佐伯が言い返した。

「わかる」

「何じゃと？」

瀬戸口の顔が歪んだ。

「大概なこと言な。余所者にわかっわけが……」

「儂は、水俣の生まれじゃ」

瀬戸口の言葉が途切れた。佐伯はさらに続けた。

「儂の親父は、あの病気で死んだ。お前の親と、同じだ」

「そげな……」

瀬戸口の目が見開かれた。

「吉永さん」

公安の貝塚が、吉永の袖をそっと引いて、囁いた。

「あの病気って……」

「そうです。聞いたことありますよね。瀬戸口の両親は、それで亡くなったんです」

「水俣病、ですか」

吉永は小さく頷いた。それから、小声で付け加えた。

「ですが、うちの佐伯の父親も水俣病で死んだとは、初めて聞きもした」

吉永は、改めて瀬戸口の顔を正面から見た。佐伯の言葉に、心底驚いたようだ。警察の側にも、自分と同じ境遇の者がいるとは、想像もしていなかったのだろう。

確かにこの男には、同情すべき点が多い。吉永もそれは承知していた。

瀬戸口は水俣近くの村の漁師の次男で、兄が父の後を継いで漁師になったため、自分は別の道を、と鹿児島に出た。それでも魚は好きだったので、魚を扱える料理屋の板場に入った。

だがそれから間もなく、父の様子がおかしくなった。急に体の自由が利かなくなり、漁どころか歩くこともままならなくなった。手も震え、煙草に火を点けることすらできない。兄が病院へ連れて行くと、中枢神経系がやられている、と言われた。近隣で、似たような患者が多発しているとも。治療の方法もわからず、間もなく寝たきりになった。

さして日を置かず、母も発症した。今から五年ほど前、ちょうど水俣病が初めて公式に確認された頃である。初めは伝染病を疑われたため、発症者の出た家は村八分のような扱いを受けたという。やがて瀬戸口の父は脳障害に至り、去年亡くなった。後を追うように、母も。幸い、兄は発症する気配がないが、縁談が来る見込みはないそうだ。

両親が亡くなった頃、瀬戸口は二軒目の店に勤め始めていた。最初の店から移ったのは、その店で好条件を示されたからだ。ところが半年も経たないうちに、店に両親のことを知られてしまった。瀬戸口は、暇を出された。店主に面と向かって言われはしなかったものの、水俣病の両親を持つ者を、客の口に入る生魚を扱う板場に置いてはおけない、と思われたのは明白だった。

瀬戸口は、実家の兄が周りからどんな扱いを受けたか、聞いていた。それが自分にもふりかかったのだ。前の店にもう一度雇ってほしいと頼んだが、瀬戸口を解雇した店は理由を表沙汰にしなかったので、却って変に詮索され、断られた。

理不尽だ、と瀬戸口は思った。自分に何も非はないのに、両親にも非はなかったのに、なぜ俺たち家族はこんな目に遭うのか。瀬戸口は、荒れた。鹿児島の町に居ては、怒りをぶつける先もない。やけ酒に走った。

飲んだ後、道で喧嘩になった。肩が触れたの触れないの、という些細なことから始まったのだが、鬱憤が溜まっていた瀬戸口は、大荒れに荒れた。相手も逆上し、刃物を出した。瀬戸口はそれを奪い、相手を刺した。

一度だけなら、揉み合ったはずみ、と言えなくもなかったが、瀬戸口は三度刺してしまった。最後の一刺しは、逃げようとする相手の背中からだった。病院に運ばれたその男は、一時危篤になるほどの重傷だった。顔を知っていた目撃者がおり、瀬戸口は傷害容疑で手配された。それが、およそひと月前のことだ。

「しかしですよ」

捜査会議で背景説明を聞いた後、吉永は佐伯に言った。

「水俣病ってのは、水銀中毒なんでしょう。大学の先生がそう結論したって、だいぶ前に新聞で読みもしたが」

「ああ、そん通りじゃ」

よく知ってるな、という顔で佐伯が言った。

「しかし、水銀以外のものが原因ちゅう説もある。公式の結論ちゅうのは、まだ決まっとらん」

「はあ。でも、水銀じゃなくても他ん化学物質とか、害のあるもんが原因だとしたら、伝染病でも何でもなかごわんそ。板場から追い出さんでも、よかとに」

「なかなかそうは行かんのが、難しいとこだ」

佐伯は、憮然とした。

「学者が結論を出したと言ても、誰もがすぐ理解でくっわけじゃね。思い込みちゅうのは、なかなか消えんもんだ」

「こんな大きな町の料理屋の主人でも、ですか」

「料理屋じゃから、余計に神経質なんかもしれん。人っちゅうのは案外、単純で弱い。瀬戸口の体にも水銀か何か、悪いもんが溜まっとって、料理に入ると思たんかもしれん」

そんな馬鹿な、と吉永は笑いかけたが、佐伯の顔は真面目だった。

「今のとこい、誰もが納得する結論がないんじゃ。水銀にしろ何にしろ、害のあるもんを海に流しとる会社が、簡単に責任を認むいわけはないしの。学者だけでなく国が結論を出したなら、また違うじゃろが」

吉永は、おや、と思った。佐伯の今の言葉は、瀬戸口の件だけの話ではないようだ。佐伯は水俣病に興味を持っているのだろうか。

その時は、それ以上は聞けなかった。だが今、佐伯が水俣病に詳しかった理由がはっきりわかった。

「良かか、瀬戸口」

佐伯の口調が、穏やかに諭すようなものになった。

「お前の家がどげな目に遭うてきたか、儂にもだいたいわかる。儂の実家も、他の家も、多かれ少なかれ同じことになっとる」

瀬戸口の目が、戸惑いながらも落ち着いてきた。佐伯の話を、黙って聞いている。

「なかなか責任を認めん会社に怒っのも、役所がお前たちの抗議を出来っだけ抑えようとするのが気に食わんのも、よくわかる。だがのう」

ここで佐伯は、語調を強めた。

「それが、人一人に大怪我負わせる理由になるかっちゅうと、それは違うぞ。たとえ相手から吹っ掛けてきた喧嘩であってもじゃ」

　瀬戸口の唇が歪んだ。

「わかっとる！　それでも俺はなあ……」

「まして、関わりない娘さんに刃物を当てる理由になぞ、なるか！」

　佐伯が一喝した。瀬戸口の肩が、びくっと動く。佐伯はさらに続けた。

「お前、東京の本社に殴り込んで、新聞記者に水俣のことを訴えかけるつもりか」

「あ、ああ、そうじゃ。そうでもせんと、東京の連中に俺らのことは届かん。東京に届けば、こん国中に水俣の……」

「何甘（あ）めこと言（ゆ）てるんじゃ！」

　佐伯が再び、吠えた。瀬戸口ばかりか、人質の女性も、吉永までもが青くなった。

「自分が傷害犯じゃちゅうことを、忘れとるんか。手配中の犯人が言うことを、大手の新聞が取り上げると思うんか」

　瀬戸口は、ぎくりとして口をつぐんだ。

「傷害事件の言い訳に水俣病を持ち出しとる、と思われんのがオチじゃ。そしたらどうなる。お前の抗議自体が、胡散臭く見えてしまうぞ」

　佐伯は、一歩前に踏み込んだ。瀬戸口の目を、じっと見つめている。

「今もし、東京の新聞社に疑げの目で見らるいよなったら、どげんな。懸命に抗議活動や支援活動をしちょっ衆の足を引っ張っこちなっとぞ。そげに考げたこっがあっとか」

瀬戸口の顔が、呆然となった。やはり、そんなに深くは考えていなかったのだ。おそらく、事件を起こして隠れていた何日かの間に思い立ち、これしかないと後先考えずに勢いで走り出したのではないか。東京へ着けたとして、どういう段取りで行動するかも、決めていなかったに違いない。

だが、瀬戸口の境遇を理解していた佐伯は、彼が何としても東京へ行こうとする気持ちを察したのだ。だからこそ、瀬戸口は霧島に乗ったはずと自らにも言い聞かせていたのだろう。

「俺は……」

「まして、人質事件まで起こして水俣ん衆がどう思うか。どげな迷惑を蒙るか。それくらい、わかっだろ」

「俺は……」

瀬戸口はもう一度、呟くように言った。が、その顔は既に俯いていた。佐伯はさらに一歩進み、手を差し出した。瀬戸口の腕から力が抜け、持っていたナイフは佐伯の手に収まった。すかさず吉永が飛び出し、瀬戸口の腕を取った。瀬戸口は、抵抗しようとしなかった。

吉永が手錠をかける間に辻が駆け寄って、瀬戸口の手からは逃れたもののまだ呆然と突っ立ったままでいる人質女性を、抱えるようにして引き離した。

「大丈夫ですか、怪我はないですか」

吉永の背後で、辻と貝塚が代わる代わる女性に声をかけている。取り敢えず女性の介抱は鉄道公安職員二人に任せ、吉永は佐伯と一緒に、膝から崩れ落ちそうになる瀬戸口を両側から支え、床に座らせた。

いきなり食堂車側の扉が開き、宮原が駆け込んできた。食堂車の誰かが、異変を知らせたらしい。

「み、皆さん、何事ですか。男が暴れていると知らせが……」

顔を紅潮させた宮原は、デッキに座り込んだ瀬戸口と辻に支えられた格好の女性を見て、目を丸くした。

「これはいったい……」

吉永が立って、大急ぎで事情を説明した。宮原の目がさらに大きく見開かれた。

「ナイフを？　その人を人質に？」

「ええ。まあ、この食事用のナイフじゃ大きな怪我はさせられんでしょうが」

その言葉は耳に入らなかったようで、宮原は青ざめて女性客の傍に寄った。

「お怪我はありませんか。ご気分はどうですか。空いている寝台を用意しますから、しばらくお休みになりませんか」

宮原は、畳みかけるように言った。

「あ、いえ、大丈夫です。どこも怪我なんか、なかです」

二十歳前後の女性は、引きつり気味だが微笑を浮かべた。気丈だな、と吉永は感心した。いや、まだ現実感がないだけかもしれない。しばらくして落ち着いたら、怖さが甦って気分が悪くなるのではないか、と心配になった。

「あの、もう席に戻ってもよかですか」

宮原が、えっという顔になる。

「あの、本当に大丈夫ですか。大変な目に遭われたということですが」

「ええ、本当に。ちょっと怖かったですけど」

女性は、笑みを消さずに言った。宮原はなおも心配そうだったが、そこで佐伯が言った。

「わかりもした。取り敢えず戻って結構です。じゃっどん、落ち着いたら事情を伺いたいので、後で呼びもす」

よろしいですか、と言うのに、女性は「構いません」と答えた。

「お名前と住所、伺ってよかですか」

吉永が聞いた。女性は、鹿児島市の上妻美里です、と答えた。上京する途中で、七号車に乗っているという。恥ずかしがったり躊躇ったりの様子がないので、仕事で接客するのに慣れているのだろう、と吉永は考えた。

「ご気分が悪くなったりしたら、すぐ私どもを呼んで下さい。無理はなさらずに」

宮原がなおも気遣って言った。美里は礼を述べたが、一刻も早くこの場を去りたい様子だ。無理もないなと吉永は思い、さあどうぞと七号車の車室への扉を開けてやった。美里は一同に軽く礼をして、自分の席へと歩いて行った。さすがに瀬戸口の方は、見ようとしなかった。

美里は、幾分ふらつきながら通路を進んだ。まだ足が、地につかない感じがする。自分の席に着くと、通路側の夫婦に「すみません」と言って、倒れ込むように座った。向かいの靖子が、驚いたような顔で迎える。

「大丈夫？　ずいぶんお手洗いが長かったけど、気分でも悪いの？」

「いえ、大丈夫です」

さっきから、大丈夫と何回言っただろう。そんなつまらないことを思った時、スピーカーから福山到着を知らせる放送が流れた。あの車掌さんも、大急ぎで車掌室に戻ったようだ。

美里は腕時計を見た。あんな大変な騒ぎがたった十五分の間に起きたとは、信じられなかった。

「でも、顔色が」

靖子はまだ心配そうにこちらを見ている。隣の夫婦の奥さんの方も、「酔いなさったか」と気遣わし気な表情を向けていた。美里はどうしたものか、と考えたが、深刻にならない程度に話すことにした。幸い、七号車の乗客でさっきの騒動に気付いた人はいないようだ。

「実はその、変な男の人に絡まれちゃいまして……」

浦部は寝台に座ったまま、頭を抱えていた。いったいどういうことだ。

あの蝶ネクタイが掏った宝石の袋をどこかに隠したに違いない、と踏んで、一号車から五号車までの洗面所やゴミ箱など、すぐに隠せそうな場所は全部探してみたのだが、どこにもない。かと言って、食堂車より後ろの二等車まで隠しに行く暇はなかったはずだ。

さっき、ここへ戻るのに四号車を通ったとき、あいつが座っているのが見えた。通り過ぎざま、こちらに気付いて睨みつけるような視線を向けてきたが、無視した。奴が犯人なら、面の皮の厚い男だ。しかし一等座席車には、隠せる場所が寝台車よりずっと少ない。自分の荷物の中か？　いや、そんなところに入れたら、調べられた場合に言い逃れができない。待てよ、容易に見つからないよう、二重底になっているのでは？

ええいくそ、と浦部は頭を振った。考えれば考えるほど、変な方向に行ってしまう。とにかくあの品を東京に持ち帰らないと、報酬が貰えないだけでは済むまい。依頼主は大須賀か、大須賀を通じた何者かであるのは間違いなかろう。宝石を盗られましたなどと報告すれば、おめおめ帰ってきたのかとこっぴどく殴られたうえ、放り出されて二度と仕事はもらえない。そうなれば、自分も小川もおまんまの食い上げだ。

もう一度、初めから考えよう。広島を出た後、他に接触した相手はいないか。懸命に頭を絞ると、トイレへ行く時に通路でぶつかりそうになった男がいたのを思い出した。だがあの時は、体が接触したような感覚がなかったし、ほんの一瞬だ。いくらなんでも、そこで掏るなんて芸当はできやしないだろう。それに正直、どんな男だったかも覚えていなかった。

とすれば、あいつしかいないか。浦部の頭に、向かいの上段にいた黒縁眼鏡の男が再び浮かんだ。強面の刑事に追われているからには、スリなどであるまいと思ったが、ひょっとすると専門の宝石泥棒なのかもしれない。奴も違う筋から問題の宝石商を狙っていて、俺たちに先を越されたので奪い返したんだとしたら？

いや待て、と浦部は首を捻る。宝石商が乗っていたのは第2日向だ。小川も俺も、霧島に乗っている俺が宝石を受け取る計画については、誰にも話していない。依頼主にさえも。どういう方法で宝石を奪うかは、依頼主には関係ないことだからだ。じゃあどうして、俺を狙うのか。あの黒縁眼鏡、俺が博多で乗り込んだ時には確かに乗っていた。第2日向から乗り移ったのではないのだ。

ああだこうだ、考えている場合じゃない。浦部は立ち上がった。もう朝になっており、宝石を奪った奴がいつ下車してもおかしくない。まずあの黒縁眼鏡を探そう。自分より先にあの刑事たちが奴を捕らえていた場合のことは、無理に頭から締め出した。どのみち、そうなればおしまいだ。

「駅員に連絡を頼みました」

宮原はデッキに居る佐伯に向かって告げると、手を挙げて発車合図を送った。先頭で汽笛が鳴り、霧島が動き出す。六時二十六分、福山定刻発車だ。

「いろいろご厄介をかけもした」

佐伯が改めて頭を下げた。それから辻と貝塚に向き直って言う。

「協力をいただいて、助かりもした。上司に報告しておきますんで、後日本部の方から正式に御礼を」

いやいや、と辻が手を振る。

「お互いさまですさかい、手が要るならいつでも言うて下さい」

恐縮です、と佐伯が再度頭を下げた。

手錠を掛けられた瀬戸口は、辻たちが譲った五号車の席に座らされ、吉永刑事が付き添っていた。瀬戸口はうなだれたまま、ほとんど何も喋っていない。ただ、「あの子に済まんかったと伝えてくれ」とだけ、言った。それを聞いていた貝塚は、ほっとした。やはりこの男、追い詰められて自棄(やけ)になっただけで、悪者ではないのだ。

「岡山で降りるんですね」

貝塚が確かめた。霧島はこの後倉敷に停まり、五十分後の七時十七分に岡山に到着する。

「ええ。早よこん汽車から降ろして、鹿児島に連れ帰らんといかんので」

佐伯は宮原に、岡山の警察に連絡しておいてもらうよう、頼んだのだ。宮原に調べてもらったところ、鹿児島に戻れる一番早い列車は岡山十四時発の急行さつまなので、それまでの間、岡山の所轄の世話になる、ということだった。

「それにしても、あいつはどげんして駅の監視をすり抜けたんじゃろか」

佐伯が、小声で言った。その疑問には、宮原が答えた。

「駅じゃないとしたら、車庫でしょうね」

「車庫ですと？」

佐伯が眉間に皺を寄せた。

「ええ。客車区、つまり車庫は職員以外立入禁止ですが、人の目はさほど多くありません。待機中の霧島にこっそり乗り込むことは、充分可能でしょう。出庫前点検を終えた後なら、トイレなどに隠れていても気付けないと思います」

なるほどなあ、と佐伯も吉永も感心したように呟いた。

「いや、やっと納得がいきもした。そいでは車掌さん、あの人質になった娘さんを、ちっと呼んでもらえもはんか」

「はい、承知しました」

いかにも刑事然とした佐伯より、車掌の宮原が呼びに行った方が、周りの乗客に目立たないだろうという配慮か、と貝塚は思った。

七号車に入ってきた車掌は、明らかに自分に用があるらしい。真っ直ぐに美里の席に歩み寄った。

「あの、先ほどは大変……」

言いかけて車掌は、相席の三人をちらりと見た。あの騒動は七号車の乗客にほぼ気付かれていないので、言い方に迷ったのだろう。美里は三人を目で示し、「大丈夫です。簡単にお話ししています」と応じた。車掌は、安堵したようだ。丁重に腰を折った。

「恐れ入りますが、警察の方は岡山で降りるそうです。その前に、ちょっとお会いしたいと」

「そうですか。それじゃ、行きます」

美里は承知して、席を立った。

「ねえ、大丈夫なの？　酷い目に遭ったところなのに」

靖子が心配そうに聞く。隣席の奥さんも、無理せんで良かよ、と言ってくれた。美里は笑顔を返した。

「もう平気ですから。あ、そうだ。忘れてた」

美里は立ったまま、窓辺の包みを取り上げて靖子に渡した。

「はい、約束してた朝ご飯」

「あ、おにぎり」

靖子が目を輝かせた。

「ありがとう。じゃあ遠慮なく、一ついただきます」

おにぎりを一つ、目の高さに持ち上げて靖子が微笑む。それに手を振り、美里は通路に出た。歩きながら、宮原が小声で言う。

「あの、本当に具合の悪いところはありませんか。ご気分は……」

「いえ、本当に大丈夫ですから」

この車掌さん、充分過ぎるほど気を遣ってくれている。却ってこちらが恐縮してしまいそうだ。

扉を引き開け、デッキに出た。が、一歩踏み出しかけて足が止まった。つい三十分ほど前、ここでナイフを首筋に……。

「やっぱり怖いですか。でしたら、どうか無理せずに」

気付いた車掌が、うろたえたように言った。それを聞いて、逆に美里は恐ろしさをねじ伏せた。母が生きていたら、胸に飛び込んで「怖かったぁ」と泣いたかもしれない。だがこれからは、もっと強くならないといけないのだ。美里は頑張って、肩をそびやかした。

「いえ、構いません」

美里はあの体験を乗り越えるように足を踏み出し、宮原が開けた扉を通って隣の食堂車へ入った。

食堂車は、朝食を摂る客で満席だった。洋定食を頼んでいる客のテーブルには、当然ながらナイフがある。あの男が使ったのと、同じものだ。車掌がそれに気付き、しまったという顔をした。恐怖を呼び覚ましてしまう、と思ったのだろう。

だが、美里は違う目で見ていた。母の居酒屋では、何種類もの包丁を使っていた。母の包丁さばきは、なかなか見事だった。ああいう刃物なら、ちょっとしたことでも人を傷付けてしまう。ところが改めて見ると、この洋食用のナイフには鋭さがない。殺傷用としては、全く不向きだった。あの男は、間に合わせの武器を何も考えずに取っただけだったのだ。本当に私を傷付けたりするつもりが、あったのだろうか。

車掌は急ぎ足で食堂車を通り抜けた。美里も、足を速めて続く。隣の五号車のデッキに出ると、あの年嵩の刑事と鉄道公安官だと名乗った二人が、待っていた。

「ああ、お嬢さん……上妻美里さん、でしたな。ご気分はどげんな。もう大丈夫ですか」

佐伯と名乗った年嵩の刑事が言った。大丈夫ですかは聞き飽きたな、と美里は思った。

「はい、落ち着きました」

それは良かった、と佐伯は微笑みらしきものを浮かべた。が、顔がいかついので口が歪んだだけとも見えた。

「儂らは、あの犯人を連れて岡山で降りて、鹿児島に戻りもす。まちっと話を聞こうと思たが、時間があいもはん。東京へ行かれるそうだが、どげなご用で」

どう言ったものかと考えたが、詳しい話を刑事に言うべき筋合いはあるまい。

「母が亡くなったので、長いこと会っていない父に、会いに」

ごく短く、それだけ言った。

「じゃっどかい。そや何かと、大変ですなあ」

佐伯は、同情するような目をした。今の美里の言葉で、家の事情が複雑らしい、と理解したのだろう。それ以上は聞こうとしなかった。

「鹿児島には、いつ戻りますか」

「仕事もあるので、四日後には」

「わかりもした」

佐伯は勤め先の書店の名を聞いてから、言った。

「申し訳なかじゃっどん、戻られたら改めてお話を伺いしもす。裁判が始まったら、証人として呼ばれるかもしれもはんので、承知しておいてたもんせ」

「裁判、ですか……」

そこまでは考えていなかった。法律でそうなっているなら、呼ばれるのは仕方ないだろうが。

「あの、さっきのこと、なかったこちできませんか」

「はァ？」

これには面喰ったようで、佐伯も公安官も目を丸くした。

「あげなことをされたのに、ですか」

もし裁判に出たくないということなら、と佐伯が言いかけるのを遮り、美里は言った。

「あの人、誰かに大怪我をさせたんですよね。それ、重い罪でしょう」

「そりゃあ、傷害と、事情によっては殺人未遂です。何年か懲役になりもそ」

「それにさっきのことが加わったら？　もっと重くなりますよね」

「逃走中に人質を取ったわけじゃって、加重されもすな」

「だってあの人……水俣病のせいで、ご両親を亡くしたうえ、酷い目に遭ってきたんでしょう。元はちゃんとした人だったでしょうに、こんなことになったのも、元はと言えば水俣病の人たちに助けの手が差し伸べられてないからじゃねですか」

「いや、しかし……」

「刑事さんが、そげん言うたとですよ」

佐伯は言葉に詰まった様子で、美里の顔をじっと見ていた。

「可哀相じゃありませんか。他のお客さんは、誰も見てなかったでしょう。私が訴えなければ、何もなかったこちならんとですか」

美里が畳みかけると、佐伯は目を瞬いた。それから、口を開いた。

「あんたは、しおらし人じゃっど」

言ってから佐伯は気付いたらしく、公安官たちに「優しい、ちゅうことです」と照れたように言った。

「そや、良かこっなんだが」

佐伯は美里に、真顔を向けた。

「車掌さんも公安の人らも見とる、その前で起きたことじゃ。警察官として、見らんかったことにはできん。正すべきこちゃ、正さんといかんのじゃ」

でも、と美里は言いかけたが、口には出せずに俯いた。佐伯の毅然とした目に、それ以上抵抗することはできない、と思ったのだ。

「でもねえ、罪を重くするだけが警察の仕事じゃね。水俣ん衆に手が差し伸べられとらん、ちゅうのはあんたの言う通りだ」

美里は、顔を上げた。佐伯の口調は、ぐっと和らいでいた。

「何と言おうと、法は法じゃ。だが、儂は同じ水俣の者として、あいつのために出来っことをする。そしこ（それだけ）じゃ」

美里は、その言葉に頷いた。この刑事さんなら、信用できる。そう思った。

「ありゃ……車掌さん、どげんした」

佐伯が言ったので振り向くと、車掌の目が潤んでいた。今にも泣き出しそうだ。

「いやっ、その」

車掌は袖で目を拭った。

「こ、この人があんまり優しいことをおっしゃるんで、感激してしまって」

ええっと美里は両手で口を押さえた。顔が真っ赤になるのが、自分でわかる。

「そ、そんなこと。やめて下さいよぉ」

恥ずかしくなって、背を向けた。後ろで、佐伯の声がした。

「儂にも、あんたみたいな娘が居ったらなあ」

美里はその場を逃げ出したくなった。

顔を火照らせたまま刑事たちに挨拶して、席に戻った。靖子が膝のバスケットの上で竹の皮を開き、美里の作ったおにぎりを齧っているところだった。

「あ、ご免なさいね。お腹空いちゃったんで、先に食べかけてた」

口を押さえる靖子に、構いませんよと笑いかけて座席に座った。靖子がもう一個のおにぎりとゆで卵を返して寄越す。

「これ、美味しいわね。炊き込みご飯なのね」

靖子が口を動かしながら言った。もともとは晩御飯にするつもりだったので、少しばかり手を掛けてある。家が居酒屋なだけに、母が忙しい時は店の余り物を使って自分でご飯を作っていたから、腕にはそこそこ自信があった。

「それでその、あんたに悪さを仕掛けてきた奴は、警察がちゃんとしっくくれたと」

隣席の夫婦の旦那さんが尋ねてきた。美里が車掌に呼ばれて行ったので、気にしていてくれたらしい。

「はい。ちゃんと捕まえてくれてます。岡山で降りるそうです」

「そうか。しょっぴいて行っくるっのか」

旦那さんは安心したようで、けしからん奴がおるもんじゃ、と憤慨してみせた。奥さんも、「ほんのこて、えらい目に遭われもしたねぇ」と、改めて気遣いを述べてくれた。

美里は、ありがとうございますと頭を下げた。ナイフを突きつけられたことは言わずにおいていた。本当の話をしたら、周りじゅう大騒ぎになるだろう。

「相手の男も、何かいろいろ不幸な目に遭ってこられたようです。刑事さんがそう言ってました」

　ついそんなことを口にしてしまった。靖子は、「まあ、そうなの」と眉をひそめたが、隣席の夫は難しい顔になった。

「そいつがどげな目に遭ったかしらんが、じゃっでち人に迷惑かけていいもんじゃなか」

　正論である。気性の真っ直ぐな人のようだ。美里は「はい」と小さく頷いた。それでも胸の内で思った。あの人も、水俣の人たちも、ちゃんと救われる世の中であればいいのに。

「岡山ァー、岡山ァー。お忘れ物ないようお降り願います。ただいま到着の列車は、急行霧島号東京行きです。後寄り一号車から三号車までは寝台車です。寝台券をお持ちでない方はご乗車になれません……」

　頭上からアナウンスの声が降ってきた。五号車からは他に降りる客がいなかったので、佐伯と吉永は瀬戸口を挟むようにしてホームに出た。手錠をかけられた瀬戸口の腕は、上着で隠してある。

　三人の姿を認めた制服警官が二人、駆け寄って敬礼した。

「岡山県警岡山駅前派出所の、河原田（かわらだ）です。ご苦労様です」

「同じく、松本（まつもと）です」

「鹿児島県警の佐伯と吉永です。急なことで、ご面倒かけもす」

「いえいえ。夕方の列車までお預かりすると聞いております。所轄の留置場、ということになりますが、迎えの車が来るまで、派出所の方へどうぞ。ご案内します」

巡査部長の階級章を付けた河原田が言って、こちらへ、と手で示した。河原田の先導に従い、歩き出す。巡査の松本は、後方を警戒するように殿（しんがり）についた。

階段の方へ進みながら、吉永はちらりと霧島を見た。勢いで乗り込んだ格好なので、汽車の外見はほとんど気にしていなかったのだが、こうして眺めてみると、堂々たるものだ。こげ茶色の塗装が光るまだ新しい客車が十数両、ずらりと連なっている。乗客は老若男女、千人以上だろう。ほとんど一つの町だな、と吉永は思った。その人たちは皆、それぞれの事情を抱えて乗っているはずだ。希望あり、傷心あり、笑いあり、涙あり。この瀬戸口のように世間に打ちのめされてしまった人が、他にも乗っているだろうか……。

いやいや、感傷は後だ、と吉永は背筋を伸ばした。瀬戸口を鹿児島に連れ帰るまでが仕事、まだ気は抜けない。瀬戸口の様子を見ると、力が抜けたような無表情だった。心が空っぽになってしまったのか。吉永は、やるせなさを覚えた。

階段が近付き、吉永はもう一度霧島を見た。そう言えば、公安官が追っているスリはどうなったろう。こちらの事件のせいもあって、まだ見つけられてはいないようだ。しかし、これだけの人が乗っている汽車だ。まだ他にも犯罪者がいたりはしないだろうな……。

浦部は、あの黒縁眼鏡が刑事たちに連行されて行くのを、当惑しながら見送った。制服警官が迎えに出ていたところを見ると、あいつはかなりの重罪犯だったようだ。初めに思った通り、スリなどではなかったのだ。

浦部はホームに出て、朝の冷たい空気の中というのに額に浮いた汗を拭った。幸と不幸が同時に起きたようなものだ。黒縁眼鏡が宝石を掏ったのではない、というのは幸いだった。もし奴が掏っていたなら、刑事が宝石を見つけて押収していただろう。そうなったら、取り戻すどころか宝石泥棒のからくりが発覚して、一巻の終りだった。

不幸は、これで誰が宝石を盗ったのか皆目わからなくなったことだった。

第六章　岡山から神戸

はるか前方から汽笛が聞こえた。一拍置いて車体が揺れ、五分の停車時間を終えた霧島は再び歩みを始めた。

「あと三時間で、大阪やな」

流れ去るホームを見ながら、辻が呟いた。込められた意味を解して、貝塚は肩を落とした。千恵蔵の根城は、大阪だ。首尾よく仕事を終えたら、大阪で下車するだろう。それは、貝塚たちにとって敗北を意味する。残された時間で、何とか千恵蔵の尻尾を摑まなくてはならない。

「いろいろ考えたんですが」

ホームが後方に消えたところで、貝塚は言った。辻は貝塚の顔を見て、薄笑いを浮かべる。

「お前はんがいろいろ考えると、大概見当外れになるさかいなァ」

「そない言わんでもええでしょう。時間が少ないんですから、これでも目一杯頭絞ってるんでっせ」

頬を膨らませると、辻が苦笑した。

「それで、何を考えたんや」

「ええ。これまでずっと車内を見て来て、どうも怪しいと思うたんが何人かいてます」

せやな、と辻は頷きを返した。

「で、どいつや」

「一人は、あの三号車二番の男ですね。車内をうろついて、何か探してる様子です」

「うん。他には」

「もう一人は、その三号車の男と糸崎のホームで何か揉めとった、蝶ネクタイです。背格好が千恵蔵に似た感じじゃて、昨夜言うとったでしょう。恰幅のええ紳士ちゅうのは、いかにも千恵蔵が化けそうやないですか」

「ふん。それもまあ、ええやろ。まだおるか」

「ええ。後はですね、七号車に乗ってる若い女ですわ」

「女やと?」

辻は呆れ顔になって、まじまじと貝塚を見た。

「お前、頭大丈夫か。千恵蔵がいつから女になったんや」

「いやいや、さすがに千恵蔵が女装してるなんて言うてませんがな」

辻は、ばたばたと手を振る貝塚に訝し気な目を向けている。貝塚は、咳払いして続けた。

「千恵蔵というのは、単独犯に間違いないんですか」

「あァ? 千恵蔵みたいな箱師ちゅうんは、おのれの腕一本で仕事するもんや。あいつが集団スリの一味やなんて、聞いたことないぞ」

「いや、集団スリやなくても、一人ぐらい仲間がおるかもしれんでしょう。掏った獲物をすぐに仲間に渡す。女やったら、疑われ難い。そやから、今までなかなか尻尾を掴ませへんかったんと違いますやろか」

「お前なァ……」

言いかけた辻は、ふと言葉を切って考える目付きになった。

「お前、何でその女が怪しいと思た」

「それはですね」

辻が興味を引かれてきたようなので、貝塚は気を良くした。

「二等の座席車に一人で乗ってるには、見栄えが良過ぎるんですよ」

「別嬪（べっぴん）や、ちゅうことか」

「いや、まあ確かに別嬪ではありますけど、身なり物腰が、どうもねえ。周りから浮いてる感じなんですわ。どっかのお嬢さん風で、もしそれなりの格好をした千恵蔵と一緒に一等車に居ったなら、ええとこの父娘（おやこ）か、お付きを連れたお嬢様に見えるんちゃうか、と」

「千恵蔵の偽装になる、ちゅうんやな」

辻が呑み込んでくれたようなので、貝塚は「そうです」と勢いよく頷いた。が、辻はまた首を傾げる。

「せやったら、何で一人で二等車におるんや。偽装にならんし、逆に目立ってしまうやないか」

　現にそれでお前に目を付けられたわけやろ、と辻は言った。

「一等の指定席が満席やったからかもしれません。それか、今度の仕事は千恵蔵一人で動いた方がええ、と思たんかも」

「そんなら、そもそも連れてこんでもええやないか。だいたい、一昨日の桜島には千恵蔵は一人で乗ってたやろ」

「桜島では、我々も女のことなんか考えもしませんでしたから、見逃しとったかも」

ああ言えばこう言うやな、と辻は嘆息した。

「まあええ。そこまで言うなら、ちょっとそのお姉ちゃんを見に行こか」

辻は、のっそりと座席から立ち上がった。

「どうも気になるさかいな。お前とは違う意味で、やけど」

七時半を過ぎて、食堂車は朝食のピークを迎えており、通路で十人近くが順番を待っていた。貝塚と辻は、済みませんと手で詫びながらそこを抜け、食堂車に入った。手前のテーブルに料理を置いていたウェイトレスがこちらを向き、「あっ」と小さく声を上げた。

「どうも、先ほどは」

頭を下げたウェイトレスの顔を見ると、さっき瀬戸口にナイフを奪われた佐々木佳代とかいう娘だった。当然、七号車のデッキで起きた騒動には気付いていただろう。少し状況を聞いたうえでこちらも説明しておきたいところだが、この忙しさでは無理だ。

「まあ、落ち着いたら話させてもらいます」

それだけ言って七号車へ向かおうとしたとき、前の方のテーブルで例の蝶ネクタイの紳士が洋定食を食べているのに気付いた。無論、ここで声をかける気はないので、関心無いふりをして素通りする。

七号車のデッキには、誰もいなかった。つい一時間前の騒ぎが嘘のようで、痕跡らしきものも残っていない。辻は、さっと一瞥しただけで貝塚を促した。

「どの娘や」

貝塚は無言で扉の窓越しに四番目のボックスを指したが、「あれっ」と声が出てしまった。

「どないしたんや」

辻が怪訝そうに尋ねる。

「あそこの窓側です。どういう巡り合わせか、上妻美里と向かい合って座ってますわ」

「え？　ほんまか」

辻は貝塚を押しのけるようにして、窓に顔を寄せた。

「なるほど。上妻さんと話をしとるようやな」

得心したように言うと、貝塚を睨んできた。

「お前、さっきの騒ぎで上妻さんの顔を見たとき、怪しいと思てる女と相席しとる娘やと、気付かんかったんか」

「いや、それはその」

貝塚は決まり悪さで汗が出そうになった。

「怪しい女の方ばっかり気を取られて、上妻さんの顔は全然覚えとりませんでした」

やれやれ、と辻は大きな溜息をつく。

「何度も言うてるやろ。一つに絞らんと、周りも良う見とけ、て」

貝塚は「すんません」と頭に手をやって俯いた。辻がその背を叩く。

「まあ、こうなると逆に都合がええわ。行くぞ」

辻は把手を摑んで扉を開けた。車室内の通路には、五、六人が新聞紙を敷いて座っている。ご免なさいよ、と声をかけて辻は通路へ踏み出した。

目当てのボックスに来ると、上妻美里が顔を上げ、あ、と声を出して席から立った。

「先ほどは、ありがとうございました。お世話になりました」

「いやいや、座っといて下さい。大事に至らんで、何よりでした」

辻は手を振って、美里を座らせた。

「もう落ち着かれましたか。気分が悪うなったら、遠慮のう車掌に言うたって下さい」

「はい、さっき車掌さんからも言われました。本当に大丈夫ですから」

強がってるのかな、と貝塚は思った。が、この人には別に強がる理由はないだろうし、顔色を見る限り本当に大丈夫のようだ。年の割にしっかりした娘さんだな、と貝塚は感心した。一人で遠路、見知らぬ大都会へ出向こうというだけのことはある。

「ええと、こちらはお連れさんですか」

辻は向かいの女性と美里を交互に見るようにして、聞いた。美里の様子を見に来たふりをして、問題の女性に聴取しようという肚だ。

「あ、いえ、この汽車でお会いしたとです」

美里が言うのに応えて、女性が微笑んだ。

「前田といいます。警察の方ですか」

「いや、鉄道公安職員です。この列車に警乗しとります」

辻は警察手帳によく似た公安職員の手帳を示した。

「前田さんも、東京にご用事ですか」

「はい。お友達に会いに」

「お一人で」

「そうですけど」

それが何か、という顔で見返されたので、辻と貝塚は、何でもありませんという風に笑みを浮かべた。

「さっきのことは……」

辻はちらりと美里を見た。事情を全部話したのか、確認の意味だと貝塚は気付いた。車内が騒然としたような様子はないので、恐らく話してはいないだろうと思ったが、美里は辻の意図を理解したようだ。

「男の人に絡まれた、ってことはお話ししてます」

美里の言葉を受け、はいはい、と辻が頷く。

「ほんまに怖かったでしょう。あんなことはまず滅多にありませんが、大勢の乗った汽車ですから。スリなんぞも乗っていますし、充分お気をつけて下さい」

辻は「スリ」以降を前田の方に向かって言った。反応を見たようだ。が、貝塚の見る限り動揺らしきものはなかった。

もういいと判断したらしく、辻は「では、これで」と美里に言って、立ち去ろうとした。

「ちょっと。公安の人だと言うたね」

通路側の初老の夫婦の夫の方が、いきなり口を出した。

「はあ、そうですが」

「なら、わがで気を付けろと言う前に、もちっとちゃんと警備をしてほしかが。こげな若け娘さんが何人も乗っちょっのに、落て着かんじゃねか。国鉄には、もちっとしっかいしてもろわんと」

義憤に駆られたように言われ、辻も貝塚も恐縮するしかなかった。奥さんの方が、「あんた、そんくらいにしときゃんせ」と言ったのを幸い、そそくさと退散した。

「参りましたね。おっしゃる通りだけに、返す言葉がないです」

デッキに出て貝塚が溢すと、辻も苦笑した。

「ほんまやな。あの騒ぎはこっちも予想外やったが、言い訳にはならんわ」

言ってから、すぐ真顔になる。

「あの前田ちゅう娘やけどな」

「はい。辻さんは、どない見ました」

「それやが……」

言いかけたとき、食堂車の扉が開いて誰かが出てきた。貝塚は顔を見て、眉を上げた。蝶ネクタイの紳士だ。だが彼の席は反対側の四号車だったはずだ。

辻もおかしいと思ったか、口を閉じた。黙ったまま脇に寄って蝶ネクタイをやり過ごし、その背に目を張り付けた。蝶ネクタイは、七号車のデッキに出て車室への扉の前で立ち止まり、窓から中を覗いている。貝塚は、辻の肘をつついた。

「あいつ、前田ちゅう女と上妻さんの居てるボックスを窺うてるように見えますが」

囁くと、辻も「うん」と同意の呟きを漏らした。

「どうします。引っ張ってみますか」

「せやな……」

辻は首を捻っていたが、やがて頷いた。

「確かに不審は不審や。ちょっと話を聞いてみてもええやろ」

二人はそのまま煙草を吸うふりをして待ち、蝶ネクタイが覗きをやめて引き返すと、そっと後を追った。

食堂車の通路を抜け、五号車のデッキに出たところで辻が声をかけた。

「ちょっと済みません」

蝶ネクタイが、振り返る。辻は愛想笑いをしながら、言った。

「申し訳ないんですが、ちょっとだけお話を伺いたいんで、そこの乗務員室へお願いできますか」

「何だ君たちは。僕がスリか何かだと思ってでもいるのか」

乗務員室に入った蝶ネクタイは、辻から事情を聞いた途端に嚙みついた。

「まあまあ。スリやなんて、言うておりませんがな」

辻が宥めた。間に立った宮原は、すっかり困惑している。

「まったく、ないごてどいつもこいつも僕を疑うんだ。そげん僕は怪しいか」

「どいつも、というのは、糸崎駅のホームで言い合うてたあの男のことですか」

貝塚は、三号車二番の客のことを思い出して聞いた。蝶ネクタイは、いかにも腹立たし気に「そうだ」と答えた。

「あいつめ、僕が何かを盗ったから返せ、と脅しおった」

「何かを盗った？」

貝塚は眉間に皺を寄せた。

「それが何なのかは、言わなかったんですね」

「ああ、言わんかった。僕が知ってるはずだ、とな」

ははあ、と貝塚は思った。あの三号車の男の不審な動きは、盗られたとかいうものを捜し回っていたのではないか。だが、車掌に申告せずに無理にでも自分で取り返そうとするのは、どういうわけだ。考えていると、辻に肩を叩かれた。

「それは後にしよう」

そうだった。貝塚は本題に戻って、聞いた。

「七号車の中を覗いておられたようですが、何か気になることでも？」

見られていたと気付いてか、蝶ネクタイの眉が上がる。

「ちらっと様子を覗いただけじゃ。それが悪いんかね」

「悪くありませんが、昨夜から三度も四度も、となりますとねえ」

蝶ネクタイがぎくりとし、貝塚はほくそ笑んだ。実際は、七号車を覗いているところを見たのはさっきの一度きりだ。だが貝塚たちは、昨夜も何度かこの男が車内を歩き回っていたのを目撃している。そのたびに七号車へ行っていたと考えて、間違いなかろうと踏んだのだ。やはりそうだったらしい。

「そ、そう。気になっことがあったんだ」

蝶ネクタイの落ち着きがなくなった。

「その気になることを、よろしければ教えてほしいんですがね」

辻が聞いた。蝶ネクタイは逡巡したが、仕方ない、と肩を竦めた。

「あるところの私事に関わるんで、あんまい他人様に言いたくなかったんだが。僕は怪しい者じゃない」

蝶ネクタイは内ポケットに手を入れ、名刺を出して辻に手渡した。覗き込んだ貝塚は、ぎょっとして絶句した。名刺には、「鹿児島市議会議員　加治屋成克（かじやしげかつ）」とあった。

「車掌さん、八代で電報を頼んだろう」

「はい、承りました」

宮原が答えた。

「あの電報に関わることだ。知らせた以上、ちゃんと見ておかんとね」

それから加治屋は、貝塚たちに事情を話した。

岡山を出た汽車は、刈入れの済んだ田畑が連なる平野を抜け、枯葉の茶色や紅葉、銀杏の黄色といった晩秋の彩に染まった山間に入っていた。車内を見回すと、夜が明けてから混み具合はほとんど変わっていない。岡山では、七号車からもソフト帽を被って眼鏡をかけた背広の中年男性や、五、六歳の子供の手を引いた三十代くらいの夫婦、大きめの鞄を持った営業員風の若い男など数人が降りたが、似たような顔ぶれのほぼ同じ数の乗客が乗り込んできた。書類鞄だけの会社員もいるが、これは神戸か大阪へ出向くところだろう。

あの瀬戸口という男と二人の刑事も降りたはずだが、ホームを見ても美里の席からははっきりわからなかった。

「大阪まで行ったら、だいぶお客さんが入れ替わるわよ」

靖子が、車内を見渡す美里に言った。やっぱり慣れているんだ、と美里は思った。そこでまた、聞いてみる。

「何回か大阪や東京に行ったこと、あっとですよね」

ええそうよ、と靖子が微笑む。

「いろんなところを知ってる人は、羨ましいです」

これは正直な気持ちだった。靖子は、あら、と小首を傾げて見せる。羨ましいと言われて、どう返すべきか戸惑っている様子だ。

「お父様以外に、東京や大阪にお知り合いはいないの？」

少し考えるようにして、そんな風に尋ねてきた。います、と美里は答えた。

「中学の同級生が、集団就職で大阪に来てます。紡績工場で働いちょっとです」

美里の頭に、急に友達の顔が浮かんで来た。一緒にお弁当を食べたり、男の子の噂話をしていた子たち。同学年から十人が、卒業と同時に大阪行きの集団就職列車に乗った。三年前の春だ。たまに手紙や年賀状のやり取りはあるが、あれから一度も会っていない。大阪までは一緒でも、職場はそれぞれ違う。まだ十五だったのだ。きっと今の自分より、心細かったろう。みんな、挫けず元気でやっているんだろうか。

「そうなの。集団就職なのね」

靖子は、ただそれだけ言った。たぶん靖子にとっては、集団就職は新聞記事で読むような話で、実感として捉えられないのだろう。靖子の通った学校には、そうやって働きに出るような子はいなかったのだ。靖子の友達は、立派な家の子ばかりで……。

「さっき公安官の人に、お友達を訪ねるって言うてもしたよね」

あら、と靖子が小首を傾げる。

「覚えてたのね」

「ええ。でも、友達に会いに行くなら、私にナイショ、とか言わんでもいいでしょう」

言われた靖子に、ほんの僅か動揺が見えた。ははあ、と美里は思う。

「もしかして、そのお友達が訳あり、とかですか」

靖子が目を瞬く。どうやら、当りらしい。美里は隣の夫婦に聞こえないよう、顔を近付けて囁いた。

「大事なお人なんですね」

靖子は黙って美里から目を逸らした。

「その大事な人に会うため、ご両親に黙って、出て来たんじゃありもはんか」

靖子がびくっと肩を動かし、美里の顔を見つめた。美里は、黙って見返す。すると、何秒かして靖子が肩の力を抜き、ほうっと息を吐いた。

「あーあ、ばれちゃったか」

「やっぱり……」

つい声が大きくなりかけ、慌てて隣席を窺った。旦那さんはまた鼾をかいていて、奥さんは熱心に本を読んでいる。こっちの話に聞き耳を立てることはなさそうだ。美里は安心したが、声はぐっと低めた。

「家出じゃないですか、それ」

前にそう聞いたときは、さあどうかなあ、などと誤魔化していたが、結局その通りだったのだ。

「家出のつもりはないわ。そげなの、小学生か中学生がすることよ」

靖子は、つんと顔を上向けて言った。大差ないんじゃないの、と美里は思ったが、言わないでおく。

「家出じゃないなら、何です」

「新しい人生に向かっての、門出よ」

何を言ってるんだこの人は。

「新しい人生って？」

「好きな人と歩む道のこと」

靖子は顔を輝かせて、そんな台詞を口にした。

「あの人はな、前園家のお嬢さんなんだよ」

加治屋は七号車の娘について、これでわかったろうとばかりに言った。辻と貝塚は、ぽかんとしている。加治屋は呆れたような顔をした。

「前園家を知らんのかね」

「はあ。申し訳ないが、存じませんな」

戸惑う辻に、宮原が助け舟を出した。

「確か鹿児島の名家ですね。ホテルとかを経営しておられる」

「そうだよ。君、公安官として不勉強じゃないかね」

加治屋は辻と貝塚に小馬鹿にしたような台詞を投げたが、宮原に「恐れ入りますが、九州以外の人はまず知らないと思います」と言われ、がっかりした顔になった。逆に自分の井の中の蛙ぶりをさらけ出した格好になったのに、思い至ったようだ。

加治屋は咳払いしてから、続けた。

「前園家は元は薩摩藩の上士で、明治に温泉旅館を始めたんだが、今では鹿児島市内のホテルや不動産、タクシー、観光バス、保険代理店など、いろんな会社を持っちょる。鹿児島市では五本の指に入る家じゃ」

どうやら加治屋は前園家の支援で議員になったらしい。少し割り引いて聞いとく必要がありそうだな、と貝塚は思った。

「で、そちらのお嬢さんが七号車に乗っておられると」

辻が確かめると、加治屋は「そうだ」とはっきり言った。

「前園靖子さんという。僕は何度もお会いしてるから、昨夜食堂車で顔を見てすぐわかった。見たことない娘さんと一緒に食事しとったから、変だなと思うたんじゃ」

上妻美里のことだ、とその場の一同にはわかった。

「その人は、この列車でたまたま相席になった人のようですが」

辻が言うと、加治屋は「わかっちょる」とすぐに言った。

「見たところ、お嬢さんが普段付き合うような娘じゃない。あんたの言うように、たまたま会うただけじゃろ」

身分違いだ、という響きを感じて、貝塚は不快になった。見ると、宮原も同様に思ったらしい。むっとしたような顔になっている。

「それで気になった僕は、お嬢さんの後を尾けた。幸い、食堂車の隣の七号車だったんで、どこに座ってるかはすぐわかった。しかし、ご両親や付き添いの姿が見えない上、二等の座席車だ。前園家の人は、必ず一等車に乗るからね。これは変だと思ったんだ」

加治屋は、貝塚や宮原の顔色など気にも留めず、先を続けた。

「それで電報を打たれたわけですか」

「ああ。まさかとは思ったが、家出の可能性も考えたんでな。靖子お嬢さんは気の強い人で、度々親御さんと衝突しておったようなんで」

加治屋は、まったく困ったもんだ、という風に嘆息した。

「しかし見込み違いだと失礼に当たるんで、電文は『先日はお世話になり、ありがとうございました。先ほど、急行霧島の車内でお嬢様をお見かけしました。お元気そうで何よりです』というもんにした。万一家出なら、これで前園家の人たちにお嬢さんの行方がわかるはずだと考えたんだ」

普通の挨拶を装ったわけか。加治屋なりに機転を利かしたようだ。辻が頷く。

「なるほど。お家の方々がお嬢さんを探しておられたら、先生の電報を見てすぐ追いかけてくるはず、というわけですか」

「その通り。こうしておけば安心じゃろ」

加治屋は、どうだと胸を張った。が、宮原が首を傾げた。

「しかし……追いかけると言っても、この霧島より先に東京へ着ける列車はありませんよ」

加治屋は「えっ」と目を剝いた。

「特急ができたんじゃないのか」

「はやぶさのことですか。あれは西鹿児島十一時三十分発、東京十時五分着です。昨日のは霧島の四時間前に出ていますし、今日のはまだ西鹿児島を出てもいません。鹿児島からは、この霧島が特急はやぶさの次に速いんです。追いつく術はありません」

加治屋は、うーんと唸った。

「僕は公務で大阪で降りにゃならん。東京までお嬢さんを追っていくわけにはいかん」

「では、大阪までにお嬢さんに声をかけて、降りてもらったらどうです」

宮原に言われると、加治屋は急に弱気になった。

「いや……もし勘違いだったら、具合が悪い。それに、お嬢さんは僕の言うことなんか聞かんじゃろし」

考えあぐねたか、加治屋は宮原に言った。

「車掌さん、あんたがお嬢さんを降ろしてくれんか」

「無理言わんで下さい」

宮原が苦笑した。

「正規の切符を持って東京へ行こうとしているお客さんを、勝手に降ろせるものですか」

「じゃあ、公安官の君たち。家出人の保護は、仕事なんじゃないか」

縋（すが）るように加治屋は辻に言った。辻も困惑顔になる。スターに会おうという女子高生とか、集団就職先から逃げ帰ろうとする少年とはわけが違うのだ。

「お嬢さんは、お幾つですか」

「ええと、確か二十一じゃ」

「成人ですなぁ。お家から捜索願が出ているなら別ですが、家出という証拠もないのに、成人女性が自分の意思で動いているのを止める権限なぞ、ありませんわ」

強いて言えば、前園なのに前田と名乗っているところは怪しいが、それだけでどうこうできるものでもない。

「しかし君、前園家のお嬢さんなんじゃぞ」

加治屋は苛立った声で言ったが、だから何ですという目で三人に見返され、がっくり肩を落とした。

「まあ先生は、できることをされたんですから、もうよろしいでしょう。お嬢さんに何事もないよう、我々も目配りしておきますんで」

辻に言われ、それ以上無理だと悟った加治屋は、仕方なさそうに乗務員室を出て行った。

瀬戸口の一件を加治屋が知っていたら、もっと神経質になって粘ったろうが、そこは幸いだった。

「やれやれ、やっぱりか」

加治屋が出て行った後で、辻が顎を撫でながら言った。

「やっぱりて、辻さん、あの娘が家出人やてわかってはったんですか」

貝塚は、靖子という女性を千恵蔵の仲間と疑った失態を忘れようと、聞いた。

「お前が、二等車には似合わん娘やと言うたのを聞いてな。もしかしたらそうかな、と思うたんや。で、本人の様子を見に行って、まあそうやろ、とな」

「へえ……僕には、あの上妻さんの方がよっぽど家出娘みたいに見えましたけど」

「いやいや。あの娘は自分が何しに行くのか、はっきりわかっとる様子やった。家出した者は、ずっと落ち着きがない。後悔や不安みたいなもん、或いは変に高揚した気分が、顔や態度に現れとるんや」

「そんなん……ようわかりますなぁ」

「せやからそれが年季、ちゅうもんやろが」

辻は貝塚の腹を、平手で勢いよく叩いた。

「やっぱり西鹿児島と伊集院では、家の人が追いかけてこないか、気にしちょったとですね」

詰め寄るように美里が聞くと、靖子は「そうよ」とあっさり認めた。あの刑事たちが最初にこの七号車に来たとき青ざめていたのは、親が差し向けた追手かもと思ったからだろう。

「車で追いかけて来れそうなところまでは心配してたけど、鹿児島県を出ちゃったらもう安心。この急行に追い付ける汽車はない。ちゃんと調べたの」

屈託ない顔で言うのを聞いていると、美里はだんだん呆れてきた。

「それはいいけど、好きな人と歩むって、どげな道ですか」

「それは、これからの話よ。まだわかんない」

はあ？　と美里は目を見張る。生活の見通しを立てていないのだろうか。もともとそういう感覚に疎いのだとしたら、あまりにもお嬢様過ぎる。

「お相手は、どんな人なんです」

「ええもちろん、素敵な人よ」

それだけ言うと、靖子はぽうっと遠くを見る目になった。漫画なら、目がハート形になっているところだろう。

「素敵って……」

「また後で、話してあげる」

靖子は唇に指を当て、目で隣席を示した。旦那さんが、居眠りから醒めてもぞもぞ動き出したところだった。仕方ない、と美里は無言で頷き、靖子はそれに明るい笑みで応えた。

このお嬢様、本当に大丈夫かな。美里は自分の先行きのことも忘れ、窓外に目をやる靖子の横顔を眺めた。この世には辛苦や悪意が満ちていることを、頭ではわかっても感覚として理解できていない、という雰囲気だ。自分より年上のはずなのになあ、と美里は首を傾げる。

それにしても、このお嬢様が素敵だというお相手は、どんな人なんだろう。すっかり舞い上がっているように見えるけど。美里は頭の半分で心配していたが、もう半分では羨ましくてしょうがなかった。

何だか苛ついてきて、美里は立ち上がった。「お手洗い？」と聞いて足を引く靖子に「ええ」と返事し、美里は通路に出た。そのまま洗面所に行きかけ、足を止める。さすがに、あんなことがあった七号車の手洗いに行くのは躊躇われた。美里は向きを変え、前方の八号車の方へ向かった。

八号車の手洗いで用を済ませ、何気なくデッキから八号車の車内を覗き込んだ。同じ二等座席車なので、中の雰囲気は七号車と全く同じに見えた。乗っている乗客まで似たような感じで、数人が通路に新聞紙を敷いて座り込んでいるのも、一緒だった。

一番前まで、どの車両もこんな感じなんだろうな、と肩を竦めるようにして、踵を返しかけた。その時、ふと何かが気になり、美里はもう一度八号車の車内を見た。そしてすぐ、気になったものを見つけた。

それは、二つ目のボックスの通路側に座っている客だった。四十くらいの男で、フランネルらしい灰色の格子柄のシャツの上に上着を羽織っている。何が気になったのか数秒考えたが、それがわかると首を捻った。どうして？

しばらくそこで迷ったが、やはり話した方が良さそうな気がした。美里は七号車に戻ると、そのまま自分の席を通り過ぎた。靖子が怪訝そうに見送っている。美里は食堂車に入った。行く先はもっと前、あの公安官のところだ。

五号車で千恵蔵をどう炙り出すか考えを練っていた辻と貝塚は、上妻美里が入ってきたのを見て、いささか驚いた。貝塚はすぐに立って、美里を迎えた。

「上妻さん、どうかしはりましたか。ご気分でも」

「いえ、そうじゃなくて……その、些細なことかもしれませんけど、お話しした方がいいのかも、と」

貝塚は眉を上げ、自分が座っていた席に美里を座らせた。

「一等車の席に座るの、初めてです」

美里がはにかむように言ったのに笑いかけながら、貝塚は話を待った。美里はちょっと逡巡してから、始めた。

「八号車に、気になる人がいるとです」

「八号車に？」

瀬戸口の件に関わることだと思っていた貝塚は、意外な言葉に目を瞬いた。

「気になると言いますと」

辻が隣の席から聞いた。美里はそちらを向いて答えた。

「岡山で降りたはずの人が、乗ってるんです」

辻と貝塚は、同時に首を傾げた。美里の言いたいことが、よくわからなかったのだ。

「岡山で弁当を買うとか、煙草を吸うとかしただけやないんですか」

「いいえ。その人、岡山までは七号車に乗ってて、確かに鞄を持って降りました。なのに、さっき見たら八号車に乗ってるんです」

七号車から降りて八号車に移った？　動きとしては変だが、異常と言うほどではない。

「号車を移りたかっただけやないですかねえ。相客が気に入らんかったとかで」

「かもしれませんけど、服まで変える必要があっとじゃろうか」

「服まで変えた？」

辻が眉根を寄せた。

「服が違うなら、ょう似た別人や、ということでしょう」

「いいえ」

美里は、きっぱりとかぶりを振った。

「同じ人です。間違いありません」

「なんで言い切れるんです」

「私、母の居酒屋を手伝ってました。その時、お客さんの顔は一度見て覚えるよう、教え込まれたんです。店に来続けてもらうには、お客さんを決して忘れんことだ、って」

ほう、と辻が感じ入ったような声を上げた。

「つまり、その二人の客は間違いなく同じ顔や、ということですな」

「はい。しかも、七号車ではかけていた眼鏡をかけていません」

辻の目が、らんらんと輝き始めたのがわかった。辻はいきなり貝塚に顔を向けると、前の方の席を指差してひと言命じた。

「井村さんを呼んで来い」

「いや、お呼び立てしてえらい済みません」

貝塚が井村を連れて戻ると、辻が愛想笑いと共に詫びを言った。井村の顔には長旅の疲れが浮かんでいたが、目はすっかり覚めているようだ。

「いや、構いまへんけど、何ですやろ」

「一つ確認してほしいことがあるんですわ」

はあ、と井村は疑わしそうな顔になる。

「何を確認しますんや」

「こちらのお嬢さんがちょっと怪しい男を見つけはりましてなあ。そいつの顔を見てもらいたいんです」

井村は訝し気に美里を見た。二人は目礼を交わした。

「ほな上妻さん、案内して下さい」

はい、と美里は立ち上がり、通路を前へと歩き出した。貝塚たち三人が、その後に従った。

七号車を抜けるとき、例のお嬢さんが何事かとばかりにこちらを目で追ってきた。貝塚たちは構わず、先に進む。

八号車のデッキに着くと、美里がまず扉の窓を覗き込んだ。そして頷く。

「ちゃんと座ってます。あの紺の上着に灰色のシャツ。さっきまでは上着も灰色でした」

美里は一歩下がり、代わって覗き込む辻にわかるよう、二つ目のボックスの男を指差した。

「あいつですな」

辻は振り向き、井村を手招きした。

「鹿児島駅であなたと切符を取り替えたのは、あの男ですか」

井村はそうっと扉の窓に近付き、じっと車内に目を注いだ。そしてしばらく経つと、顔を辻の方に戻し、親指を立てた。

「あの人です。間違いおまへん。ただし、服は替えてますな」

昨夜聞いた時は、見分けられるか自信がなさそうだったのだが、ちゃんと確認してくれた。貝塚は胸を撫で下ろした。

「そうですか。ありがとうございます。席へお戻りいただいて、結構です」

お役に立ちましたら幸いですわ、と井村は挨拶し、背を向けて戻って行った。辻は貝塚に頷きを送ると、口元に凄味のある笑みを浮かべながらもう一度窓を覗き、呟いた。

「見つけたで、千恵蔵」

浦部は、自分が追い詰められていると感じていた。さっき、あの蝶ネクタイの男が乗務員室に連れて行かれるのを遠目に見たのだ。その時は、やはりあいつがスリだったのかと臍を噛んだが、もしそうなら宝石の袋が公安官と車掌に見つかってしまう。蝶ネクタイがうまくどこかに隠してくれていればいいのだが、そうすると、あれだけあちこち探して見つからなかったのだから、回収するのは至難の業だ。

浦部はやきもきしながら待った。乗務員室は五号車で、寝台車と違って見通しが利く。近寄れない代わりに、反対側のデッキからでも車室を通してある程度様子は窺えた。

乗務員室では公安官と車掌が寄り合い、何か話しているようだが、蝶ネクタイが逮捕されているのかまではわからない。誰も来ないようにと念じながらデッキで頑張っていると、蝶ネクタイが出てくるのが見えた。逮捕などされず放免されたようだ。浦部は慌てて洗面台に向かい、通路に背を向けた。糸崎駅で揉めた後なので、蝶ネクタイと顔を合わせたくはない。

鏡の方を向いていると、蝶ネクタイが後ろを通って四号車へ行った。鏡にちらりと映った姿からすると、意気消沈しているようだ。拘束されなかった以上、スリではないのだろうから、なぜがっかりしているのかはわからなかった。

しかし、蝶ネクタイが公安官にいろいろ聞かれていた、というのは問題だった。糸崎での揉め事は、公安官の耳に入っただろう。あの時、浦部は蝶ネクタイに、盗ったものを返せと言ってしまった。その話を聞いたら、公安官は浦部が何を盗られたのかと、探りにくるはずだ。もちろん、何を盗られたか言えるわけがない。しかし黒縁眼鏡のおかげで、浦部の顔は公安官に覚えられている。自分の寝台に戻るのも危険になった。

ああ、まったくどうしてこうなるんだ。浦部は頭を抱えた。あと一時間半で神戸、二時間で大阪だ。そこでは大勢が下車するだろう。盗んだ犯人が雑踏に紛れたら、もうどうしようもない。

「今度はいったい、何があったの」

美里が席に戻ると、好奇心いっぱいの顔つきで靖子が尋ねてきた。また事件に巻き込まれたか、と思ったようだ。

「大したことじゃなかですよ」

あんな騒動は二度とご免だ、とばかりに美里は手を振った。

「千恵蔵とかいう綽名の、すごいスリがいるそうなんですけど、それが見つかったとです」

「まあ、今度はスリなの」

スリ、と聞いて隣の夫婦が眉をひそめた。

「スリか。こげな長う走る汽車では、多いらしかねえ」

旦那さんは、聞きもしないのに腹を叩き、儂はここに入れとるから大丈夫、と笑った。

胴巻に大事なものは収めているらしい。

「見つかったって言うと、もしかしてあなたが見つけたと？」

「いいえ、そんな大げさな事じゃ」

美里は、降りた人と同じ顔の客が服を変えて隣の車両にまた乗った、という話を簡単に伝えた。

「そのスリは、旦那さんは、わかったようなわからないような顔をした。

奥さんの方は、変装したちゅうことか」

「変装って、ただ驚いているだけだ。一方、靖子はかなり興味を引かれたようだ。

「変装って、スリにしちゃ大袈裟ねぇ。怪人二十面相みたいじゃない」

「それだけすごいスリらしいです」

ふうん、と靖子が目を見張る。

「で、捕まえたのね」

いいえ、と美里はかぶりを振った。

「公安の人が見張ってます。現行犯、て言うんですか、掏ったところを捕まえたいような。

今のところ、この車内でスリを働いたって証拠がないみたいで」

「へえ、そうなんだ」

でも見張ってるなら大丈夫よね、と靖子が言い、美里も「ええ」と応じた。あの辻という年嵩の公安官からは、何としても捕まえる、という気迫が感じられた。ああいう人たちがいれば、安心だろう。


「動く気配は、ありませんなぁ」

扉の窓からちらちらと千恵蔵の方を見ながら、貝塚は言った。座席に座った千恵蔵は、上着も脱いで寛いでいる様子だ。

「こっちに気が付いとるんでしょうか」

「ここから見られとるのに気付いとるとは思えんが、儂らのことは当然、承知やろ。こっちも鹿児島の刑事と動き回ったりしたせいで、すっかり目立ってしもたさかいな」

辻が、仕方あるまいとばかりに言った。スリと傷害犯では、安全上後者を優先せざるを得ない。

「それにしても、妙ですねえ」

貝塚は窓から離れて、首を捻った。

「鹿児島からここまで十六時間、何もしとらんとは。これまでにスリの被害を言い立てたのは、一号車のあの客一人です。しかも財布は寝台にあったし」

辻は、うむ、と唸っただけで、特に考えは言わなかった。貝塚は勝手に続けた。

「掏られた客がまだ気付いてない、ちゅうことはあるでしょうか。しかし大概は、寝てた客も朝起きたとき、ポケットを確かめますよね」

せやな、という気のなさそうな呟きが返った。

「てことはやっぱり、乗車中に目を付けておいた客が神戸か大阪で下車するとき、その降り際を狙う気ですかね。けどそれやと、一人か二人狙うのが精一杯やし……」

「ちょっと黙っとれ。儂も考えとるんや」

辻が苛立ちを見せたので、貝塚は口をつぐんだ。

黙ったまま、数分が過ぎた。霧島は、規則正しいレールの音を刻み、順調に走り続けている。千恵蔵の方には、相変わらず変わった動きはない。

ふいに辻が口を動かした。その時、貨物列車が轟音を立ててすれ違ったので、何を口にしたかは聞き取れなかった。

「え、何て言わはりました」

貨物列車が通過してから、貝塚が聞いた。

「確かにおかしい、て言うたんや」

辻が、千恵蔵の方を窺ったままで言った。

「お前の言う通り、千恵蔵ほどの奴がわざわざ鹿児島から東京行きの急行に乗って、一人二人の財布を狙うはずがない。それやったら、東海道線か大阪環状線の国電で充分や。相当な仕事をせんと割に合わん。だからこそ、儂らがこうして乗り込んどるわけやろ」

「その通りですわ」

今さら、という感じを抱きつつも、貝塚は頷いた。

「なのに被害が出ん。かと言うて、警戒して仕事を諦めたんなら変装して号車を移るような小細工はせんやろ。奴には何か他の狙いがあるんちゃうか、という気がする」

「他の狙い？」

それは考えていなかったので、貝塚は戸惑った。

「他、て何です。荷物車に現金の箱でも積んどるんですか」

「あほか。そんなもん、専用の輸送車に警備付きで運ぶことぐらい、知っとるやろが」

「冗談ですがな。せやけど、他に思い付きません。辻さん、何か思うところがあるんですか」

「いや、わからん」

辻が正直に言ったので、貝塚はいささか拍子抜けした。

「わからんて……」

「せやから今、一所懸命考えとるんやないか。お前も頭使え」

はあ、と生返事をして考えてみたが、思い当たることはなかった。千恵蔵にスリ以外の仕事ができるとは考え難い。スリの技術を応用できる犯罪には、どんなものがあるだろう。答えはなかなか出ない。貝塚は窓の外に目をやった。人家がだいぶ増え、海岸の方に工場の煙突も見える。町が近付いているのだ。

貝塚は、また八号車の車内に目を戻した。そして、ぎくりとした。一瞬、千恵蔵がこちらを見て笑ったような気がしたのだ。慌てて顔を引っ込めようとしたが、よく見ると千恵蔵の視線は窓の方を向いていた。気のせいだったか、と貝塚はほっとした。出し抜かれているのでは、という焦りが見せた迷いだ。貝塚は首を振って、時計を見た。あと十分で姫路だった。

その姫路で状況が一変するとは、貝塚も辻も思っていなかった。

浦部はさんざん迷った挙句、自分の寝台に戻ることにした。当てもなくうろついている方が、不審に見える度合いは高い、と考えたのだ。公安官か車掌に糸崎駅でのやり取りを見られた可能性は、五分五分だろう。あの蝶ネクタイが、因縁を付けられたと車掌に訴えたとしても、奴は俺がどの席にいるかまでは知らない。俺と結び付けられ、公安官が事情聴取に来る確率は、さして高くあるまい。万一来たとしても、誤魔化すことはできるだろう。

三号車に入ると、留守の間に寝台は解体され、だいぶ見通しが良くなっていた。各寝台区画は、今は三人掛け向かい合わせの座席になっている。下段寝台が座面で、下ろされた中段寝台が背もたれになった、という具合だ。

自分の寝台区画では、中段と下段の会社員風の客が、服を整えて窓側に向かい合って座っていた。結局向かい側の寝台は三段とも客が来なかったわけだ。あの黒縁眼鏡は切符なんか持っていなかったろうから、客には入らない。

浦部は通路側に腰を下ろした。六人分の座席に三人だから、かなりゆったりしているのは有難い。くそっ、これで宝石さえ無事だったら……。

「食堂車へ行っておられたんですか」

窓側に座った一人が尋ねてきた。鬱陶しいなと思ったが、顔には出さない。

「はあ、そうです」

あちこちで探し物をしていたとは言えないが、食堂車なら長時間姿を消した言い訳にはちょうど良かった。

「どうです、混んでましたか」

一瞬、答えを考えた。時間からすると、朝食を摂る客が多いはずだ。

「まあ、一杯でしたよ」

無難にそう答えると、窓側の男は礼を言い、連れと「どうする」と相談し始めた。連れは、行くなら今から行かないと、朝の営業が終わってしまうと言う。待たされたくはないが、仕方あるまいと。相方も賛同したようだ。

二人は同時に立って、通路へ出て行った。しばらく一人になれるのは、有難かった。一息つくと、また恐れと焦燥が全身を満たしていった。さあ、どうすればいい。時間はどんどん少なくなっていく……。

そこで再び、思い出した。あと一人だけいる。通路でほんの一瞬、すれ違った男。接触した記憶がないので、無関係だろうと切り捨てていた男。まさか、あれが？　そんなはずは、と理性では思ったが、もう他に辿れる心当たりがない。だが、どれだけ必死で考えても、男の顔も風体も浮かんでは来なかった。

スピーカーから姫路到着を告げる宮原の声がして、霧島は速度を落とした。八号車の車内中ほどで、中年男性の客が一人立ち上がり、網棚から荷物を下ろすのが見えた。通路に座っていた数人のうち、一番近い一人が、これ幸いとその空いた席に移るため、腰を上げた。

辻と貝塚は、両脇に身を寄せた。下車客が扉を開けたとき、千恵蔵から姿を見られないようにしないといけない。

中年の客が鞄と風呂敷包を持って、デッキに出てきた。ブレーキがかかり、列車が停止すると、客は手で扉を開けて急ぎ足で降りて行った。この扉から乗り込む客はいないようだ。貝塚はホームに足をついて、前方を確かめた。多少身を乗り出しても、通路側に座っている千恵蔵からは見えないはずだ。

姫路では四分停まる。ここから乗車する客はさっさと乗り込んだようで、ホームは空いていた。後方に目を移した貝塚は、あれっと目を丸くした。五号車の前に、数人が固まっている。真ん中にいる背の高い男が、左右を見渡していた。それは、貝塚のよく見知った顔だった。

「辻さん、辻さん」

急いで後ろに立つ辻に声をかけた。振り向いて、後方を指差す。

「どうした」

「下村(しもむら)副室長が、四人連れて来てます。霧島に乗り込むようで」

「何やて」

辻も急いで出入り口から首を突き出した。二人揃って後方を見ると、下村と目が合った。こちらに気付いた下村は、五号車を指差し、乗り込んだ。こっちに来い、ということだ。

「びっくりですね。副室長が直々にお出ましとは、何事でしょう。まさか千恵蔵絡みということは」

だがその件は、辻と貝塚が任されたはずだ。何かもっと大きなことが出来したに違いない。

「とにかく、聞いてみんことにはな」

辻は貝塚を促し、五号車へと歩き出した。千恵蔵は気になるが、これまで動く気配がない以上、しばらく大丈夫だろう。風体はわかっているし、次は神戸まで一時間、停車することはない。

食堂車の通路で、同僚と行き合った。何をすべきかの指示は受けているらしく、貝塚たちに軽く手を挙げて通り過ぎる。

「何事や」

すれ違いざま辻が聞くと、同僚は五号車の方を指した。辻と貝塚は了解し、先へ進んだ。

五号車の乗務員室前で、下村が待っていた。下村聡副室長は辻より五つほど若いのだが、管理局勤務で順調に昇進して、今年から現在のポストに就いている。身長も、辻より頭半分高かった。

「辻さん、もう一騒動やで」

辻の顔を見るなり、下村が言った。

「千恵蔵の方はどうや」

「はあ。八号車に乗ってます。せやけど、今のところ動きを見せてまへん」

「動いてない？　そら、ちょっとおかしいな」

下村は一度首を傾げたが、すぐに言った。

「まあええ。動いとらんなら好都合や。そっちは置いといて、手を貸してくれ」

「千恵蔵よりも大ごとみたいですな」

「せや。緊急の連絡が来てな。宝石泥棒や」

「宝石泥棒？　まさか、列車内でですか」

貝塚が驚いて聞き返すと、下村は「そうや」と答えた。

「この霧島やなくて、下りの第2日向や。それに乗ってた宝石商が、寝てる間に客に届ける宝石を鞄から盗まれた。盗ったのは隣の席に居った男で、話しかけられて意気投合してしもて、一緒に酒まで飲んだらしい。で、目が覚めたらそいつが居らんで、急いで確かめたら宝石が消えとったんやと」

「どれだけの値打ちがある品物ですか」

「時価一千万のダイヤモンド、ちゅうこっちゃ」

ほう、と辻と貝塚は目を見張る。

「そんな高価なものを運んでる最中に、見知らん男と酒を飲むとは、不用心過ぎますなあ」

「まったくや。しかし相手の顔は被害者が覚えとった。警乗してたうちの連中が車内で挙動不審やったその男を捕まえた」

「捕まえたんでっか。ほな、それで終(しま)いでは」

そう簡単にはいかんのや、と下村が渋面になった。

「そいつは宝石を持ってへんかった。犯人は俺やない、と言い張っとる。ところが車掌に確認したところ、そいつは広島駅でホームに出て、隣のホームに行きよったらしい。顔は見てないが服装と背格好は間違いないようや」

「へえ。で、そいつは隣のホームへ行ってから発車までに戻って来て、また乗り込んだわけですな」

「その通りや。変な動きなんで、車掌も覚えとったんや」

「ははあ。そういうことでしたか」

辻は全て了解したとばかりに、手を打った。下村がニヤリとする。

「さすが辻さんやな」

下村は、現場一筋の辻に一目も二目も置いていた。だが貝塚には、まだちょっと話が見えていない。

「あの……それはつまり？」

辻がじろりと貝塚を睨む。

「警乗するんやったら、ちゃんと自分の列車に関わる時刻表は覚えとけ。広島で第2日向の隣のホームに停まってたんは、この霧島やぞ」

貝塚は、あっと呻いた。辻の言葉で、何があったか理解できたのだ。

「そうか。宝石を盗った男は、広島駅で霧島に乗ってる共犯者に盗んだ宝石を渡した、と見てはるわけですね」

下村が頷いた。

「そういうこっちゃ。その共犯者は、宝石を故買屋に持って行くやろ。しかしそんな高額の品物を扱う奴は、神戸か大阪、名古屋、東京ぐらいにしか居らん。すぐに処分しようとするなら、そのままこの霧島に乗って行く可能性が高い」

「追跡されんよう途中で降りて、後続の列車に乗り換えたりしてないでしょうか」

貝塚が聞くと、下村は「それは承知やが」と応じた。

「大阪まで行ったら東京行きの列車は幾らでもあるが、山陽本線内では夕方の急行瀬戸か筑紫まであらへん。広島駅の受け渡しに気付かれてない、と思うてたら、少なくとも大阪まではこれに乗って行くんちゃうか」

ふむ、と辻が顎を撫でて言った。

「八対二くらいで、そいつは霧島に乗ってますやろな」

「儂もそう思う。今、他の連中に車内を見回らせとるが、どうや。鹿児島からずっと乗ってきた辻さんらの目に、怪しい奴は止まらなんだか」

はあ、と貝塚は辻に伺いを立てる目を向けた。

「辻さん、怪しいと言えばあの……」

「三号車の男やな」

辻もすかさず言った。下村が勢い込む。

「おう、やっぱり居てたか。どんな奴や」

「年の頃は三十くらい、中肉で背は高い方でしょう。背広を着てますが、会社員ではなさそうですわ。何と言うか、チンピラが頑張って堅気の格好してるような感じはありますな」

「なるほど。見てくれだけやのうて、動きにも怪しいところはあるか」

ええ、と貝塚は指を折って数えた。

「鹿児島の市会議員先生にいちゃもん付けたり、車内で何か捜し回るような動きをしたり、それから……ああ、そいつのおかげで鹿児島県警の刑事が追ってた傷害犯の居場所がわかった、ちゅうこともありましたが」

「何、鹿児島の傷害犯？　その話は聞いとらんで」

下村が、意外な話に眉を吊り上げた。これ以上の面倒事はご免だと思ったらしい。

「ああ、いえ、その傷害犯は鹿児島の刑事が逮捕しまして、岡山で降りました。こっちが扱う事件とは違うんで、後で報告書に書いて上げようと思ってたんですが」

「まあ、済んだ話なら後でええわ。で、そいつが……」

言いかけた下村は、辻が腕組みして何やら考え込んでいるのに気付いたようだ。「辻さん、どないしはった」と尋ねた。辻はそれに答えず、「捜し回った……盗ったといちゃもん……」などとぶつぶつ呟いている。下村と貝塚は、仕方なくそのまま待った。

二分ほど経って、辻が腕組みしたまま顔を上げた。目が輝いている。

「千恵蔵が何で動きを見せんかったか、わかったように思いますわ」

第七章　神戸から名古屋

次は神戸、というアナウンスを聞いて、ずいぶん遠くに来たなという想いが湧いてきた。窓の外の風景はまだほとんど田畑だが、すれ違う汽車が明らかに多くなった。中には、茶色ではなく、橙色と緑色に塗られた汽車もあった。市電みたいな色だ、と美里は思った。国鉄であんな色の汽車を見るのは初めてだ。いや、店にある絵本で見たっけか。ああいうのは汽車じゃなく電車と言わないと、田舎者と思われちゃうんだろうか。

取りとめもないことを考えていると、またあの公安官がやって来るのが見えた。思わず姿勢を正してしまう。

「あら、またご用ですの」

美里より先に、靖子が言った。その靖子に、年嵩の辻とかいった公安官が、いわくありげな視線を向けた。何だろう、と思ったが、辻はすぐ美里に顔を向け、恐縮したような笑顔で言った。

「済んません、上妻さん。またちょっと、助けてほしいことがありまして。ちょっとだけ、よろしいですか」

「え？　はい、いいですけど」

では、あちらまでと若い方の、確か貝塚と名乗っていた公安官が後ろを示した。また五号車の方へ行くようだ。美里は、わかりましたと席を立った。

「あらあら、大人気ね」

靖子が、面白がるように言った。

五号車に入ると、乗務員室で見知らぬ背の高い男が待っていた。背広ネクタイの私服だ。車掌さんの姿は見えなかった。

「あ、どうも。私、大阪中央鉄道公安室の、下村と申します。車掌が車内巡回している間、ここを使わせてもらってます」

下村は身分証代わりの黒い手帳を出して見せた。

「ずいぶんご協力をいただいたと、辻と貝塚から聞いております。ご面倒かけますが、またお手伝いをお願いしたいと思いまして」

辻や貝塚より偉い人らしい。丁寧に言われたので、却って身構えてしまった。

「あの、どんなことでしょう」

「はあ、例のスリの千恵蔵のことなんですわ」

辻が言った。え、と美里は訝しむ。自分の告げたことに、間違いでもあったのだろうか。

「おかげさんで、奴の居場所はわかりましたが、あいつ岡山で八号車に移るまで、ずっと七号車に居ったんですな」

「ええ、そうですけど」

「七号車に居った間、あいつは席を立ちましたか」

「はい……私が寝てた間はわかりませんが」

「あなたが目をさましたのは、どの辺りですか」

「ええと……五時過ぎ頃だったと思いますけど」

「目がさめた時、あいつは席にいましたか」

は？　と美里は当惑した。

「ああ、いなかったと思います。でもじきに戻ったので、お手洗いか何かだったんでしょうか」

「そうですか。やっぱり、良う見ておられますなぁ」

辻が目を細めた。

「ところで、あいつは席に戻る時、通路で誰かとぶつかったりしませんでしたか」

「え？　いえ、ぶつかったら覚えてると思います。普通にすれ違っただけで」

「ほう。そんなら、誰かとすれ違ったことはあったんですな」

「はい。あの、その時に財布か何か、掏ったちゅうことごわんそか」

「いやいや、それはまだわかりませんが」

辻は手を振って曖昧に答えた。

「すれ違った相手の顔は、覚えてますか」

「はい、覚えてます」

美里がはっきり言うと、辻は嬉しそうな顔になった。

「そら有難い。ではもう一つお聞きしますが」

辻が身を乗り出すようにしたので、思わず引いた。辻は、詫びるように身を戻した。

「失礼。そのすれ違いですが、列車がどこを走っていた時か、わかりますか」

美里は急いで記憶を探った。ナイフを突きつけられたあの強烈な体験のおかげで、前後の記憶が飛んでいる。だが、それでも覚えていたということは……。

「糸崎という駅を出たすぐ後です。間違いありません」

何に満足したのか、辻の顔に笑みが広がった。

上妻美里に何度も礼を言って席に帰ってもらってから、下村と辻と貝塚は、額を寄せ合った。

「あの上妻ちゅう娘には、ほんまに世話になってしまいましたな」

辻が頭を掻いた。

「後で感謝状でも出しとかんといかんな」

下村が真顔で言う。

「で、どうする。まず千恵蔵の身柄（ガラ）を押さえるか」

「神戸へ着く前にやりまひょ。千恵蔵は儂と貝塚で押さえますが、一人回してもらえますか。後の三人は、三号車の男を見張る、ちゅうことで」

「よっしゃ。久保山（くぼやま）が九号車に回っとる。挟み撃ちにできるはずや」

「久保やんでっか。あいつやったら、何も言わんでもこっちの動きに合わせるやろ。結構です」

久保山は学生の時に柔道をやっており、それを見込まれて公安室に引っ張られた男だ。

犯人を制圧する場合には頼りになる。千恵蔵は暴力を振るう男ではないが、久保山がいれば心強い。辻と貝塚は八号車に向かい、下村は後方にいる部下に指示するため四号車の方に行った。貝塚は高揚していた。これでやっと、千恵蔵に手錠をかけられる。

貝塚と辻は、八号車の扉を挟むようにして立った。デッキに一人、煙草をくゆらせている若い乗客がいたが、貝塚が手帳を見せて七号車に移らせた。二人は扉の窓から、そっと覗く。千恵蔵はしばらく前と変わった様子もなく、座席で足を組み、寛いでいる。

タイミングを見計らっていると、向こうの端、九号車側の扉に人影が見えた。久保山だ。彼はまだ段取りを知らないのだが、貝塚が手で合図を送ると、了解したらしく手を振った。貝塚は安堵し、辻に目配せした。

「行こか」

辻は短く言うと、把手に手を掛けた。

八号車に足を踏み入れた辻と貝塚は、真っ直ぐ千恵蔵の座る席に歩み寄ると、千恵蔵の脇に立った。気配に気付いた千恵蔵が顔を上げ、辻と目を合わせた。辻がニヤリとする。

「千恵蔵、長いこと待たせたなあ」

千恵蔵はさっと振り向き、車両の前方を見た。そして九号車の側から久保山が肩を怒らせて歩いて来るのを目にすると、微かに肩を竦めた。諦めだろうか、と貝塚は思った。千恵蔵は顔を戻し、辻の方へ笑いかけた。

「私は、千恵蔵という名前やないですがな」

「知っとる。とにかく、ちょっと一緒に来てもらおか」

辻が千恵蔵の肩に手を置いた。ただならぬ様子に、周囲の乗客の目が集まった。千恵蔵は辻の目を見返すと、薄笑いを浮かべたまま上着を羽織って立ち上がった。

「何かの間違いやと思いますがなあ」

千恵蔵は周りに聞こえるような声で言った。他の乗客たちが、どっちつかずの視線と共に囁きを交わしている。辻は周りに目もくれず、千恵蔵の腕を取った。貝塚がもう片方の腕を取り、久保山が後ろを守る形になって、一同は八号車を出た。

七号車を通るとき、上妻美里がこちらに気付いた。自分が看破った男が辻と貝塚に挟まれているのを見て、複雑な表情を浮かべている。自分の証言で怪しい奴が捕まったことに安堵しつつも、もし見込み違いだったら申し訳ない、と思っているのだろう。貝塚は安心させるように笑みを向けた。美里は、ちょっと表情を緩めて会釈した。

その先の食堂車は朝食営業を終え、片付けも済ませた従業員はテーブルで一息ついていた。食事中の客の間を連行するのは望ましくなかったので、ちょうどいい。辻はこのタイミングも計算していたのだろう。

「ちょっと喫煙室、借ります」

辻が食堂長に声をかけ、承諾を得ると千恵蔵を連れて行き、座らせた。久保山に下村と宮原を呼ぶよう告げると、千恵蔵を挟んで座った。

「窮屈やが、辛抱せえ」

千恵蔵は返事せず、ずっと変わらず薄笑いを浮かべている。舐めたような顔しやがって、と貝塚は苛立った。

隣の五号車に居た下村と宮原は、すぐに現れた。全員は座れないので、宮原と久保山は立って見下ろす格好になる。

「こいつが千恵蔵か」

下村が顎をしゃくった。

「そんな名前と違う、て言うてますがな」

千恵蔵が太々しい声で言った。違うと言いつつ、自身の名は明かさない。

「そんなら、身分証か何か、本名のわかるもん、持ってるか」

下村が聞くと、千恵蔵は鼻を鳴らした。

「運転免許はもともとないし、大きな会社に勤めてるわけやないから社員証みたいなもんもない。米穀通帳なんか持ち歩きしまへんし、ああ、ついでに言うたらパスポートもおまへんで」

馬鹿にされたと思ったか、下村が不快そうにしている。代わって辻が言った。

「まあ本名なんか、後でわかるからええ。今は千恵蔵ちゅう綽名で呼んどくわ」

「お好きにどうぞ」

千恵蔵は肩を竦めた。

「で、私が何をした、と言いますんや」

「もちろん、スリや。わかっとるやろ」

それを聞いて千恵蔵が哄笑した。

「スリでっか。そしたら、この汽車の中でスリに遭うたと言うてきた人が、おりますんやな」

貝塚は、思わず辻の顔を見た。あの空騒ぎに終わった一号車の客以外、スリの訴えはない。だが辻は、泰然としていた。

「おらん。けど、当然や。お前の掏った相手は、掏られたことをおおっぴらに言えん立場やからな」

辻は、ぐいと千恵蔵の目を覗き込んだ。

「正直に言え。お前が盗ったのは、宝石やろ」

聞いていた下村の目が、見開かれた。下村から宝石事件のことを聞いたらしい宮原も、仰天している。不意打ちを食らったのは貝塚も同様だった。辻は周りの驚きを無視して続けた。

「宝石でっか。この汽車に宝石なんか積んでましたか」

千恵蔵は面白がるように言った。辻は笑わない。

「宝石は、下り第2日向に乗ってた宝石商から盗まれたもんや。それを盗った奴は、この霧島に乗ってる仲間に広島駅で宝石を渡した。その渡された仲間から、お前が宝石を掏った、ちゅうわけや。長い間この列車に乗っとるのにちっとも仕事せんかったんは、その一点だけを最初から狙うとったからや」

ああ、そういうことか。貝塚にも、全て腑に落ちた。

「お前、客が寝静まった七号車からこっそり出て、広島駅のホームの陰で受け渡しの様子を見とったんやろ。それで宝石泥棒がどいつか見きわめて仕事にかかったんやな」

「辻さん、そしたらあの一号車の騒ぎは」

「陽動作戦や。こいつは自分が目を付けられてると知っとる。何も起きんかったら、却って怪しまれる。あの一号車の客から財布を掏っておいて、客が慌てて財布を捜しに行った隙に寝台に放り込んだんや」

くそっ、と貝塚は歯嚙みした。自分はあの時あの車両に居たのに、客の方を追っている間にすり抜けられたのだ。

「あんな形で財布を返した理由は」

「万一、あの財布を持ってることがばれたら、一巻の終りや。さっさと身から離しておかんと、本命の仕事に差し障りが出る。儂らには、普通にスリの仕事をやろうとしたが、何かの都合で途中でやめた、みたいに思わせたかったんやろな」

はあ、と貝塚は感心しつつ嘆息した。実際、自分はそう思いかけていた。

「それじゃあ、七号車に戻ったのは……」

「糸崎や。ホームに出て体を伸ばしている乗客に紛れて悠々と歩いて帰ったんや。それまではトイレやデッキをハシゴして身を隠してたんやろ」

ああ、それなら食堂車を通って見咎められることもない。ホームにも目をやっていたつもりが、出し抜かれたかと貝塚は情けなくなった。

「さてそういうことやから、ちょっと体の方を調べさせてもらおか」

辻は千恵蔵に、身振りで立つよう指示した。千恵蔵は拒否するかと思ったが、余裕の表情で見返して立ち上がり、両腕を広げた。

「それで気が済むんやったら、どうぞ」

貝塚は下村に指示され、千恵蔵のポケットのものを全て出させた。その上で、体を探って何か服の下にないか、調べる。

何もなかった。ポケットにあったのは、ハンカチ、家の鍵、小銭入れ、二つ折りの革財布。切符は鹿児島から大阪までの二等。井村と交換したものに違いないが、それだけでは罪の証拠にならない。財布は、千恵蔵自身のものらしい。

一通り調べた貝塚は、何も見落としがないことを確認してから、「ありません」と報告した。下村が舌打ちし、千恵蔵に向かって言った。

「岡山で七号車から八号車に移った理由は何や。服まで変えて」

千恵蔵は用意してあったようにすらすら答えた。

「あんまり長いこと同じ汽車に乗ってますとなあ。気分を変えたくなりますんや。向かいにえらく煙草吸う客がおって、鬱陶しゅうなったし。一旦岡山で降りて他の車両に移ろうと思ったら、ちょうど隣の八号車の席が空いたんで」

「服は。上着を二着も持ってたんか。そんな荷物には見えんが」

「ああ、それねえ」

千恵蔵は上着を脱いで、裏返してみせた。紺色の上着が、灰色に変わった。

「リバーシブル、て言いますねん。一着を二着みたいに使えて、重宝しまっせ」

くそっ、と貝塚は内心で毒づいた。この男、かなり用意周到だ。他に突っ込めるところはないだろうか。だが考えているうちに、千恵蔵が立ち上がった。

「さて、何の証拠もないようですから、戻ってよろしいな」

「まあ待ちぃな」

辻が千恵蔵の肩を押さえ、もう一度座らせた。

「お前が馬鹿正直に宝石を身につけたまま、ちゅうこともないやろ。ちょっと待っとき」

辻は貝塚に向かって、言った。

「上妻さんの隣に座ってるご主人の方、呼んで来てくれるか」

貝塚の顔を見た靖子が、意外そうな顔で見返してきた。

「あら、またなの」

それから美里の方を見て、くすっと笑う。

「もしかして、美里さんが気に入っちゃった?」

何を言ってるんだ、と貝塚は渋面を作ってからかぶりを振った。

「いえ、今度は上妻さんじゃなく、こちらの方に」

「え、儂？」

貝塚に示された旦那さんが、驚いて自分の顔を指差した。

「はい。ちょっと隣の食堂車までお願いします。お時間は取らせませんので」

旦那さんは奥さんと顔を見合わせ、怪訝な顔のまま立ち上がった。

「あの、どうしたんですか」

美里が眉根を寄せている。貝塚は「あの件絡みですが、ご心配は要りません」と応じて、旦那さんを食堂車に案内した。三人の女性の戸惑うような視線が、背中に痛かった。

「お連れしました」

貝塚が喫煙室に旦那さんを連れて行くと、辻が愛想のいい笑みを浮かべて迎えた。

「やあどうも、お呼び立てして済みません」

旦那さんを辻に任せ、貝塚は千恵蔵の様子を見た。そして、おやと思った。悠然と座っていた千恵蔵の顔に、僅かに動揺が見えた気がしたのだ。

「はあ。何のご用ごわんそ」

五人もの男と車掌が待っていたのを見て、旦那さんは身構えるように尋ねた。辻が安心させるように笑顔のまま、手を差し出す。その手に手袋がはめられているのを見て、貝塚は意図を察した。まさか、そうなのか？

「財布は、大丈夫ですか」

辻に聞かれ、旦那さんはぎょっとした様子だったが、すぐに腹に手をやって、安堵の息を吐いた。

「大丈夫じゃ。ここにありもす」

先刻、自分が貝塚たちにしっかり仕事をしろと言った手前、自分も不注意だと格好がつかない、と思ったのかもしれない。だがその安堵に水を差すように、辻が言った。

「済んませんが、ポケットを調べさせてもらいます」

旦那さんが、啞然とした顔になった。辻は構わず、手袋をはめた手を旦那さんの上着のポケットに突っ込んだ。

「おい、何をするんじゃ」

嫌がって身をよじる旦那さんを、久保山が押さえた。

「儂は何もしちょらんぞ！」

大声を出したので、何事かと食堂長が顔を覗かせた。下村が、何でもないですからと手を振る。

食堂長の顔が引っ込むのと同時に、辻が旦那さんの上着の左ポケットから小袋のようなものを取り出した。掌に収まる大きさの革袋で、革紐で口を締めるようになっている。辻はそれを掌に載せ、旦那さんに示した。

「これは、あなたのですか」

旦那さんの目が、見開かれた。

「こげなもん、知らん。儂のじゃない」

下村もそれを見て、ぱっと立ち上がった。

「これは、おい、その」

辻が指を擦らないよう気を付けながら、袋の口を開く。覗き込んだ下村が、唸り声を上げた。

「間違いない。ダイヤモンドや」

旦那さんの目が伊万里の大皿のように大きくなった。宮原も驚愕している。

「まさかこのお客さんが……」

「違う違う！　儂は知らん。そげなもん、知らん！」

旦那さんは真っ青になり、必死の形相で喚いた。その肩を、辻がとんとん、と叩いた。

「安心して下さい。あなたが盗ったとか、そういう風には思ってません」

旦那さんは、口を半開きにしたまま固まった。辻が、ゆっくり千恵蔵を振り返る。千恵蔵はまだ薄い笑みを浮かべているが、さっきほど自信に満ちた感じではなくなっていた。

「この人が手洗いに立ったとき、通路でお前とすれ違ったのを見られとる。その一瞬で、この人のポケットにダイヤの袋を入れたな」

そうだったか、と貝塚は合点がいった。千恵蔵は、自身が調べられた場合の用心に、他人のポケットに獲物を忍び込ませたのだ。会話を盗み聞きして、自分と同じ大阪で降りる客に目を付けていたのだろう。後は下車する際、掏って回収すればいい。そういう手口に、前例がないわけではない。他の車両にも移れたのに隣の八号車に居たのは、離れ過ぎてこの旦那さんを見失うわけにはいかなかったからだ。見抜いた辻は、さすがだった。

「私が入れたと、どうしてわかる。証明できるんか」

千恵蔵が言い返した。辻は悠揚として応じる。

「この袋、革製やな。これやったら、指紋が採れる。スリを働く時は、手袋なんかせんやろ。指先の感覚が鈍るからな」

千恵蔵の笑みが、消えた。

「袋だけやあるまい。盗ってから、ダイヤが本物かどうか、見てみたんと違うか。それやったら、ダイヤの表面にも指紋が付いたかもな」

ダイヤの粒は小さいので、はっきりした指紋が採れるだろうかと貝塚は思ったが、無用の心配だったようだ。千恵蔵は辻から目を逸らすと、「やれやれ」と首筋を叩いた。

「普段やらんことに手を出すと、ろくなことはない、ちゅう見本やな」

千恵蔵は、「ほれ」と両手を揃えて差し出した。その手に、辻が手錠をかけた。

「さて、ここからや」

下村が、顔を突き出して千恵蔵を睨んだ。

「どいつからこの宝石袋を掏ったか、教えてもらおか」

神戸を発車した霧島は、市街を縦貫する高架線を走っていた。次は数分で三ノ宮に停まる、と放送が告げた。そこも神戸の街中らしい。両側の窓からは、幾つものビルが見える。鹿児島にも大きなビルはあるが、これほどたくさんはない。近くに迫る山並みは、六甲山という山だろう。その山裾まで、建物がびっしり並んでいる。都会に来たんだ、という感慨が胸に満ちる。

頻繁にすれ違うようになった電車は、いずれも混雑しているようだ。次の汽車まで一時間以上も待つ必要がないのに、これだけの人が乗っているのは驚きだった。神戸の次の町は大阪だ。大阪は神戸より大きい。そして東京は、もっと大きい……。

「あれ、お帰り」

隣席の奥さんが、首を振りながら戻ってきた旦那さんを迎えて言った。

「いやもう、たまがっよな話だ」

どさりと席に座った旦那さんは、手拭いで汗を拭いた。暑いのではなく、冷や汗のような感じだ。

「いったいどげんしたとです」

自分が公安官に告げたことから始まったようなので、美里は気になって尋ねた。靖子も、興味津々とばかりに身を乗り出している。

「それが、宝石泥棒の仲間と間違えられるとこいじゃった」

旦那さんは、公安官とのやり取りと、大物スリらしい男の様子を、細かく語った。一時はどうなるかと思ったが、最後は労われて、証言が必要になるだろうからと、住まいと大阪での連絡先を聞かれて解放されたという。

「あんまり他人様には話すなとは言われたんじゃが、あんたらは半分くらい事情を知っとると聞いたんでな」

話し終えた旦那さんは、美里と靖子にそう言った。またしても起きた大事件に目をキラキラさせている靖子の向かいで、自分はどうやら大きく役に立ったらしい、と悟り、美里は少しばかり鼻が高くなった。

「そいつは、三十くらいの中肉中背、どっちかと言うと、目立つ男やない。乗っとるのは、三号車や」

　やっぱりあいつか、と貝塚は無言で頷いた。

「二番下段の寝台か」

　確かめると、千恵蔵は「そうや」と答えた。

「あんたらも、目は付けとったようやな。まあ正直、隠しごとには向かん奴に見えたわ」

　千恵蔵は馬鹿にしたように、くっくっと笑った。

「お前、どうやって宝石泥棒のことを知ったんや」

　下村が質すと、千恵蔵は頭を掻いた。

「疑うてんなら言うとくけど、共犯と違うで」

「そんなら、情報は誰から貰うた」

「それはまあ、商売上の企業秘密、ちゅうことで」

　ふざけるな、と下村が憤るのを、辻が止めた。

「取り敢えず、宝石泥棒の方を押さえましょうや。そいつも揃えて、うちに連行しましょう」

三ノ宮を出たので、あと二十五分すれば大阪だ。中央公安室に連行するなら、急がないといけない。下村は頷き、貝塚に言った。

「久保山と一緒に行け。三号車にあと一人配置してあるから、三人でそいつをしょっぴいて来い」

貝塚は、わかりましたと立ち上がり、千恵蔵を一睨みしてから久保山と一緒に後方へ向かった。

三号車のデッキに居たのは、貝塚よりさらに後輩の新人だった。彼はまだ詳しい状況を知らないので、貝塚はかいつまんで説明した。後輩は、すぐに理解して三号車内を指した。

「あっちの端っこの区画ですね。わかりました」

「こっちへは出てきてないか」

「三ノ宮で降りた客が四人いてますが、今聞いた年恰好とは違います。二号車か一号車の方から降りてないか、確かめますか」

「いや、もう直に行った方が早い」

あの男が途中のどこかで降りたという心配は、していなかった。宝石を盗られたことに気付いたなら、取り返さないまま逃げる可能性は低いはずだ。少なくとも、岡山と姫路ではあいつが降りたのを見かけていない。

貝塚が先頭に立ち、二番下段に向かった。各寝台区画では、多くの客が大阪で降りるらしく、早くも身支度をしている。

一番端にある一・二番の区画の手前で、立ち止まった。そっと様子を窺う。窓側に二人の会社員風の男が、向かい合って座っていた。荷物は床に下ろされているので、二人とも大阪で降りるようだ。だが、あの男の姿はなかった。

貝塚は区画に踏み込み、手帳を示した。二人の客は、驚いて貝塚を見返している。

「鉄道公安室の者です。ここの下段にいた人は、どこへ行きましたか」

二人は顔を見合わせてから、答えた。

「さあ。姫路で降りたと思ってましたが」

え、と貝塚は首を傾げた。そんなはずはないのだが。

「ホームに降りるところを見ましたか」

「え？　いや……停車してる間にそこの窓から外を見て、それから鞄を持って急いで歩いて行ったんで、てっきり降りたと思ってましたが」

外を見て自分の降りる駅だと気付き、大急ぎで降りたんだろう、ぐらいに思っていたようだ。貝塚は後輩を振り返る。

「姫路では、そいつを見てへんか」

後輩は困った顔をした。

「姫路で乗り込んでから、配置を決めるまでちょっとだけ間がありました。その間にすり抜けられたみたいですね」

くそっ、と貝塚は地団太を踏んだ。おそらく奴は、姫路のホームに公安官の一団が待ち構えているのを見て、慌てて姿をくらましたのだ。しかし、五号車の乗務員室前を通って食堂車へ通り抜けていたら、気付いているはずだ。

「あいつ、三号車から五号車のどこかに隠れとる」

まったく忌々しい、と貝塚は床を蹴った。あの瀬戸口という男に続いて、またしてもかくれんぼか。大阪までの二十分で、何とか捜し出さねば。

貝塚は憤然として四号車の方へ行きかけ、坂下給仕が乗客の大きな鞄を荷物棚から下ろしてやっているのを見つけた。

「坂下君！」

鞄を下ろした坂下が、戸惑いがちの笑みを向けた。

「はい、何でしょう」

「また隠れてる奴がおる。荷物棚は、大丈夫か」

「はあ？　まだそんなのが居るんですか」

坂下は呆れたように言った。

「さすがにそれは。朝になってから度々荷物を下ろしてますんで、そんなのが居れば気付くはずです」

柳の下に泥鰌は二匹いないか、と貝塚は落胆する。

「トイレは。ずっと使用中のままのトイレはないか」

「いえ、五分前に見たときは、全部空いてましたよ」

「そうか……実は、二番下段にいた客を捜してるんや。見たらすぐ教えてくれ」

坂下は一瞬眉を吊り上げてから、わかりましたと応じた。

「しかし、この列車ではずいぶんいろんなことが起きますねえ。厄日かな」

俺もそう思う、と貝塚は嘆いた。

十五分捜し回り、念のため二号車と一号車の寝台も覗いてみたが、問題の男は見つからなかった。顔は覚えているので、変装してもわかるはずなのだが。

窓の外を、「あまがさき」と書かれた駅名標が流れた。もう時間がない。貝塚は歯軋りしながら食堂車へ戻った。

「申し訳ありません。まだ見つかりません」

下村はその報告に溜息をついた。

「車内に居るのが確実なら、時間かければ必ず見つかるが……問題は大阪へ着いた時やな」

大阪では、相当な数の乗客が降りる。九州から京阪神地区への急行は何本かあるが、熊本以南からはこの霧島が一番使いやすいのだ。我々から逃げるなら、その雑踏に紛れることをまず考えるだろう。

「あいつが大阪までに見つからんかったら、千恵蔵も降ろすわけに行きませんな」

辻が声を低め、苦い顔で言った。

「せやな。こいつから掏ったと千恵蔵にはっきり言わせんと、手錠かけるわけにいかんやろ」

下村も同意する。貝塚はちらりと千恵蔵を見た。千恵蔵は聞こえているのかいないのか、そっぽを向いている。

「しかし、京都を出たら食堂車の昼の営業が始まりますよ。ここは使えません」

「そしたら寝台車へ移る。少なくとも、三号車の一・二番の区画は空いとるわけやからな」

告げてから下村は、貝塚を睨んだ。そうなる前にもう一ぺん捜索しろ、ということだ。貝塚は尻を蹴飛ばされる前に、食堂車を飛び出した。

ごとごとと音を立て、車体が揺れる。何本もの線路を渡って、汽車はうねうねと蛇行していた。前を見ると、何列も並んだホームが徐々に近付いていた。

「ああ、やっと大阪ねぇ」

靖子が両手をぐっと上に伸ばした。

「さあて」

隣席の夫婦が、網棚と床に置いていた大きな鞄と風呂敷包みを手にして、よいしょと立った。美里と靖子に、胡麻塩頭を丁寧に下げる。

「それじゃあ、儂らはここで。いろいろあって大変じゃったが」

二人は揃って笑いかけた。

「おかげで、忘れられん汽車旅になりもした。この先も、気を付けっ行きなさい」

「はい、あいがとごあす。おじさんもおばさんも、お元気で」

名前も知らないこの夫婦に暖かいものを感じていた美里は、名残を惜しんだ。祖父母が生きていたら、こんな感じだったかもしれない。夫婦はホームに出てからも、階段に向かう前に美里たちに帽子を振った。

「いい人たちだったわねえ」

靖子が夫婦の背中を見ながら、言った。美里はちょっと目を瞬いた。何となくだが今の言い方には、あんな両親だったらいいのに、という響きが籠っていたような気がしたのだ。

「あれっ」

つい声を上げてしまった。食堂車で見かけてから、何度か美里の様子を窺っていた蝶ネクタイの紳士が、黒い鞄を提げてホームを階段の方へ向かっていた。

（なぁんだ……独り相撲だったのか）

もしかして、あれが父なのではとも思ったのだが、大阪で降りたのなら違う。美里が勘繰り過ぎていただけだったのだ。

「なあに。がっかりしたみたいな顔してるけど」

靖子が首を傾げるので、慌てて「何でもないです」とかぶりを振った。やはり、父は東京で待っているのだ。あと八時間辛抱すれば、会えるはずだ。

「やっぱり間に合わんか」

ホームの雑踏と時計を交互に見ていた下村が、ぼそっと言った。

「延長戦突入やな」

あの夫婦に代わって隣の席に座ったのは、また会社員風の二人連れだった。二人とも眼鏡で、博多まで隣席にいた会社員よりひと回りほどは若い。軽装で旅行鞄も小さく、旅慣れているようだ。一泊か二泊の出張というところだろうか。

二人は美里たちに軽く挨拶すると、駅弁の袋をひじ掛けに吊るして早速自分たちで会話を始めた。話の内容からすると、行き先は静岡の工場らしい。ちらっと靖子に目をやると、面白くなさそうな顔で横目に会社員を睨んでいた。こんな美人が横に居るのに、そっちのけで仕事の話とは失礼な、とでも思っているようだ。美里は口元を隠してくすっと笑った。美里としては、居酒屋の気心知れた客たちとは全然毛色の違う、知らない男たちの話し相手をするよりその方が良かった。

六分停車して大阪を後にした霧島は、轟音を立てて淀川を渡った。貝塚は苦虫を嚙み潰したような下村の前で、頭を垂れていた。

「人一人隠れられる場所は限られとるはずやろ」

「はあ……おっしゃる通りです」

辻も首を捻っている。

「大阪駅で降りた気配はなかったんですがな」

それでも絶対に見逃していないという確信までは、ないのかもしれない。もし取り逃がしていれば、大失態だ。

そこへ宮原がやってきた。窓から貨物線が左に分かれて行くのを指して言う。

「この辺に新幹線の駅ができるらしいですね。楽しみです」

世間話をする気分でない貝塚たちは、「はあ」と生返事した。空気を察して、宮原は表情を硬くした。

「この後、どうされます。京都で降りられますか」

「それまでに奴を捕まえられれば、ですがな」

下村が不機嫌そうに言った。霧島は、京都を出ると名古屋まで止まらないので、大阪中央公安室が所属する大阪鉄道管理局の管内を出てしまう。それまでに片付けたいところだが。

「車内は全部調べられたんですよね」

「ええ。荷物棚もトイレも、全部。一号車から五号車までの乗客の顔も、全て確認しました」

「そうですか……」

宮原は、疲れ切った貝塚たち公安職員から目を逸らし、天井を見上げた。そのまま少し考える風であったが、ふと思い付いたように天井を向いたまま言った。

「あの、あそこは調べましたか」

辻と貝塚と久保山が、どたどたと激しい足音を立てて三号車給仕室に駆け込むと、座っていた坂下給仕が飛び上がった。大阪駅で下車する客の世話を終え、一息ついていたらしい。何事ですかと坂下が言いかけるのを制し、貝塚は仕切りのカーテンを指した。その向こう側はリネン庫で、寝台で使い終わったシーツ類が収納されている。

「坂下君。君、姫路駅で停車中は、ここに居たんかな」

坂下は意味がわからないようで、ぽかんとした。

「はあ……降りるお客様がおられたので、ここを出てお送りしてましたが」

やっぱりな、と貝塚は笑みを浮かべた。

「ちょっと下がってくれ」

貝塚は坂下を押しのけるようにして、カーテンを開けた。目の前には三段の棚があり、畳まれたシーツがぎっしり詰まっている。

貝塚は棚を一瞥すると、振り向いて久保山に目配せした。久保山が無言で頷き、腰を落として身構える。貝塚は棚に向き直って、下段のシーツを一気に引き抜いた。詰め込まれているように見えたシーツは、ほんの数枚だった。細く畳んで、ぎっしり詰まっているように見せてあったのだ。貝塚はしゃがんで、棚の中に声をかけた。

「観念せえや。さっさと出て来い」

棚の中で鞄を抱え、体を丸めて小さくなっていた男が、大きな溜息と共にもぞもぞと動いた。貝塚はその腕を摑んで引っ張り出した。

「これはこれは、二番下段のお客様。ここは寝台とは違いますよ」

貝塚は隠れていた男を立たせ、ニヤリと笑いかけた。坂下が仰天して目を剝く。男は立とうとして顔を顰めた。無理な姿勢で狭い場所に隠れていたため、手足が強張っているらしい。やれやれ、と男は呟いた。

「正直、ちょっとほっとしたよ。このままじっとしてたら、窒息しそうで」

浦部は貝塚の顔を見返し、頭を掻いてもう一度深い溜息をついた。

京都では、大阪ほどではないが少なくない乗客が入れ替わった。美里は、大荷物を抱えて改札へ向かう人々の群れを眺めていた。そこへ靖子が声をかける。

「京都は修学旅行で来て以来、降りたことなかとよ」

へえ、と美里は靖子を見返す。美里の中学の修学旅行は、阿蘇山だった。京都まで行ったのなら高校の話だろう。

「金閣寺とか清水寺とか、行ったとですか」

つい、聞いてみた。もちろん、と靖子が言う。

「綺麗だった。特に金閣。機会があったら、是非見て来て」

果たして自分にそんな機会が来るのは、いつの話だろう。口には出さずにそう思った時、あの公安官たちが改札の方へ向かうのが見えた。いつの間にか人数が増えている。

「靖子さん、あれ」

美里は肘をついて、そちらの方を示した。靖子も公安官たちの方に目を向け、「あら」と声を漏らした。

「二人の人を取り囲んでるな。捕まえた人を、連れて行くのね。連行、って言うんだっけ」

囲まれているうちの一人は、美里が見つけたあの男だ。もう一人は、その仲間だろうか。公安の人たちは、無事に仕事を終えたらしい。

美里が安堵と共に見送っていると、あの若い方の公安官が視線に気付いたか、こちらを向いた。美里と目が合うと、微笑んで深く頭を下げた。美里も頭を下げ、靖子はバイバイと手を振った。

「やっと騒動が終わったわね。あなたも大変だったけど、大ごとにならなくて良かった」

公安の一行が改札に消えるのを見届けて、座席に深くかけ直した靖子は、寛いだ様子で言った。いや、充分大ごとだったんですけど、と美里は言いそうになる。まったく能天気なお嬢さんめ、と美里は胸の内で苦笑した。

京都の公安室では、拍手で迎えられた。貝塚は鼻を高くした。重要な犯人をいっぺんに二人、逮捕したのだ。少しぐらい得意顔になってもいいだろう。

下村は手を挙げて祝賀に応えてから、部屋を貸してほしいと言った。鉄道公安室には留置施設がないので、すぐに所轄の警察に引き渡さねばならないが、その前に事情聴取をしておきたいらしい。わかっていないことは、幾つもあるのだ。

京都の室長はすぐ了解し、打合せに使っている部屋を提供してくれた。下村と辻と貝塚は、他の者を外に待たせ、千恵蔵と浦部という名らしい宝石窃盗犯を連れて部屋に入った。

「さて、いろいろ聞かせてもらおか。まず浦部、お前やが……」

向かい合う形で椅子に座った下村が、口を開いた。千恵蔵と浦部は別々に聴取したいのだが、他に部屋がないので仕方がない。が、下村の言葉を千恵蔵が遮った。

「副室長はん。済まんが、ちょっとこいつと二人で話させてくれんか」

「何やて？」

下村は驚いて千恵蔵を見た。

「口裏でも合わせようちゅうんか。あかんに決まってるやろ」

「違う、そういうこっちゃない。今のところ、あんたらは表側しか見てないやろ」

表側、と聞いて辻が眉をひそめた。一方、浦部は怪訝な顔で千恵蔵を見ている。千恵蔵が何を言いたいのか、彼にもわからないようだ。

「ちゅうことは、裏があるんか」

辻が質すと、千恵蔵が口元で笑う。

「それが知りたかったら、二人で話させてくれ。あんたらにとって、損はない。心配やったら、辻はん、あんただけその衝立の陰で聞いてたらええ」

千恵蔵は、どうやというように辻の顔を上目遣いで窺っている。下村が当惑気味に辻の顔を見た。辻は数秒考えて、頷いた。下村も頷きを返す。千恵蔵の提案に乗ることにしたようだ。手錠は掛けたままだし逃げ道もないので、割り切ったのだろう。

下村は立ち上がり、「十五分や」と告げて、貝塚にも部屋を出ろと目で指図した。辻は衝立の裏側に回った。いったい何が始まるんだ、と貝塚は頭を捻った。

浦部は不安になった。いったいこの千恵蔵とかいうふざけた綽名のスリは、何を考えているのだ。浦部はまじまじとその顔を見た。

手錠を掛けられた者同士、霧島の車内で顔を合わせた時には、誰だかわからなかった。思い出すのに、たっぷり五分かかった。広島を出て少し経った後、トイレに行った時に通路ですれ違った男だ。だが、体の接触があった記憶はなく、こいつに掏られたなどとは微塵も思っていなかったのだ。

「あんた、どうやって掏ったんだ」

思わず尋ねた。千恵蔵は薄笑いを返した。

「職人の技、ちゅう奴や。俺もちょっとは腕に覚えがあるんでな」

くそっ、と浦部は毒づいた。

「お前、素人やな」

いきなり千恵蔵が言った。浦部はむっとする。

「素人だと？　馬鹿にするな」

「少なくとも、こういう仕事には素人や。ちょっとは腕のある奴なら、最初からおかしいと気が付いたはずや」

「な、何だと」

最初からおかしい？　何の話だ。千恵蔵は浦部の顔を見て、鼻で嗤った。

「やっぱりわかっとらんな。ええか。お前らの手口はこうやろ。まずお前の仲間が第2日向に乗って、宝石を運んどる奴に近付き、話をして親しゅうなって、睡眠薬入りの酒を飲ませ、そいつが寝てる隙に宝石を盗み、広島駅でお前に渡す。仲間の方は、怪しまれても何も持っとらんから、捕まることはない。その間に、お前は霧島で宝石を運んで、仕事を頼んだ奴に渡す。違うか？」

浦部はぎょっとした。そこまで読まれていたか。いや、捕まった後で公安官から聞いたのかもしれない。しかし、依頼人がいることまで知られていたとは。

「違わんようやな」

浦部が答えずにいると、千恵蔵は当たり前のように言った。

「けど、考えてみい。結構な値打ちの宝石運んどるのに、勧められた酒をあっさり飲んで眠らされるやなんて、不用心にも程がある。お前の仲間は、これは仕組まれとるんやないかと疑わんかったんか」

浦部は目を瞬いた。仕組まれた、だと？

「どういうことだ」

「わからんのか。やっぱり素人やな」

千恵蔵はせせら笑い、浦部を苛立たせた。それから先達が教え諭すが如くに言った。

「こういう値の張るもんを運ぶときはどうする。盗られたり落としたりした場合のことを考えて、何かするやろ」

何のことだと思ったが、さすがに数秒で浦部にもわかった。

「保険金か……」

千恵蔵の言う通りだ。高価品には、保険を掛ける。つまり浦部のやったのは、保険金詐欺の一部だったと言いたいのだ。千恵蔵はニヤリとする。

「わかったか。依頼主の目的はそれや。宝石商もツルんでたわけや」

「わざと盗ませたのか。俺が宝石を届ければ、保険金分丸儲けってわけだ」

「そうや。けど、宝石商はお前らの段取りを知らんかったようやな。被害を申告するのが早過ぎたんや。九州に入ってからにすりゃええのに、気が利かん奴やで。おかげで緊急手配が間に合うてしもて、俺もお前もこのザマや」

千恵蔵は手錠を掛けられた手を上げて見せ、皮肉っぽく言った。

「しかしお前、宝石を持ち逃げしようとは考えんかったんか」

「馬鹿言うな。俺にだって仁義はあるんだ」

胸を張ってみたが、千恵蔵は浦部の腹を見透かしたように笑った。

「仁義ちゅうより、依頼主が怖いんやろ」

浦部はつい、目を逸らした。千恵蔵が、小馬鹿にしたように鼻を鳴らす。

「お前、依頼主が誰か、はっきりわかっとるんか」

「何だって？　ああ、もちろんわかって……」

言いかけて、言葉に詰まった。自分も小川も、依頼主は大須賀だと決めてかかっている。大須賀が親分なのだから、それ以外に仕事を命じてくる者はいない、と思い込んでいたが、改めて問われると、この件は小川が人を介して頼まれたもので、大須賀どころか、依頼人の名前は一度も出ていない。

「やっぱりな。仲介を辿っても、途中でわからんようになる仕組みや。万一お前が逮捕されても、最悪、保険金が下りんだけで宝石は無事戻るから、損は出ん。よう出来とるわ」

千恵蔵は、やれやれと首を振る。

「つまりお前は、深く詮索する頭も、持ち逃げする度胸も持っとらん、使い捨てにできる駒として選ばれたわけや。お気の毒さん」

浦部は頭がかっと熱くなった。だが、千恵蔵に殴りかかることもできなかった。彼の言うことが、まさにその通りだとわかったからだ。畜生、なんでこんな話に乗ってしまったのか。一千万という金額に舞い上がった自分をこそ、ぶん殴りたかった。

俯きかけて、浦部は顔を上げた。浦部からもこいつに聞かねばならないことがある。

「あんた、どうして宝石のことや俺たちのことを知ったんだ」

「企業秘密、と言いたいとこやけどな」

千恵蔵は、思わせぶりに薄笑いした。

「あほな宝石商が、口を滑らしたんや」

これには浦部も驚いた。

「宝石商？　あんた、そいつを知ってたのか」

そんな単純なことやない、と千恵蔵は笑ってかぶりを振った。

「借金しとる相手に催促されて、近々金が入る当てがある、と宥めるためにちょっと喋った。相手は勘のええ男やったんで、保険金詐欺をやる気やと見抜いたんや」

「その金貸しが、あんたの知り合いか」

「いや、そこから回り回って、俺の耳に届いた。裏の付き合いや貸し借り、ちゅうのはいろいろあってな」

千恵蔵はそれ以上言わなかったし、言う気もないようだった。

「しかし、俺たちがどういう手口で盗むかは、誰にも言ってなかったぞ」

ふん、と千恵蔵は肩を竦めた。

「俺が聞いたのは、あいつが何日の夜十時頃の汽車で別府へ行くというのと、盗む奴、つまりお前が東京の誰かの手先として来る、ちゅうことだけや。そうすると、乗るのが第2日向やというのはすぐわかる。後は手口やが、できるだけ早く東京へ盗んだ物を持って帰らんといかん、となると、盗んだ後にすぐ上り列車で折り返すのがええ。できるだけ人目を引かず手際よく折り返すには、駅での待ち時間がゼロに近いほど好都合や。条件にぴったりなのが、霧島やったわけや」

「あんた、それだけの手掛かりで霧島に目を付けたのか」

浦部は啞然とした。俺がさんざん頭を絞って捻り出した計画を、こいつはあっさり見破ったのか。

「当り前や。時刻表は商売道具やからな」

自慢する様子もなく、千恵蔵はさらりと言った。

「まあ、正直五分五分かなとも思うたが、空振りなら仕方ないと割り切った。一千万ちゅう仕事やし、賭けるには充分や。広島駅で目を凝らしとったら、お前の仲間が来るのにすぐ気が付いた。窓から顔出して階段の方をじっと見とるお前にもや」

千恵蔵は、揶揄とも同情ともつかない目で、浦部を見た。

「二人とも素人なのは、はっきりわかったわ。人気のないホームを、あんなに堂々と歩いたらあかんわな」

何てこった、と浦部は嘆息した。充分過ぎるほど気を付けたつもりが、玄人の目にはそこまで明らかだったのか。

「その後は、知っての通りや。簡単な仕事やったで」

浦部は歯軋りした。こいつの言うのは、全部正しい。俺も小川も、ただの小粒な素人だ。それを、この場でたっぷりと思い知らされた。

「クソめが！」

思わず机を叩いた。千恵蔵の冷ややかな視線を感じながら。

足音がして扉が開けられ、下村が顔を覗かせた。

「おい、もうええやろ。今度はこっちがいろいろ聞かせてもらうで」

そこで衝立の裏から、辻が顔を出して言った。

「もうほとんど、聞きたいことは聞けましたで」

下村は、「はあ？」と眉根を寄せた。千恵蔵は、涼しい顔で横を向いている。

浦部は、ふと壁の時計に目をやった。もうすぐ昼だ。霧島に乗っていれば、関ケ原にかかる時分だろう。あの列車にはこの先二度と乗ることはあるまいし、乗りたくもない、と浦部は思った。

第八章　名古屋から東京　そしてそれぞれの到着

霧島は定時を守ったまま、東海道本線を東へとひた走っていた。九州と比べて、窓外を流れる家並みの多さと、目にする汽車や電車の多さに驚きながら、美里は時を過ごした。

名古屋では、隣のホームに入ってきたものを見て、前の方の席の子供が「あー、特急こだま！」と歓声を上げ、それを父親が「あれは特急つばめ、だよ」と訂正する声が聞こえた。本屋に並ぶ絵本の表紙でしょっちゅうお目にかかっている特急だが、その現物を目にしたのは、もちろん初めてだ。汽車好きでもないのに目が釘付けになり、ちょっと恥ずかしくなった。

大阪から隣席に座った若い会社員二人連れとは、結局会話らしい会話をしなかった。二人は居眠りしている間を除き、断続的に仕事のことや上司の愚痴を話し続けていた。勝手に耳に入るのを聞いていると、辟易してしまった。静岡で二人が降りた時には、ほっとしたほどだ。

ここまで来ると、もう新しく乗り込む人はいなかった。他にもたくさん汽車が走っているから、鹿児島からの長旅ですっかり汚れた霧島を選んで乗ろうとは思わないのだろう。

静岡を出て少し経った頃、車掌がやってきた。何度目かになる、巡回だ。七号車に入ると、真っ先に美里たちに目を止め、歩み寄ってきた。

「お疲れ様です。あれ以来、何事もありませんか」

にこやかに尋ねてくれたが、靖子は「おかげさまで。もうあれ以上、何かあるのはご免です」と揶揄混じりの言葉を返した。車掌は、「ごもっとも」と首筋を掻いている。

「今日は天気がいいですから、もう少ししたらこちら側に富士山が見えますよ」

だいぶ傾いてきた日の差し込む窓を指して、車掌は言った。言い方からすると、桜島のようにいつでも見えるわけではないらしい。

「この先は空いてますから、あと少し、ごゆっくりお過ごし下さい」

車掌は軽く頭を下げて帽子のつばに手をやり、前の方へ歩いて行った。

汽車が右にぐっと曲がると、富士山が見えた。思わず「あ」と指差す。靖子も窓に額を寄せ、「ほんと、綺麗に見えてるわ」と嬉しそうに言った。車内の他の客たちも、一斉に富士山の方に顔を向けたようだ。

長い鉄橋を渡ると、さらに富士山が近付いた。工場の煙突が幾つも見えるのが少しばかりイメージと異なったが、その向こうの雄大な山容は、本で見た写真の通りだった。山頂近くに積もっている真っ白な雪が、夕陽を浴びて微かにオレンジ色に染まっている。前の席から、シャッターを切る音が聞こえた。

美里は、この眺めにすっかり引き込まれていた。日本の象徴、などと呼ばれるのが、決して誇張ではないと思った。桜島より何倍も大きく、稜線はごつごつした桜島よりもずっと滑らかだ。美しい、という言葉が素直に頭に浮かんだ。

「あのね」

靖子が富士山に目を向けたまま、唐突に言った。何？　と問い返す。靖子は振り向き、静岡から空いたままの隣席を手で示した。

「もう聞かれたりしないから、話してあげる」

何を、と聞きかけて察した。靖子は、「お相手」について話そうとしているのだ。

「半年ほど前にね、天文館の喫茶店で出会ったの」

靖子は少し頬を赤らめて、出会いから語った。

「友達とお茶を飲んで映画のお話をしてたんだけど、隣の席にいた彼が、話に入ってきたのよ。東京から仕事で来てて、映画にはとっても詳しくって……」

たちまち意気投合したが、その日はそれで別れた。だが二日後、山形屋の前でばったり出会った。そのまま昼食を共にしたのだが、食事を終える頃には、この出会いは運命ではないかと思い至ったという。

「何をするにも垢抜けてて、いかにも東京の人って感じだった。それに優しくて、私の言うことをちゃんと聞いてくれて……同じ男でも、父や父の周りにいる人たちとは、えらい違い」

靖子が愚痴ったことを頭の中でまとめると、士族の中でも上士だった家に生まれ、事業でも成功した父は、吉田茂も恐れ入るくらいのワンマンらしい。おまけに女に学問など不要、何を置いても良妻賢母たれ、という昔ながらの思想を持ち、母も唯々諾々とそれに従っているそうだ。取り巻きの社員や出入り業者は、父に逆らうことなど考えてもいない。

「父とは対極にいる感じなの。これからの時代は、ああいう人でなくっちゃ駄目よ」

彼のことを話す靖子は、発音まで薩摩言葉から離れて、ラジオで聞くような標準語になっていた。

「あのう……それで、その人のことはお父様には」

語ったとですか、と聞きかけたのだが、美里の顔の前で靖子が手を振った。

「話したわよ。素敵な人に会ったたって。そしたら案の定と言うか、そんな軽薄などこの馬の骨ともわからん奴に、二度と会うなって怒鳴られたわ。もう、こっちも完全に頭に来ちゃって」

言い争いになったのを、母が必死で止めた。靖子はそれ以降、父と口もきいていないという。

「ロケットに乗って人が宇宙を飛ぶ時代なのよ。戦前と変わらない頭の固さじゃ、今の世の中ではやってけないでしょ」

靖子は天を指差すようにして言った。今年四月に人類で初めて宇宙を飛んだソ連のガガーリンのことだろうが、ここで持ち出すのはちょっと違うような、と美里は困惑する。

「その場で飛び出したかったけど、そうしたらすぐ追いかけられちゃうでしょ。だから二日ほど置いて、気晴らしに買い物に行くって言って出てきたの。荷物はこっそり塀の外に隠しておいて、気付かれないように回収したわ」

それって結局、家出そのものじゃないか。

「その彼さんは、あなたが行くことを知っとるとですか」

「ええ。電話局へ行って、電報を打った。霧島で行きます、ってね。家から長距離電話するわけにいかないでしょう」

靖子はウィンクしてみせた。うまくやってるでしょう、とでも言いたいのだろうか。

「その彼さん、どげなお仕事なんですか」

「うん、テレビの関係よ。テレビ局の社員じゃないけど、番組を作る手伝いを請け負ってる会社。鹿児島には、新しいテレビ局を作る相談で、東京の局の人と一緒に来たんですって。そんな仕事なら、映画に詳しいのも当然よね」

靖子は愉快そうに笑った。テレビ局関連の仕事、と言われても今一つピンと来ないが、靖子には頗(すこぶ)る魅力的に映ったようだ。

「じゃあ、その人と……何でしたっけ、新しい人生を歩むとですか」

ええ、と靖子ははにかむように頷いた。

「そのつもり。一人じゃ辛くても、二人ならきっと、いいことがあるわ」

はああ、と美里は胸の内で溜息をついた。まいったなぁ。靖子は完全に夢見る乙女になっている。これから待つ現実は、そんなお気楽な話にはならないだろうに。まったく、何て馬鹿馬鹿しい。けど、何て素敵で、何て羨ましいことだろう。

美里は我が身のことを思った。自分にも、新しい人生の希望はある。靖子のように甘ったるいものではないけれど。東京で待っている父は、どんな人なんだろう。そう言えば、まだどんな仕事の会社なのかさえ知らないのだ……。

美里たちの隣席は空いたままかと思ったが、熱海から行楽帰りらしい人たちが乗り、空席はだいぶ減った。しかし車掌の言った通り、大阪までの混み具合からすれば、充分にゆったりしている。今隣に座るのは商店主風の中年夫婦だが、お疲れらしく座るとすぐに舟を漕ぎ始めた。

丸一日を超える汽車旅で、美里もだいぶ疲れていた。それでも、もうすぐ東京だと思うと興奮が高まり、眠気に襲われることはなかった。靖子も同様らしく、次第に暗くなる車窓に、じっと目を向けている。

「間もなく小田原、小田原です。出口は左側です。お忘れ物のないようお降り願います。小田原を出ますと、次は横浜です。小田原から小田急線をご利用の方は……」

停車駅は、あと二つだ。美里は靖子に笑みを向けた。

「長かったですねえ。あとちょっとです」

「そうね、あとちょっとでこの旅はおしまい。そしてそれからが……」

新しい人生の門出、と靖子は自分に言い聞かせるかのように言った。

「うまく行っといいですね」

美里も笑みで応えたが、本当に大丈夫かな、と考えていた。さっき聞いた話は、胸の内で繰り返すたび、映画の焼き直しのように思えてくるのだ。やっかみだ、と反省してみたが、やはり、これでいいのかという心配は拭えない。他人事のはずなのに……。

小田原を出た直後だった。勢いよく扉が開く音がしたので振り向くと、車掌が入ってきた。迷うことなくさっと手を挙げ、「あちらです」と美里たちを指す。その後ろには五十歳くらいの背広ネクタイの男がくっついていたが、車掌が指差した途端、前へ飛び出した。いったい何だ、と思った刹那、頭を上げてその男を見た靖子が、「げぇっ！」と顔に似合わない叫びを発して飛び上がった。ほとんど同時に、男の方も叫んだ。

「お嬢様！」

男は泣きそうな顔になって駆け寄った。三分の二ほどになっていた乗客たちが、何事かとこちらを見ている。居眠りしていた隣席の夫婦も、目を覚ました。

「たっ……竹之内！　どうしてここに」

靖子は呆然として口をぱくぱくさせている。その靖子の傍に来ると、竹之内というらしい男は、深々とお辞儀をした。

「間に合って良かった。お迎えに上がりました」

「間に合ったって、いったいどうやって。先回りできる汽車なんかないのに。それに、なぜ私がこれに乗ってるとわかったの」

おっしゃる通りです、と竹之内は頷く。

「市会議員の加治屋先生から昨晩、お嬢様とこの霧島の車内で会ったと電報をいただいたのです。お嬢様は覚えておられないでしょうが、先生はお嬢様のお顔をご存じです」

そこで美里は、はっと気が付いた。あの蝶ネクタイの紳士。食堂車で美里たちを見て怪訝な顔をしたのは、八代の手前だった。彼が電報を打ったに違いない。彼は美里ではなく、靖子の様子を見るために七号車を覗いていたのだ。美里は顔が赤くなりそうだった。その議員先生を、一時は父親ではないかと思い込んでどきどきしていたとは。穴があったら入りたい。

一方、靖子は口惜しそうに唇を噛んでいた。

「そんな伏兵が……でも、昨夜連絡を受けても手遅れのはず……」

そこで何か思い当たったらしく、靖子は目をぱちぱちさせた。

「もしかして」

はい、と竹之内が一礼する。

「お察しの通りでございます。加治屋様の電報を見て、社長がすぐに追いかけるようお命じになりました。ご自身で日本航空へお電話なさったのです」

えっ、飛行機なの、と美里は驚いた。飛行機なんかあんまり縁遠くて、美里の頭にはなかったのだ。が、靖子も似たようなものらしく、頭を抱えた。

「飛行機かあ。それは考えてなかったわぁ」

宇宙ロケットの話をしていたくせに、抜けてるなぁ、と美里は可笑しくなる。

「はい。幸い席は取れましたので、西鹿児島を二十三時に出る急行さつまを摑まえまして、博多で降り、板付飛行場から九時十分発の飛行機に乗りました。予定通りでしたら羽田に十三時十五分に着きますところ、生憎途中で寄った伊丹飛行場で出発が遅れました。それでも準急に乗れましたので、ここでどうにかお迎えできた次第です」

靖子は「うーっ」と呻いたが、負けていられないとばかりに肩をそびやかした。

「私、帰るつもりはないからね」

竹之内は眉を下げたが、引き下がるつもりはなさそうだ。

「そうはおっしゃいますが……」

そこで車掌が割って入った。

「あの、ここでは何ですから食堂車の方へ」

言われて見回すと、車内の乗客の視線がほぼ全てこちらに集まっていた。靖子もすぐ気付き、「いいわ、行きましょう」と自分から先に歩き出した。

「済みません、私も良かでしょうか」

何だか放っておけない気になった美里は、聞いてみた。竹之内が渋面になる。

「これは私どもの内輪の話でして……」

「構わないわ。友達なの。一緒に聞いてもらいましょう」

靖子がぴしゃりと言い、竹之内は不承不承といった調子で「わかりました」と応じた。

友達、と言われた美里は、つい靖子の顔を見る。靖子は微笑みを返した。そうか、友達か。ちょっと嬉しくなった。じゃあ、最後まで見届けなくては。

食堂車は既に営業を終えていて、ウェイトレスもコックさんも後片付けの最中だった。何となく顔見知りみたいになってしまった佐々木というウェイトレスが美里たちを見て、あらまたですか、という顔で目を瞬いた。

車掌は食堂の責任者らしい人にテーブルを借りると断って、手近の席に美里たちを座らせた。靖子は竹之内を、長年勤めている父の秘書だと紹介した。

「お父様が何と言ってるか、想像はつくわ。あのわからず屋。あげな堅っ苦しい家、もう一日だって居たくない」

座るなりまくし立てた靖子は、続けて美里に言った。

「小学校からずっと、お友達は選ばなくちゃいかん、なんて言われてたのよ。男の子たちと遊ぶのもできんかった。どう思う？」

どう思う、と言われてもなあ。美里は引きつり気味の笑みを浮かべるしかなかった。たぶん、鹿児島で出会っていたら、美里は友達の対象としてこの家には認められなかっただろう。

「久島さんのことだって、ろくに話も聞かずに頭から否定して……」

久島、というのがお相手の男性らしい。が、そこで竹之内が口を挟んだ。

「お嬢様。その久島という男ですが。テレビ局の仕事、というお話でしたね」

「え？　ええ、そうよ。時代の先端の、立派なお仕事じゃないの。それをお父様ったら、ろくに私の話も聞かず……」

「そのテレビ局を新しく作る、という話ですが、確かに今年、開発協議会で南日本放送に続く二局めのテレビ局を、ということが挙げられました。ですが、まだ具体的なことは何も決まっておりません。東京の局と接触は始めたようですが、向こうから誰か来て話をする、という段階ではないのです」

「え、何言ってるの。あの人はちゃんと東京の局の名前で仕事を……」

「その局の方へ、問い合わせました。久島という男も、その男が勤めているという会社も、聞いたことがないそうです」

「はあ？」

靖子の目が真ん丸になった。

「ちょっと待って。ちゃんと調べれば……」

「社長のご指示で、私が調べました。間違いございません」

何かの間違いよ、という反論を封じるように竹之内が言った。

「えー、お邪魔して申し訳ないですが」

それまで黙って聞いていた車掌が、遠慮がちに言った。

「その久島さんというのは、二十代の後半ぐらいで、割に派手目の服を着た容姿端麗な人でしょうか」

靖子が驚いた様子で車掌を見返した。

「そうだけど……」

「もしかして、この方では」

車掌はポケットに手を突っ込み、分厚い手帳を出して頁をめくると、挟んであった写真を出した。それを見た靖子が、今まで以上に大きく目を剝いた。

「こっ……この人よ。どうして車掌さんが」

やっぱり、と車掌は大きく嘆息した。

「この人はいろんな名前を使い分けて、主に九州で若い女性を釣り上げ、東京へ連れて行くか呼び出すかして、お金にするのを商売にしてるんです。この霧島を含む東京方面への列車の中で誘うこともあるそうで、要注意人物として警察から公安室を通じて、我々乗務員にも充分気を付けるよう通達が回っていました」

靖子の顔が、見る見る蒼白になった。

「あの、お金にするって……」

美里にもだいたい想像はついたが、一応聞いてみる。車掌は靖子に気遣わし気な目を向けてから、言った。

「騙していかがわしい所で働かせるんですね。良家のお嬢さんの場合だと、醜聞を恐れる実家からお金をせびり取って帰してやる、なんてこともあるようです」

「まさしく、それですな」

竹之内が情けない顔で言った。

「さらに申しますと、この男、テレビとか芸能関係のような、いかにも若い女性が憧れそうな職業に扮するそうです」

何てこと。美里が漠然と感じていた危なっかしさは、本物だったらしい。してみると、靖子が山形屋の前で再会したのも、運命などではなく仕込みだったに違いない。

「そんな人、逮捕しないんですか」

さあ、と車掌は首を傾げる。

「誘拐罪とか脅迫罪と紙一重ですが、うまく立ち回ってるんでしょう。良家の方々は醜聞を恐れて訴え出ませんし」

車掌が竹之内に目を向けると、竹之内は目を逸らした。靖子の家でも、この件に蓋をするつもりなのだろう。

「でもこんなこと、長続きしませんよ。警察に目を付けられている以上、いずれ捕まるでしょう」

車掌は安心させるように言った。靖子はまだ信じられないといった顔つきだが、内心ではトラックに轢かれたような気分だろう。

「あの、よろしいでしょうか」

美里は、おずおずと口を出した。三人が、美里の方を向く。ちょっと緊張するが、言わずにはおけなかった。

「お話からすると、靖子さんは前田さんじゃなく、前園家の方なんですよね」

靖子が返事する前に、竹之内が「そうです」と答えた。美里は頷き、靖子に向かって話し始めた。

「うちの居酒屋に、前園さんのタクシー会社の人が時々、飲みに来てくれてたんです。組合を作ったそうじゃっどん、社長さん……靖子さんのお父様ですよね。反対して潰しにかかることは、せんかったと。そげな話、してました」

靖子が顔を上げて、まじまじと美里を見つめた。何が言いたいんだ、とばかりに。

「ちゃんと交渉にも応じてるそうです。ワンマンだと言われていても、きちんと話をすれば聞いてくれる。そげな人だと」

『その通りです』

竹之内が、我が意を得たりという顔で頷く。

「社長は曲がったことがお嫌いで、その気になればやくざ者とも渡り合いますが、決して頑迷固陋ではない。ワンマンなので誤解されますが、自分が間違っていると思えば、正されます」

『そういう人なら、靖子さん、ちゃんと筋道立ててお話しすれば、わかってくれるんじゃねですか』

「でも、今度だって、私の言うことなんか……」

「それは、久島という人が信用でけんと思ったからごわんそ。靖子さんの方は、お父様の話をきちんと聞こうとしもしたか」

「それは……」

靖子が口籠った。やはり、最初から喧嘩腰になって真摯な話し合いをしていないのだ。

「私が言うのも何じゃっどん、一度お腹にあるものを全部出して、お父様とお話しされたらどげんごわんそか」

「私もそう思います」

竹之内が顔を輝かせ、美里の言葉に感銘を受けたかのように言った。竹之内自身も、同じことを言いたかったのだろう。

「そう……かな」

靖子はまだ疑わし気に、俯き加減で呟いた。

「私は、羨ましいです。今まで父親がおらんかったから、話し合いも喧嘩もでけんかった」

靖子が、はっとしたように顔を上げた。美里が初めて父に会いに行く、というのを思い出したのだろう。車掌はそれ以上に感じるところがあったようで、しきりに頷いている。

「……わかった。帰る」

しばしの沈黙の後、靖子は小さな声で言った。竹之内の顔に安堵が溢れ、美里の方を向いて深々と頭を下げた。

「ありがとうございました。よく言ってくれました」

「いえ、そんな」

美里の方は、年上の良家のお嬢様に説教するような格好になったのを、気恥ずかしく思っていた。だが靖子が道を誤らずに済んだなら、素直に喜びたかった。

「……ごめんね」

靖子が美里に言った。謝るならお父様の方にでしょう、と美里は思ったが、それは言わずにおいた。

「私は失礼して、仕事に戻ります」

車掌が挨拶して、立ち上がった。どうもお世話に、と竹之内が礼を述べる。靖子はがっくり肩を落としていた。立ち直るのにしばらくかかるだろうが、このお嬢さんなら長く落ち込むことはないかな、と美里は思った。

美里は窓の外を見た。すっかり暗くなり、人家の灯りと街灯が、思い出したように現れては通り過ぎる。次は横浜。東京と父が、どんどん近付いている。

「おい、入るぞ」

辻は中に声をかけて、取調室の扉を開けた。貝塚も続いて入る。一人座っていた千恵蔵は、意外そうにこちらを見た。

「もうそっちの手は離れたと思うたが」

「つれないこと言うなや。三係の方に話して、時間を貰うた。もうちょっとお前と話がしとうてな」

辻は千恵蔵と向き合って座り、貝塚にも隣に座れと顎で示した。

「わざわざ、何の話や」

貝塚が腰を下ろすと、千恵蔵は面倒臭そうに言った。が、目付きからすると興味は覚えたようだ。

「お前、この七条署は初めてか」

ふん、と千恵蔵が嗤う。

「七条署に限らず、京都府警に世話になるのは初めてやな」

「そうか。儂の付き合いも大概は大阪府警やからな。こっちにはあんまり馴染みがないわ」

世間話のように言ってから、辻は千恵蔵の目を覗き込んで聞いた。

「お前、何であの浦部とあんな話して、儂に聞かせたんや」

千恵蔵は、目を逸らして顎を掻いた。

「まあ、何や。あんたらの手間を省いたったんや」

「手間を省いた？」

代わりに取調べをしてやった、とでも言われたように聞こえ、貝塚は苛立った。

「頼みもせんのに、勝手な……」

まあまあ、と辻が手で貝塚を抑えた。

「それだけか？」

辻が問うと、千恵蔵は自嘲するような笑みを浮かべた。

「お節介やったかもわからんな。けどあの浦部っちゅう男の立場が、見て取れたんでな。このままやったら使い捨てにされて、臭い飯や。ちょっと目を覚まさせたろ、と思てな」

「若い者への、同情か」

「さあなァ。あいつの年やったら、戦争は行ってないやろ。俺からしたら、それだけでも運がええ。早うから人生棒に振るのは、勿体ないやんか。早めにゲロさせとけば、刑期はそう長くない。この国は戦争から復興して、伸び盛りや。お天道様の下に戻ったら、あいつにも真っ当にやっていくチャンスはなんぼもあるやろ」

ほう、と辻が目を細める。

「お前の方が刑事みたいなこと言うなあ」

「あほか。俺はただの枯れかけのスリや」

そうか、と辻は小さく笑って、唐突に言った。

「戦争、どこへ行っとった」

「……フィリピンや。よう生きて帰ったと思うわ」

千恵蔵の目付きが、暗くなった。

「あんな経験せんで済む今の若い連中は、それだけで幸せや」

辻はただ、「そうやな」と返した。辻は太平洋戦争に行くには年を取り過ぎていて、召集はされたが本土決戦に備えて内地に留められたまま、終戦になったと聞く。だがそれ以前にも兵役の経験はあったのだろう。千恵蔵の呟きが胸に響いたんだな、と貝塚は思った。

「で、お前、引退を考えとるんか」

またしても唐突に、辻が言った。これには千恵蔵も不意を突かれたようだ。答えに慌てたような響きがあった。

「何でそう思うんや」

図星か、と辻は薄い笑みを浮かべた。

「お前は、鹿児島行きの桜島に乗ってる時から儂らが見張ってると、気付いとったやろ。せやから鹿児島で切符を交換するなんて小細工をした。変装も繰り返した。一千万の宝石、ちゅう獲物は大きいが、儂らに見張られてるのを承知で仕事するとはのう。これまで全然尻尾を摑ませなんだお前にしては、ずいぶんと思い切ったやないか」

「現にこうして捕まってしもたしな」

千恵蔵は苦笑らしきものと共に頭を掻いた。辻がそれに応じて頷く。

「お前、最近仕事を減らしとったやろ。引退の花道に、無理してでも最後の大仕事、したかったんと違うか」

千恵蔵は、しばし辻の目を見ていた。そして、ふっと溜息をついて右手を出し、指を動かして見せた。貝塚の目から見ても、素早く繊細な動きだった。

「この頃、時々痺れるんや。戦争の後遺症が、今頃出たんかもわからんな」

千恵蔵は指の動きを止め、掌を机に載せた。

「痺れたら、感覚がなくなって動きもままならん。最初は何日かに一ぺんくらいやったが、だんだん頻繁になってな。今は、一日に何度も起きる。先月は、環状線の中でこのために仕事をしくじってな。誰にも気付かれはせんかったが、潮時や、と思た。その時耳に入ったのが、宝石の話やったんや」

千恵蔵は一気に喋ると、腕を組んで天井を仰いだ。

「焼きが回る、ちゅうのは、こういうことなんやろな」

「儂より若いくせに、何を言うとるんや」

辻は苦笑して煙草を取り出し、千恵蔵に差し出した。千恵蔵は有難そうに一本取り、貝塚が火を点けてやると、一服吸って旨そうに煙を吐き出した。

「仕事の時は吸わんようにしてた。終わった後の一服は、格別や。けど今日はさすがに、ほろ苦いのう」

悟ったようなことを言うなあ、と辻が笑った。それから二人は、示し合わせたように貝塚の方を向いた。

「見ての通り、儂らの時代は終わりや。これからはオリンピックもあるし、景気も良うなって、世の中も変わっていく。犯罪が減って楽になるか、逆に増えて忙しゅうなるか、お前たち次第かもしれんなあ」

「はあ。胆に銘じて、頑張ります」

貝塚が居住まいを正すと、千恵蔵と辻は揃って頷いた。この二人、立場が違っていたらいい友達になってたんじゃないか、と貝塚は思った。

名古屋発鹿児島行き急行さつまは、岩国を出て次の停車駅、柳井に向かっていた。昼間であれば瀬戸内の穏やかな海景が眺められるところだが、辺りは既に夕闇に包まれている。

佐伯と吉永は、護送する瀬戸口と共に二等座席車の一番隅のボックスに座っていた。県警から国鉄に話を通し、無理に用意してもらった席だ。周囲の乗客はただならぬ気配を感じ取ってか、息を殺したようにこちらを窺っている。時折り、ひそひそと囁きが交わされていた。

瀬戸口は、そんな乗客の視線を避けるようにじっと無言で車窓を見つめていた。暗くて景色は見えず、ガラスに映った自分の顔が見えるだけだ。その膝には、両手にはめた手錠を隠すための毛布が掛けられている。

「……家のこっが心配か」

佐伯が静かに話しかけた。瀬戸口の顔は、動かない。佐伯も、さらに言葉を続けようとはしなかった。再び、沈黙の時が流れた。

「俺が……」

ふいに瀬戸口が口を開いた。

「こげなことをやったんで、水俣の印象は悪なるんじゃろうか」

吉永は、はっと胸を突かれた。霧島の車内で人質を取ろうとした時、佐伯に言われたことが瀬戸口の胸にのしかかっていたのだ。どう言ってやろう、と吉永は佐伯を見る。佐伯は全て承知しているかのように、動じることなく瀬戸口に言った。

「心配せんでいい。お前は自分で始末をつけた。水俣と結び付けて、悪う言う者は居らんじゃろ」

瀬戸口は顔を佐伯に向けた。まだ心配げな顔だ。存外、気の小さな男だったんだな、と吉永は思った。

そんな瀬戸口を睨むようにして、佐伯は付け加えた。

「もしそげな奴が居ったら、この儂が許さん」

瀬戸口の肩が、震えた。そしてそのまま、俯いた。

「のう瀬戸口よ」

佐伯は瀬戸口の方に顔を近付けた。

「水俣のこちゃ、お前が思てるよりずっと大とか問題になってきちょっ。お前が刑期を終えて出てくる頃には、国が本腰入れて動かにゃならんようになっちょっじゃろ。儂はそう思てる」

俯いていた瀬戸口は、ちらっと目を上げた。

「そううまく運ぶじゃろか」

「運ぶさ」

佐伯は、きっぱりと言った。

「今、こん世の中は真っ直ぐ前を向いて全力で走っちょっ。こん汽車みたいにな。儂なんぞ、付いていくのが大変じゃ。まあ、良かこっもあれば悪りこともある。しかし、儂は良かこっの方が多えじゃろと思うこちしちょっ」

佐伯の弁に、瀬戸口は目を瞬いた。それから、ふっと笑った。

「あんた、思たより楽天家なんだな」

佐伯は、ふんと鼻を鳴らした。だが瀬戸口の表情は、さっきよりだいぶ緩んでいた。吉永は、ほっと息をついた。

(良かこっの方が、多かろうってか。確かにそうかもしれんな)

吉永は、佐伯に気付かれないようポケットに触れた。そこには、食堂車の佐々木佳代から聞いた、福岡の寮の住所と電話番号を書き留めたメモが収まっていた。

天井のスピーカーから、間もなく柳井に着くというアナウンスが聞こえた。反射的に腕時計に目を落とす。午後六時十七分だった。

「……霧島は、ぼつぼつ東京へ着く頃じゃな」

佐伯が、誰にともなく言った。

午後六時二十分。鹿児島からの千五百キロをおよそ二十六時間半、定時で走り続けた霧島は、静かに東京駅九番線に停止した。様々な荷物を持った数百人が、次々にホームに降り立つ。鹿児島からの長途を乗り通した客も、少なからずいた。

美里は、竹之内に伴われた靖子に続いて、ホームに出た。駅の喧騒は鹿児島とは比べものにならない。隣のホームには明るい色に塗られた電車が出入りし、乗客が溢れていた。目まいを起こしそうな気がして、しばしその場に棒立ちになる。

「美里さん」

ぼうっとしていると、靖子に声をかけられた。振り返ると、靖子はちょっと恥ずかしそうな笑みを向けてきた。

「何だか、すっかり恥かいちゃったわね。美里さんにも、迷惑かけたみたいで」

「迷惑なんて、かかってませんよ」

確かにこの道中で大変な騒ぎを経験したが、靖子から何かされたわけではないのだ。それどころか、夕食までご馳走になっている。

その靖子は、意気軒高だった反抗娘から、普通のお嬢様に戻ったようであった。表情からすると、久島とやらへの思いは完全に醒めたらしい。思った通りこの人は、立ち直りが早そうだ。

「美里さんの、お父様は？」

気遣うように尋ねてくれたが、父らしき迎えの姿はまだ見えない。美里は、かぶりを振った。

「まだ来ちょらんかもしれもはんね」

そう、と靖子は左右を見渡して、僅かに顔を曇らせた。

「お互いに顔を知らないの？」

「父の顔は知りません。私の写真は送ったとですが」

「それなら、動かずにいればきっと見つけてくれるわ」

靖子が安心させるように微笑んだ。

「あのう、美里さん」

靖子は急に口調を改めた。

「この後、鹿児島には帰るのよね」

「え？　ええ、このまま東京で、ということはなかです。勤めもあるし」

父から、東京で一緒に住もうと言われることも、多少の期待を込めて考えはしたが、いずれにしても今すぐに、ということにはならない。

「鹿児島に帰ったら、また会ってくれるかしら」

美里は眉を上げた。改めて本当に友達になろう、と言っているのだ。思わず竹之内の顔を見る。竹之内は優し気な笑みを見せ、「ぜひ」と頷いた。どうやら、前園家の娘の友人として認められたらしい。

美里にとって、鹿児島で有数の資産家である前園家などは、雲の上で縁のないところだ。正直に言うと、面倒臭そうで首を突っ込みたくない家だ。だが、靖子という人は嫌いではなかった。丸一日同席しただけなのに、一週間も一緒だった気がする。

美里は、微笑みを返した。

「もちろん、良かですよ」

靖子の顔が、久島のことを聞いて以後、一番の明るさに輝いた。

帝国ホテルに泊まって、明日の特急はやぶさで帰るという靖子たちが手を振って去り、美里はぽつんとホームに残された。霧島から降りた乗客たちは、もう大半がいなくなっている。何人かがまだ、迎えに来た人と立ち話を続けていた。

美里は右手にボストンバッグを提げたまま、左手で信玄袋をぎゅっと握りしめた。父は本当に来るのだろうか。どこかの会社の偉い人だというのだから、やはり家庭の事情で、私のような娘に会う踏ん切りがつかなくなったのではあるまいか。電話番号は知らないし、家がどこにあるのかもわからない。いや、知っていたとしても、こちらから連絡すれば迷惑なだけでは……。

「上妻さん」

千々に乱れる思いに一人悩んでいると、いきなり声をかけられた。はっとして声の方を見る。黒い鞄を提げた霧島の車掌が、そこに立って美里に笑みを向けていた。なあんだ、とお世話になった礼を言おうとして、体が強張った。まさか……もしかして、わざわざ霧島の七号車に乗るよう指定してきたのは……。

「あ、あの……あなたは……」

舌がもつれそうになった。後の言葉が出てこない。だが車掌は、察して言った。

「宮原といいます。何を考えたかはわかりますが、違いますよ」

違う？　そうなのか。早合点と知って、美里はがっくり肩を落とした。が、続く言葉は意外なものだった。

「僕は、君の叔父さんです」

ええっ、と美里は目を見開いた。叔父……ですって？　それじゃあ……。

唖然としていると、宮原は後ろを向いて大声で呼ばわった。

「おーい、兄貴。何やってんだ。さっさと出て来いよ」

そちらを向くと、柱の陰からおずおずとした動きで、一人の背広姿の男が出てきた。見た目は宮原とよく似ていて、そのまま四つ五つ、老けさせたような感じだった。

美里は何も言えないまま、その男と向き合った。男の方も何も言わない。ただじっと、美里の顔を見つめている。その目が潤んでいた。

数秒が過ぎ、男は居住まいを正して頭を下げた。

「宮原幸雄です」

言ってから頭を戻したが、次の言葉が出てこないようだ。慌てて美里が言った。

「あの、上妻美里です」

名乗ったものの、美里も何を言ったらいいのかわからなくなった。二人とも、そのまま固まっている。

「何やってんだ。ほら、ちゃんと話さないと」

宮原車掌が、兄の肩を揺さぶった。「あ、ああ」と幸雄が慌てた声を漏らす。それから、大きく深呼吸をすると、意を決したように口を開いた。

「済まなかった。美里が生まれたことさえ知らなかった」

そこから幸雄は、一気に喋り出した。

「戦時中、鹿屋の陸攻隊にいた時、お母さんに会った。基地の近くで、両親、と言うか、君の祖父母が食堂をやっててね。そこへ行ったとき、一目惚れしたんだ」

深い仲になるのに、時間はかからなかったという。いつ前線に行くかわからない状況で、緊迫した空気が二人の背中を押したようだ。母が妊娠を知ったのは、幸雄が南方へ行った後だった。

「輸送船が沈められたり、基地が空襲に遭ったりでいつ死んでもおかしくなかったんだが、生き残って米軍の捕虜になった。国に帰ったら東京の家も焼けていて、暮らしが落ち着くまでずいぶんかかってしまった。鹿屋のことを忘れたわけじゃなかったんだが、連絡を取ろうとした時には、お母さんの一家は店を閉めて引っ越していた。鹿児島へ行ったんじゃないかということだったが、知ってる人が見つからなくて」

美里は、母から聞いた話を思い出していた。美里の祖父は、借金を返せなくなって店を手放し、夜逃げ同然に鹿児島へ出たのだ。近所にも不義理をしたので、どこへ引っ越すとも言い残さなかったのである。祖父は戦争が続いていれば借金は返せたのに、などと繰り言を続けていたそうだが、母に言わせると怪しいものだった。

「ところが伊藤君が偶然お母さんを見つけてくれた。美里がいることも。それを聞いた時本当に驚いたが、嬉しかったよ」

「……でも、こっちで結婚して、家族もあるとですよね」

確かめるために聞いただけだったが、幸雄は非難と捉えたようだ。ひどく済まなそうな顔になった。

「うん。女房と子供が二人。二人とも男で、小学生だ。女房は、僕が戦後に働いていた工場の社長の娘なんだ」

ああ、そういうことか。伊藤さんが、どこかの会社のえらい人、と言っていたのは、婿入りして社長の後継ぎになったという話なんだろう。そう思うと、気が重くなった。前園家みたいな家だったら、自分の存在は邪魔でしかないのでは……。

「あの……大きな会社なの？」

躊躇いがちに聞くと、幸雄は困ったように苦笑した。

「いや、全部で十人ほどの小さな工場だった。オートバイの部品を作ってたんだが、伊藤君にはつい見栄を張って、もっと大きな会社のふりをしちまった。おまけに三年ほど前、僕が引き継いだ途端、鍋底不況にやられてね。潰れちまったんだよ」

え、潰れた？　美里が驚いて絶句すると、幸雄は溜息と共に頭を掻いた。

「懸命に走り回って、ようやく再建にこぎつけたところさ。伊藤君からお母さんに会った話を聞いて、すぐにも鹿児島に行きたかったんだが、とても余裕がなくてね。でも女房の方は、事情を話したらわかってくれた。戦時中は、こういう話が世の中に幾つもあったんだよ」

「あの、お子さんの方は」

「お子さん、じゃなくて弟だよ」

辛雄が笑った。

「お姉さんができる、と言ったらえらく喜んでた。男兄弟だから、お姉さんがほしかったらしいんだ」

そうなんだ、と美里は安堵した。そう聞くと、二人の弟に会うのがとても楽しみになってきた。

「そしたらちょうど都合良く、国鉄に入ってたこいつが、こっちの東京車掌区へ異動になって、鹿児島行きにも乗務するようになったんだ。先々月も様子を見に行ってもらったんだが」

「行ってみたけど、生憎店が閉まってて」

宮原車掌が残念そうに言った。美里も、すごく残念に思った。ちょうどその頃、母は入院したのだ。店を続けなくてはと、美里が止めるのも聞かず癌が悪化しているのに働き続け、とうとう倒れたのである。亡くなったのは、入院してから僅か一カ月後だった。あと少しで、母は幸雄にもその弟にも、会うことができなかった。

「亡くなる前に、行きたかった」

幸雄がうなだれた。自分の不甲斐なさのせいだ、とでも言うように。

「ほらほら兄貴、しっかりしてくれ」

肩を震わせ始めた幸雄の背を、宮原車掌が叩いた。兄に代わって、先を続ける。

「それでね、君から会いたいと伊藤さんを通じて連絡があったんで、僕の乗務する列車で来てもらうことにして、切符を手紙と一緒に送ってもらうよう伊藤さんに預けたんだよ。長い道中、車掌の僕が居れば安心だ、ってね」

「じゃあ……乗った時からずっと、私を見ててくれたとですね」

「うん。だからあの騒動の時は冷や汗ものだったよ。何かあったら兄貴に顔向けできない」

「あの騒動？」

幸雄が怪訝な顔をした。宮原車掌は、慌てて首を振る。

「いやいや、それは後で美里さんから聞いてくれ」

言ってから大仰な仕草で時計を見た。

「おっ、もう時間がない。僕はこの列車の回送に乗務して品川まで行くから、兄貴、こんなとこで立ち話してないでさっさと家へ連れてってあげなよ」

宮原車掌はそれだけ言うと、じゃあまたと二人に笑いかけ、空っぽになった客車に乗り込んだ。乗務員室から顔を出して、ホームの前後を確認すると、手を挙げて合図を送る。

いつの間にか下り側の先頭に繋ぎ直されていた電気機関車が、ピィーッと汽笛を鳴らした。

霧島が、再び動き始める。美里たちの脇を通り過ぎざま、宮原車掌が大きく手を振った。

去って行く客車を並んで見送った美里と幸雄は、互いに向き直った。

「あの、それでだね……」

幸雄は、次に何を言ったものか迷っているようだ。弟と違って、不器用な性格なのだろう。だが、それが却って誠実に見えた。

「いえ、あの、ゆっくりで良かで……」

美里は、気遣うように微笑んだ。それを見た幸雄は、感極まったのだろう。いきなり美里を抱きしめた。

唐突だったので、美里は仰天した。ボストンバッグが手から落ちる。ちょっと待ってと言いかけたが、耳の横で小さく繰り返される幸雄の声を聞いて、黙った。

「済まんかった……済まんかった」

幸雄は何度も、繰り返していた。泣いているようだ。いい人なんだ、と美里は思った。

熱いものが、胸にこみ上げてくる。

「お父さん……」

自然に、その言葉を口にしていた。美里の目も、潤み始めた。

翌日、午前十一時。下り鹿児島行き急行第三一列車霧島は、滑るように東京駅十四番線を離れた。今日も明日も霧島は、十四両の客車に千人の乗客の様々な思いを乗せて、長い旅路を辿って行く。

〈了〉

〈参考文献〉

日本交通公社時刻表（復刻版）　昭和三十六年十月号　日本交通公社
昭和の車掌奮闘記　坂本　衛　交通新聞社　二〇〇九年八月
鉄道公安官と呼ばれた男たち　濵田研吾　交通新聞社　二〇一一年八月
水俣病　原田正純　岩波書店　一九七二年十一月
証言　水俣病　栗原　彬編　岩波書店　二〇〇〇年二月
鉄道ピクトリアル　一九六五年二月号・三月号　鉄道図書刊行会
〃　一九七三年六月号　〃
〃　一九九九年六月号　〃
〃　二〇一六年一月号　〃
〃　二〇二二年十月号　〃
週刊昭和タイムズ昭和36年　デアゴスティーニ・ジャパン　二〇〇八年六月

本書は書き下ろし作品です。

阪堺(はんかい)電車177号の追憶

山本巧次

大阪を走る路面電車・阪堺電車。なかでも現役最古のモ161形177号は、大阪の街を85年間見つめてきた。戦時下に運転士と乗客として出会った二人の女性の数奇な運命、撮り鉄の大学生vsパパラッチvs第三の男の奇妙な対決……昭和8年から平成29年まで、阪堺電車で働く人々、沿線住人が遭遇した事件を描く連作短篇集。

著者略歴　1960年生，作家　著書『阪堺電車177号の追憶』『留萌本線、最後の事件』（以上早川書房刊），〈大江戸科学捜査　八丁堀のおゆう〉シリーズ，『開化鐵道探偵』他多数

HM=Hayakawa Mystery
SF=Science Fiction
JA=Japanese Author
NV=Novel
NF=Nonfiction
FT=Fantasy

急行霧島（きゅうこうきりしま）
それぞれの昭和

〈JA1550〉

二〇二三年五月二十日　印刷
二〇二三年五月二十五日　発行
（定価はカバーに表示してあります）

著者　山本巧次（やまもとこうじ）
発行者　早川浩
印刷者　入澤誠一郎
発行所　株式会社早川書房
郵便番号　一〇一 - 〇〇四六
東京都千代田区神田多町二ノ二
電話　〇三 - 三二五二 - 三一一一
振替　〇〇一六〇 - 三 - 四七七九九
https://www.hayakawa-online.co.jp

印刷・星野精版印刷株式会社　製本・株式会社明光社

ISBN978-4-15-031550-4 C0193

本書は活字が大きく読みやすい〈トールサイズ〉です。